书鱼馆主

SHUYU
GUANZHU

聂鑫森◎著

中国文史出版社

图书在版编目（CIP）数据

书鱼馆主 / 聂鑫森著. -- 北京 : 中国文史出版社,
2021.8
（锐势力·名家小说集）
ISBN 978-7-5205-3108-5

Ⅰ. ①书… Ⅱ. ①聂… Ⅲ. ①短篇小说－小说集－中
国－当代 Ⅳ. ①I247.7

中国版本图书馆 CIP 数据核字(2021)第 154028 号

责任编辑：全秋生

出版发行：中国文史出版社
地　　址：北京市海淀区西八里庄路 69 号　　邮编：100142
电　　话：010－81136602　81136603　81136606（发行部）
传　　真：010－81136655
印　　装：北京温林源印刷有限公司
经　　销：全国新华书店
开　　本：787×1092　1/16
印　　张：15.75　字数：248 千字
版　　次：2022 年 1 月北京第 1 版
印　　次：2022 年 1 月第 1 次印刷
定　　价：49.80 元

目录

青瓦屋顶上的晒楼

古城湘潭纵横交错的巷子多，巷子的上空晒楼也多。

老城区的平政街，就有不少条巷子与它成垂直状缱绻相连，桑梓巷就是其中一条。麻石板铺的巷道，高高的巷墙一色用青砖砌成，像古旧的岁月。从巷头到巷尾，也就二百多米长，依次住着二十来户人家。都是祖上留下的安乐窝（当然后人又历经改建），只不过各家的格局不同罢了，有的宽敞，进门后是一个院子，穿过院子才是住宅楼；有的逼仄，进门就等于进到屋里。但在盖着小青瓦的屋顶上，都有一个晒楼。一般来说，旧式的砖木住房，或两层或三层，但在最上面一层的屋顶上会挑出一个小阁楼，与小阁楼相连的便是晒楼。以建筑样式而论，晒楼不能称作楼，它只能叫作晒台，是一个用粗重木头搭建的方形大木架，厚木板铺底，在立着的大柱之间安上半人高的栏杆，架子顶上搁着几根长竹竿，用来晾晒洗好的衣服、被套、床单之类物件。当然可以凭栏远眺，以供娱目；也可以在夏日的黄昏或夜晚，搬来椅、凳，纳天风以去暑热。往往相邻两家的晒楼，只有四五米的距离，可以毫不费力地扯谈聊天。其他的晒楼，都可以便捷地相互挥手、打招呼，声气相闻。

巷子中段的谈炎和梁正音两家，隔墙为邻，俨如一家，关系很亲睦。

年近半百的谈炎，是湘楚京剧院的当家老生。中国著名的四大老生流派传承有序，他师承的是“谭派”，姓也与“谭”同音。他读过戏校，也磕头拜过师，走的是文武老生的路子，唱、念、做、打，样样出色。在唱功上有一副“云遮月”的好嗓子，越唱越亮，是地道的“谭腔”。他为人称道的剧目很多，《甘露寺》中饰乔玄、《李陵碑》中饰老令公杨继业、《柴桑口》中饰诸葛亮、《四郎探母》中饰杨延昭、《卖马》中饰秦琼、《沙家浜》中饰郭建光……他虽是中等个子，尺寸却最合乎舞台要求，穿上厚底靴登上台，俊俏，一叫板一亮相，便是全场叫“好”的“碰头彩”。

因为这块地方住着赫赫有名的“谈老板”，也就有了不少的戏迷，特别是桑梓巷中的老少爷们，都觉得沾了他不少光，走到哪里都昂首挺胸、扬眉吐气。他们在巷子里碰见谈炎，必侧身而立，必双手打拱，恭称“谈爷”或“谈老板”，谈炎也只是仰天一笑，打几个哈哈。

谈炎的夫人是剧院管理装盔、袍、衣、帽戏箱的后台人员，称作“检箱”。夫妇有一儿一女，儿子不学戏，上大学读的是机械设计专业，成家立业于北京；女儿也不学戏，武汉大学中文系毕业后，在当地一家杂志社当编辑，人长得漂亮，但性子高傲，说话冲，认死理。谈炎有时和梁正音说起这件事，不由得捶胸顿足，愤愤不平。

梁正音听了，不急不躁，只是细声细气地说：“勿怪他们，一是年轻，二是有乃父之风。”

谈炎一愣，脸蓦地发热，说：“你怎么有这种看法……”然后念了句京白：“奇哉怪也——”

梁正音的看法不是空穴来风。夏天的夜晚，不少人家喜欢在晒楼上乘凉。谈炎如果当晚没有戏码，也喜欢坐在晒楼上，想他的某个唱段的唱腔是否还有可改进的地方。有人请他清唱一段，以让大家过过戏瘾，他站起来说：“要听戏，到剧院去，这里太寒碜了。”然后，提起椅子，立马离开晒楼。梁正音也是个戏迷，但嗓音窄而低，唱起来费劲，故习的是京胡，在单位的业余票友社磨炼多年，指法熟练，掌得稳尺寸，包腔圆，干净利落，花点也拉得动听。他总想在闲时，恳请为谈炎拉一回琴，哪怕拉一段也行，还没等他开口，谈炎就知道他的意思了，说：“梁兄，你是业余玩票，为票友拉拉就行了，还用得着我来小试牛刀吗？抱歉抱歉。”

梁正音想想也是，他拉京胡，一是爱好，二是与他的正业有关。他的正业是一家国营建筑大公司的高级工程师，专门从事各种大型建筑物（主要是剧院、音乐厅）的音效技术设计，不在办公室画图、计算，就在工地考察。他个子高大，宽脸膛，浓眉大眼，穿工装戴藤条帽走在工地，俨然是个做工的汉子。每一个剧院或音乐厅，都是一个声乐空间，声学与建筑的融合状况，决定这个空间里的音效，此中每个位置的音效都是不同的。因公出差，他出访过许多国家，只要有时间就会去剧院、音乐厅看戏听歌。悉尼歌剧院的声音表现力很弱，是因为内部没有做可以反射声波的设计，导致整个声音只会向上飘，层次感随之消失；而有削尖顶的日本东京歌剧城，在天顶做了很多阶梯状的设计，并且添加了反射板，于是声音均匀地反射到每个座位上……古城湘潭也有不少老剧院和新音乐厅，新音乐厅他参加过设计，老剧院的设计则与他无关。比如雨湖剧院、湘楚京剧院演出时，正好又有谈炎的戏码，巷子里的戏迷都喜欢去抢购楼下头几排的票，梁正音买的却是楼上的低价票，因为楼座更接近屋顶的反射板，听到的音质反而更真切。

谈炎在台上唱戏，头几排的人里总不见梁正音，心里嘀咕，以为他是舍不得花钱，太抠门了。

梁正音得闲了，常在家里拉京胡。雨雪天在宽敞的堂屋里拉，无雨无雪时在院子里拉。他专门做了一把薄铁皮伞盖、樟木伞柄、铁锭为插座的大伞，还有一架樟木框、薄铜板的六折长条立式屏风。他拉京胡时，坐在伞下（伞柄可拉长缩短），身后屏风或远或近成半弧形环立。铁皮伞、铜屏风成了声音的反射板，京胡声格外好听。

夫人杜丽珍说："你这种排场气派，连专业琴师也没有。"

"谢谢夫人谬奖！"

杜丽珍是中医院门诊部的坐堂医生，上几辈都是杏林中人。巷中有人得了病，不去门诊部，等她下班后再登门就诊开方。她不收费还看得特别认真，因此口碑很好。她和梁正音同年，六十岁退休真正赋闲。梁正音却被单位领导诚心挽留，延聘继续发挥余热。杜丽珍虽卸下形役，却立马被推举为桑梓巷的居民小组长，不在编制内也不领工资，形同义工，她二话不说慨然受命。她也有业余爱好，除了翻看家藏的中医典籍之外，最喜欢剪裁各色布、绢、绸、缎，缝制小巧的提袋、坤包、香囊，再在上面绣花，然后又一一送人。

不知道为什么，他们竟没有一儿半女。每当看见巷里的年轻人和细伢嫩妹，他们就要停步说几句话，问寒嘘暖，脸上的笑纹舒展得很明亮。

这个冬天没怎么下雪，只是隔三岔五下点儿雨，弄得到处湿淋淋的。

猪年的大年三十，一天一天地临近。家家户户的门边贴上了红纸对联，门上倒贴着喜气洋洋的"福"字。巷子里人流不断，买回各色年货，肉食、蔬菜、点心、水果，还有爆竹、礼花。有孩子在外地工作的，也不辞车马劳顿，赶回来和家人团圆。

电视和报纸上忽然传来一个惊人的消息，湖北武汉出现了新型冠状病毒性肺炎的疫情，而且正朝外扩散。各地政府告诫民众，少出门、不聚会、不拜年，若是出门要戴口罩，回家则要勤洗手。到了农历的廿九，武汉宣布封城。湘潭市政府也发出通知，凡从外地特别是武汉回来的，要层层报告，然后集中检测，有发病症状的，必须隔离。

一早起来，梁正音对夫人说：“明天是大年三十，今天我们该杀鸡、宰鸭、洗菜，做些准备了。”

杜丽珍说：“我得去谈老板家看看。”

“去做什么？”

“你是明知故问。他大儿子一家今年轮到去太原市的岳家过年，没回桑梓巷，可他女儿谈铗从武汉回来了，武汉是疫区，我得对巷中上百人负责。”

“你去不得！谈老板和谈铗是要面子的人，哪里会听你劝告。倘若吵起来，巷里人都知道了这件事，便会引起恐慌，便会避之唯恐不及。我家和谈家，就结怨了。”

“那怎么办？”

梁正音想了想，说：“你是医生，穿好白大褂，戴上口罩，提了小药箱，先到别家走一走，再到谈家去。给谈老板夫妇和谈铗量量体温、问问情况，如果正常，再劝谈铗到定点的医院去检查和观察，她硬是不去，就请她禁足在家，不要去见什么同学和朋友。她若身体有了什么情况，就赶快打电话告诉你。”

“简单的事变得复杂，唉！去谈家后，我总得去居委会上报吧，瞒报我就犯大错了。”

“快去，我在家等你的消息！”

一个小时后，隔着高墙的谈家隐隐传来了争吵声。梁正音是搞音效技术这行的，耳朵特别好使，他赶快蹿到墙边，把耳朵贴到墙上听起来。杜丽珍的声音没有听到，是谈炎、谈铗和另一个男人在争吵。他马上明白了，巷中早有人告诉了居委会的领导，于是来人核实情况，杜丽珍是随后去的。他长舒了一口气。再听下来，谈铗哭闹得惊天动地，说如果让她去隔离观察，她宁愿撞墙而死，还说“士可杀不可辱”！这个小女子，钢肠铁胆，谁不怕？接着，他听见杜丽珍说话了，只是听不清说什么，声音很轻很柔，说完了，大家都安静下来。停了一阵，谈炎像在舞台的九龙口叫板，字正腔圆地说：“杜医生，你不该去上报。以后，我与你先生还怎么做朋友？各位请回——”于是，一行脚步声响出院门外，院门“砰”的关得很愤懑。

梁正音刚落下的心，又高高地悬了起来。他知道杜丽珍不会再做解释，简单的法子就是忍，免得一条巷子都鸡飞狗跳。

杜丽珍很快就回了家。

“谈炎把火撒到你身上了？你怎么说？”

“我只对谈铁说，我给你留下了温度计，你要随时量体温，如果温度超过三十七度三，出现了干咳、胸闷、全身乏力的症状，赶快告诉我，或许我有应急的办法，可以让你安住家中。你爹是名角，大家都等着看他的戏，可别感染了他，让他的万千戏迷担心！记住，你们都要戴上口罩，吃饭要分餐。”

“夫人啊，你这段话很经典啊。”

“老梁，家务活请你担承，我得去翻翻书，想想古人治瘟疫的方子，做点案头工作，再去单位买些药回来。”

“好！”

大年三十、初一、初二、初三，巷中家家关门闭户，清清静静过大年。

初四天还没亮，梁正音和杜丽珍斜靠在床头说话，空调喷出的热气满屋子流淌。杜丽珍的手机铃声响了，是谈铁打来的，一声“杜阿姨”叫得很惊慌。接着，她说这两天体温都过了三十七度五，心律跳得也快，腹部发热，胸闷得慌，一动就咳得厉害。杜丽珍说：“你发病了，是初期，不要慌，我会带药来，请你爹妈准备好熬药的紫砂罐子。”

放下手机，杜丽珍说：“来事了！但愿谈老板夫妇没被感染。”

梁正音说：“来得好快，你有方子了？”

“武汉的瘟疫是偏寒温的疫情，要以汗法为先，我想用出自《太平惠民和剂局方》中的‘人参败毒散’。”

“药也备齐了？”

“备齐了。让谈铁服药后大出汗，邪则随汗而出。”

“我去给你煮碗面条，吃了好上阵。”

“不必了，我咬几片饼干就去。”

梁正音叹了口气，说：“这个年过得……清淡哇，委屈夫人了。”

“谈老板最疼这个满女儿，他正急得焦心。我回来再吃，有什么要紧？”

……

杜丽珍每天上午和下午，都去谈家。

三天飞快地过去了。

谈铁体温恢复正常，不喘不咳，身子也有了力气。

梁正音说："没想到你下的方这么灵验，到底是出自杏林世家，佩服！"

"我原先也有些忐忑，这算是一个特例吧。"

"谈老板有什么反应？"

"他什么话也不说。我只是告诉他，上报情况的不是我，我是准备先来看看后再去上报，请他不要怪罪任何人，懂道理的应该能够理解。他转过脸去，抹把泪，进内室去了。"

"你平日制作的香囊，又早备了去湿化浊、镇静安神的中药粉末，装盛进去，可悬于室、佩于身。按夫人的吩咐，我给各家一一送去了，让这阴雨绵绵的天气，多点喜庆的暖色。"

"这叫妻唱夫和，正如古人所言，我们是'只羡鸳鸯不羡仙'。"

转眼到了农历正月十一，也就是阳历二月四日，立春了。下了很多日子的雨，戛然而止，厚厚的寒云撕开一个巨大的口子，太阳出来了，天上地上金灿灿一片，阳气直往上冒。

梁正音说："好久没上晒楼了，宅居的况味闷死人。我把铁皮伞、铜屏风也拿上去，然后安坐下来，痛痛快快拉一回京胡，好好地过一回瘾。"

杜丽珍说："这是个多好的上午，我就不去了，为的是让你四顾无人，无拘无束，得大欢喜、大自在。"

当梁正音在晒楼把一切安置妥当，已是上午十点了。他坐下来，先紧弦定音，再平稳呼吸，拉了一曲《夜深沉》。拉完了，收弓，自感有些陶醉，忽听得不远处，有人大喊了一声："好！"

梁正音一转脸，竟是谈炎站在自家的晒楼上，满脸是明亮的笑。他忙站起来，把京胡放在椅子上，双手抱拳，说："给谈老板拜年，祝全家吉祥！"

"你年长，我应该先给梁兄拜年！"

"我是宅居得憋气，来晒楼活动一下筋骨，不想让谈老板听见了，惭愧。"

"哪里哪里，你是拉得真好。我也闷坏了，嗓子发痒，劳梁兄操琴，可否？"

梁正音感到意外，立刻明白了是怎么回事，赶忙说："谈老板抬爱了，不知先唱哪一段？"

"《甘露寺》乔玄的'劝千岁杀字休出口'，'西皮原板'再转'流水'，往日隔墙我听过你拉，好听。"

梁正音坐下来，把琴筒搁在左膝上，头一扬，先拉过门。过门一完，谈炎贴着唱段的第一个音符，亮开了嗓子：

劝千岁杀字休出口，
老臣与主说从头：
刘备本是靖王的后，
汉帝玄孙一脉留。
他有个二弟汉寿亭侯，
青龙偃月神鬼皆愁；
白马坡前诛文丑，
在古城曾斩过老蔡阳的头。
他三弟翼德威风有，
丈八蛇矛惯取咽喉；
鞭打督邮气冲牛斗，
虎牢关前战温侯；
当阳桥前一声吼，
喝断了桥梁水倒流。
他四弟子龙常山将，
盖世英雄冠九州；
长坂坡救阿斗，
杀得曹兵个个愁。
这一班虎将哪个有？
还有诸葛用计谋。
你杀刘备不要紧，
他兄弟闻之是怎肯罢休！
若是兴兵来争斗，
曹操坐把渔利收。
我扭转回身奏太后，
将计就计结鸾俦。

“俦”字刚一落腔，四周突然爆发出此起彼伏的喝彩声，还有哗哗哗的掌声。

梁正音和谈炎举目一看，本巷子的每个晒楼上都站着人，还有邻近几条巷子上空的晒楼上也站了人，都戴着口罩，彼此相隔一段距离。宅居这么久，个个都是闻声而动。更没想到杜丽珍，还有谈夫人、谈铁也来了。

“谭老板声震云天，不愧名角，真有号召力！”梁正音大声说道。

“梁兄的京胡，大开大合，功夫不浅。”

不知哪个晒楼上有人喊道：“谈老板，请再赏一段！”

众皆附和。

谈炎向四周拱拱手，大声回应：“我愿意！你们得请梁爷助兴啊。”

于是，大家又喊：“请梁爷操琴——”

梁正音宛若站在真正的舞台上了，赶忙鞠躬致谢。然后，问谈炎：“谭老板，请你发话？”

“我们来为防疫抗疫擂鼓助阵，就唱《沙家浜》中郭建光的‘祖国的好山河寸土不让’！”

“要得！”

当谈炎唱到最后四句“快板”时，所有的人都忍不住亮嗓高唱：“军民们准备反‘扫荡’，何日里奋臂挥刀斩豺狼？！伤员们日夜盼望身健壮，为的是早早回前方！”

唱完了，众人恋恋不散。梁正音不知道怎么办了，便把目光投向谈炎。谈炎点点头，对四周挥挥手，大声说道：“各位老少爷们、兄弟姐妹们，你们放心，我和梁爷约定，只要天气好，隔一天我们就到晒楼来献艺一次！中央电视台戏剧频道有个‘空中舞台’的直播节目，我们这里是真格儿的‘空中舞台’，我喜欢！快吃午饭了，大家散了吧，风冷，别感冒了！”

众人立马发出经久不息的欢呼声。

谈炎对梁正音鞠了个躬，说：“梁兄，谢谢你们夫妇的大人大量，我真的很内疚。刚才，我代你向大家许诺了，请兄海涵。”

“谈老板，正合我意。我们与大家同苦也同乐，是一桩大好事，谢谢。”

谈炎打了个哈哈，又用京白念道：“桑梓巷，桑梓情，百转千回系肝肠！”

大年初一去拜年

三九隆冬，天亮得迟。

稠稠的曙光从厚重的寒云后，憋着劲一点一点往外挤，滴落到青瓦屋顶上，再缓缓地顺着屋檐往下溅淌，然后穿过玻璃窗漫进屋里来。墙上的大挂钟，不急不慢地敲了七下，曙光也随着每一响钟声微微颤动，似乎被敲痛了。

裘富贵打了个灵噤，睁开了双眼。他怎么睡在这个陌生的地方？做梦吧。他下意识地用右手去摸了摸左手腕，那里贴着一个狗皮膏药，还在膏药外缠了几圈纱布。他用手指去捏了捏，痛得差点要喊出声来。睁开眼不等于醒了，感觉到彻骨的痛才是真正的醒。就在这一刻，他听见从这排屋子的顶端头，传来了弹棉花的声音，"嘭嘭——呛""嘭嘭——呛"，很好听。不禁赞叹道："这个劳得尊老爷子，这个劳弹匠，太勤快了，大年初二就弹起了棉花！"

裘富贵四十岁了，几曾住过这么讲究的卧室？一屋子漆得红光闪亮的老式家具，全是好木头打造的，雕花圆柱大床、双门立式大镜柜、长书案、虎足茶几、圈椅、鼓凳。床上的新垫毯、绣花被，又软又暖和。床对面的墙上，挂着装了木框的湘绣六尺横幅，圆月东升，映照着一丛丛开得正艳的各色牡丹花，题款为："花好月圆"。

这是劳得尊专为他儿子一家常备的住处。春节前，武汉出现了新型冠状病毒，而且向外流传，惊动了千家万户。为不被感染，政府倡导不出门、不走动、不聚餐、不拜年。劳得尊的儿子工作于株洲，一家人就没有回老家来。

裘富贵之所以住进了劳家，是因为昨天，也就是大年初一出远门拜年，没想到原本穿村过镇的长途汽车停开了，更没想到各村村口都有专人把守，不让外村人通过，他又没戴口罩，只好绕道而行。他住的村子是茶陵县云阳山深处的艾叶村，要去拜年的地方叫石板村，在炎陵县的东北角，有四十来里路。平日他只在艾叶村的里外转来转去，外出走长路，只有大年初一去拜年。

每年的大年初一，天还没亮，裘富贵就出门去拜年。湖南俗话说：“初一崽，初二郎，初三初四拜干娘。”儿子称为“崽”，女婿叫作“郎”。意思是正月初一儿子给父母拜年，初二女婿去岳家拜年，初三初四给干娘和其他的长辈拜年。他是去给父母拜年吗？不是，父母早过世了，石板村只有远房的堂弟和表弟，还有几个侄子。这不合礼数，却有一个说不出口的理由：家里穷。他甘心当小辈，去讨人家的高兴，轮番着去住几天吃几顿饱饭，然后得到一些馈赠的肉食、茶油，还有几个小红包。

因为家穷，身体又干干瘦瘦，裘富贵才“倒插门”到艾叶村来做女婿。岳家也好不到哪里去，但有个得过小儿麻痹症的女儿，奇货可居。岳母已过世，岳父病病歪歪离不开汤药，两个男孩子在读初中和小学，老婆只能干些菜土里的轻松活和做家务，作田、揽点村里的零活干，全靠裘富贵。虽说村里帮助脱贫，由养殖公司代养了几头牛、羊，也就有些进项，却不过是得到温饱而已，致富难于上青天。

裘富贵是草草扒了几口饭，趁天没亮就悄悄溜出村的。村里有规定，谁出村都要向村主任报告，他不蠢，一报告就走不成了。每次去拜年，他什么见面礼都不带，也不带干粮，有车就坐车，没车就走路。四十里路，也就走四个来小时，正好在中饭前赶到。这一回就邪门了，村村虽通公路，却不能穿村而过。村口的大幅红布标语，一点都不客气，什么“胡乱串门，等于杀人”。什么“请吃是鸿门宴，吃请是寻短见”。他只好绕开大路走小路，七弯八绕，找不着方向了。天上飘着小雪花，老北风比刀子还尖锐，削骨剜肉。他又冷又饿，到黄昏时，来到一个村子口，浑身乏力，一脚踏空，栽了个大跟头，赶忙用左手撑地，手腕碰在一块石头上，他大喊一声：“痛死我了！”

就在这时，有一条汉子朝裘富贵跑来：穿着长大衣，手臂上套着红袖章，脸上蒙着口罩。他把裘富贵扶起来，问道：“你是哪个村的？天要黑了，还在外面乱跑。”

我叫裘富贵，是艾叶村的，我要去石板村拜年，迷路了，求你赏口水赏口饭。”

“身份证！出门也不戴口罩！去给爹娘拜年，孝心可嘉。你们村有武汉回来的人吗？”

裘富贵掏出身份证，递过去。然后，低声说：“爹娘早没了，我是去给亲友拜年。我们村没有武汉回来的人。”

“犯得着初一出门吗？太小看自己了。”

“人穷……气就短……”

“这里是劳家村，我叫劳得尊，年过花甲了。来，跟着我，到我家去。你得给家里打个电话，免得他们担心。”

“劳爷，我没手机，家里也没座机。”

“……”

夜色如帘，从天上落了下来。

他们一前一后进了村，再来到一个小院子前，劳得尊叩响了大木门上的铜环。不一会儿，院门打开了，伸出一头白发，是劳得尊的妻子。

“老婆，家里来客人了，他叫小裘。”

裘富贵忙双手抱拳，说：“给老妈妈拜年了，祝福寿安康！”

劳夫人忙说：“客气了。哦，你怎么没戴口罩？”

“忘记带了。不是……忘记了，是我嫌贵，没有买。”

“这个小钱不能省，感染了病毒会受大罪。”

劳得尊说：“你的嘴巴说多了，我问了他，他们村没有从武汉回来的农民工。”

“那就好。”

院门关上了。

他们走进堂屋里，灯光亮得耀眼，一盆木炭火烧得红旺旺的。

劳得尊摘下口罩，说：“麻烦老婆去浴室，在浴缸里放满热水。小裘冷透了身子，要好好泡一泡。你再找出儿子穿的内衣、内裤、毛线衣、绒裤、羽绒袄子，让他里外都换上。”

劳夫人答应一声：“好嘞。”

劳得尊又对裘富贵说：“你别见怪，泡热水澡，驱寒又杀菌。你里外的衣服，都要丢掉，放心，换的衣服不比你的差。这叫主客俱安。洗完了澡，让你先喝一碗姜汤散寒，再给你碰伤的手贴上膏药，然后我们吃饭，当然要喝几杯白酒。届时，用我的手机给村上人打个电话，免得村主任焦心、家里人担心。”

“谢谢劳爷！”

……

想到这里，裘富贵赶忙起床穿好衣服，拿上劳夫人为他备好的牙刷、牙膏、毛巾、漱口杯，去了卫生间兼盥洗室。他对着镜子，特意照看了一下自己，好像成了另外一个人。黑色的西式外长裤、猩红色的羽绒袄和蓝格子围脖，衬得他容光焕发。然后，他快步去了劳爷弹棉花的工作间。

门一推开，“嘭、嘭——呛”的弹棉花声立即戛然而止。

裘富贵打一拱手，大声说：“劳爷，我给你拜年了！”

劳得尊忙放下木槌，解下弹花长弓，再摘下口罩，回一拱手，说：“小裘呀，我们同喜同贺！”

“劳爷，起得早，上工早，不愧是劳动模范。”

“往年我要过了初七才开工弹花，和儿子、儿媳、孙子说说话，那是一种快乐。这个春节他们没回来，心里空了一大块，大年三十和初一，我都是天没亮就开始弹棉花了。昨天下午，轮到我在村口值班，才有幸碰到你。来，先坐下聊天。昨晚我们吃饭喝酒到十点多钟，我交代老婆，今天的早饭晚点吃。”

两个人刚刚坐下，劳夫人马上送来了两杯热茶。

“劳爷，弹好一条棉被怎么收费？一天能弹几条？”

“我十六岁就拜师学艺，一眨眼五十年了。不是吹，弹匠行里我算是个人物。一天弹四条棉被毫不费劲，晚上决不加班。新棉花弹成被子，五十元；老棉被弹成新被子，六十元。”

“哎呀，劳爷是赚大钱的！这弹棉花的声音为什么总是‘嘭、嘭——呛’？”

“小裘，你很上心啊。弹棉花的功夫在于弹，左手握弓，轻轻下压，右手拿木槌敲打用牛筋做的弦，弹的节奏是两打一拉，拉是在两打之后把弦使劲一抽，不让棉花绞在弦上，所以声音是‘嘭、嘭——呛’。弹好棉被的初形，用牵纱竹棍将各色的纱线纵横铺在棉被的正反两面，如一张网把棉絮固定，纱线铺得匀称不巧，可以铺出各种吉祥图案的才叫绝活。铺完纱，还要包角。最后一道工序，是用重木圆盘压磨被面，使它平整、光亮，有个好看相。”

“劳爷说得很轻松，学起来就难了。”

“你想学吗？”

“想……就怕学不会。”

“小裘呀，学出一门好手艺，不须向人讨饭吃。我牢记师傅说的话，没吃过亏，任它岁月有什么坎坷，人总得盖被子睡觉，用勤劳换得报酬，就会得到社会的尊重，我喜欢我的姓名‘劳得尊’。用劳动去求得富贵，而不是去乞求别人的施舍，被人施舍是被人怜悯，总是抬不起头来。你说对吗？”

裘富贵艰难地点点头，脸上热辣辣的。

劳夫人在门外喊一声：“吃早饭啰——”

劳得尊说：“吃饭去。小裘，昨晚我劝你别去石板村了，你说还是要去。也好，你不熟路，还怕被人拦，吃完饭，我戴上袖章陪你走一趟。有条近路插过去，两个小时可到达。”

他们是九点钟动身出门的。

劳夫人特意寻出一个口罩，让裘富贵戴上。又用铝食盒装了八个盐茶鸡蛋，以供他们走饿了填填肚子。劳得尊把一个大旅行背包背到背上，鼓鼓的，重重的。然后，向妻子挥挥手，说：“我们会一起回来，你准备准备晚餐的下酒菜。”

裘富贵说：“我要在那里住几天。”

劳得尊说：“那要看人家留不留客呀。”

“劳爷，你背个包做什么？”

“你有六家亲友，我给你备好上门礼，是我儿子从株洲快递来的‘唐人神’卤制品，一共六大盒。”

“我从没上门送过礼。”

“这次必须送，你才有脸面。”

裘富贵泪水“哗”地淌了出来，说：“裘爷，谢谢，你让我有个人样子……我求求你，背包让我来背，我的左手腕伤了，双肩没伤，力气还在。”

“好！”

十一点钟的时候，他们来到石板村村口。劈面是一幅挂在两树之间的长红布金字标语：“少吃一餐饭，友情不会淡；少上一回门，亲情照旧浓。”两个戴红袖章、戴口罩的汉子，上前挡住了他们。

裘富贵正要说话，劳得尊忙抢先发声：“二位老乡，我是劳家村村委会成员，也是村防疫抗疫临时领导小组副组长劳得尊。”他边说边指了指手臂上的红袖章，“这位是裘富贵，先到我们村探亲，没有任何不良症状，今天来此看望一下几个亲友，请放行。”

两个汉子听了，点点头。又问裘富贵要去探看什么人，得到回答后，再打手机过去一一验证，然后才说：“只能去一个人，谁去？”

劳得尊说：“他去。我在这里等候。”

“劳爷，你回去吧，他们会留我的。”

劳得尊看了看手表，说：“一个小时你没出来，我就走了。”

“好……吧。”

四十分钟后，裘富贵小跑着回到村口。

劳得尊对那两个汉子挥了挥手，说：“谢谢。我们走了，再见！”

裘富贵低着头，眼光里透着伤感，步子迈得很沉重。

“小裘，他们没留你？”

“我每敲响一户的门，磨磨蹭蹭才出来一个人，戴着口罩，把门打开一条缝，我便大声说‘拜年’，再把礼盒递过去。口罩后传出一个声音，说村里有规定不能留人住宿，对不起了。接着递一个小红包给我，又说你怎么还送东西来？‘唐人神’是名牌啊。疫情不知什么时候刹车，家里吃的东西也不多，就不麻烦你提回去了。什么话？”

劳得尊忍不住摘下口罩，别过脸去大笑了几声，然后把口罩戴好，说：“疫情发生，是个好借口，人家并不希望你来拜年。往年是碍着面子让你进屋，今日可以很堂皇地打发你走。不过，他们会大吃一惊，你居然冒着风险上门来拜年，还送上一份礼，他们不得不对你另眼相看。我们到路边用旅行包垫地，坐下来歇口气，再吃几个盐茶鸡蛋止饿。”

“要得！”

裘富贵在路边小心地展平旅行包，从劳得尊手上拿过装盐茶蛋的铝食盒，恭恭敬敬地说：“劳爷，不，是师傅，你坐下，我来为你剥蛋壳。”

“怎么能让你动手？”

裘富贵站到坐好的劳得尊面前，毕恭毕敬鞠了一个躬，说：“今天我就拜师了，跟着你学弹棉花。我会记住师傅的话：学出一门好手艺，不须向人讨饭吃。”

“是我师傅的话。”

“那我就记住师爷的话。还有师傅的大名：用勤劳换得报酬，就会得到社会的尊重！”

“我高兴。你师娘在家里准备饭菜了，我们爷俩要好好喝几杯。哈哈！哈哈！”

不远处的树杈间，惊起一对喜鹊，喳喳喳地叫着，拍打着翅膀飞向高高的云天。

鸭　客

烟波浩渺的天波湖，嵌在湘东几个县的搭界处，有好几十平方公里大。虽然比不得洞庭湖的壮观，但景状大体相同："浩浩汤汤，横无际涯；朝晖夕阴，气象万千。"湖的四周，是一个一个的村镇。只是彼此相隔很远，湖中还点缀着洲岛和垸子，垸子是在条件好的洲岛筑起一圈高堤，有田有林有村舍，也就成了村子的格局。

在湖区，有种田的、打鱼的，也有专门放养鸭子的鸭客。三四个一伙，都是男人，驾着船，赶着成百成千的鸭子，停停走走。水里有鱼虾，岸上有青草，翻耕过的田里有虫子有蚯蚓，鸭子肥了，鸭蛋多了，就近卖掉换钱。这个行当看起来很浪漫，但很辛苦，年轻人不愿意干。

惊蛰过后，月亮湾的鸭客们赶鸭下水了。往年是立春后就要动身的，交春一日，水暖三分。但去年冬武汉瘟疫发作，弄得全国的城乡都闹起了防疫抗疫，家家禁足，直到今年的惊蛰，疫情才有些好转。鸭客们得到村主任的批准，又测过体温，备上口罩和药物，这才踏上了风波路。

这一群鸭客共四个人，属于本村"鸭鸭合作社"的一个小组。正规编制是三个人：龙雨生、刘长风、李大关。还有一个编外人，二十岁出头的后生子，叫马疾。马疾说，这一个多月憋得心口发闷，想跟着鸭客出来吐口长气，不要工钱，自带口粮，还帮着干活。

刘长风、李大关很乐意，问小组长龙雨生："龙爷，一个村的人，不能不给这个面子。"

年届五十的龙雨生，瘦瘦精精，一张长脸黑而有棱角，下巴上蓄着一小撮山羊胡。他出身于鸭客世家，十二三岁就上船干活，见惯了风浪，而且继承了父亲的另一门技艺：用土方子给人治病，还懂艾灸、针灸，也不收费。

他若在哪个村停留，村民都很欢迎。比如，有村妇乳房发红、变硬，而且痛得厉害，这是奶水瘀积所致，他叫病人先用葱白煎汤熏洗，再另用葱白捣烂如泥敷在乳房上，每天两次，十天后完好如初。像这样的例子，实在是太多了。鸭客都喜欢跟他共事，甘愿听他的指挥。

龙雨生目光逼视马疾，说："到别的小组去！"

马疾说："我爹要我跟着你。"

"我又不是年轻妹子，跟着我做什么？"

"你会赶鸭，还会看病……如果我病了，你可以应急，我爹说的。"

龙雨生嘴角绽出一丝诡秘的笑，说："你……肯定另有想法。上船吧。"

半大的鸭子，呼啦啦一大群，下了水乱成一锅粥。

龙雨生从怀里掏出三寸来长的小铜喇叭，吹出很短促很严厉的声音，"嘎嘎嘎"，鸭子马上聚到一块，安静地往前游去。

两条船的中部都装着半圆形的舱篷，每船两个人，一个站在船头，手里拿着一根长长的竹竿，一个站在船尾荡桨。

马疾是湖区长大的，双桨荡得顺溜。龙雨生站在船头，背影很直很稳，好像是站在平地。手中的这根长竹竿叫吆鸭竿，竿端绑着一个木勺，若要指挥鸭阵朝哪个方向走，或者有调皮的鸭子离了群，就用木勺舀起一勺水泼过去，不用人吆喝。在岸上的田土里，则舀起一勺稀泥抛掷过去，鸭阵立刻井然有序，像受过训练的士兵。

马疾说："龙爷是真正的鸭司令。"

"你想当鸭客吗？"

"暂时不想，先去外面打工，赚点钱，也看看世界。然后，再投到龙爷的门下来。"

龙雨生忍不住仰天大笑，笑过了，回过头来问："眼下各村开始春耕了，犁翻的水田里有泥鳅有田螺有蚯蚓，鸭子喜欢这一口，我们先到哪个村扎营？"

"能不能去水头村？呵，就是水头垸。"

"我们沿着湖走，方便，那里远。"

"龙爷，我手机上有微信，我读中学时的一个同学家病了人，还不肯出村去治……"

"好吧……我们去。我先给村主任蔚大田打个手机，这是礼节。"

"还是龙爷做事有章法。"

第二天的下午五点钟，龙雨生一行来到了水头坑，泊好船，用自带的苇席在岸边围出一个鸭圈棚。龙雨生用小喇叭一吹，鸭子就乖乖地进了这个临时的“家”。

马疾问：“龙爷，我们马上进村去？”

“不忙。老刘、老李，你们先搭个灶做饭做菜。寒气重，我们要好好喝顿酒。”

话音刚落，一个姑娘朝这里跑过来，头系红丝巾，身像风吹柳，一边跑一边喊：“龙爷，我爹请各位到我家去！”

龙雨生朝姑娘挥了挥手，然后瞥了一眼马疾，马疾的脸蓦地红了。

姑娘跑到跟前说：“我爹是蔚大田，他病了，请龙爷去看看。我爹说了，你们是远客，请你们去吃饭。你们也别睡在船上，都住到我家去，家里有空房。我呢，叫蔚蓝。”

“蔚主任太客气了，恭敬不如从命，待我去拿了药箱来。”

马疾说：“对，这玩意不能不带上。”

“把我们的被子、床单也带上，留一套在船上，晚上得有人值班。”

“好的。”

蔚蓝在前面带路，领着大家进村去。

蔚家有个大院子，院中威武地立着一栋红砖青瓦的三层小楼。人口却简单，老两口加一儿一女。儿子还没有结婚，长得武高武大，是个好劳力。

堂屋里，头扎长巾的蔚大田，脸色蜡黄，不时地咳几声嗽，穿着很厚实的老棉袄。

“蔚主任，几年不见了。”

“龙爷，我一接到你的电话，就精神一振。”

“病了？”

“风寒感冒。有人说恐怕是新冠病毒症，我才不信哩。”

“我先给你看病？”

“好。”

蔚蓝给各位沏上了热腾腾的豆子茶。蔚夫人赶快进厨房去了。

蔚大田和龙雨生坐到八仙桌边。龙雨生打开药箱，取出脉枕，先给蔚大田切脉，然后再看舌苔，又问他胸口闷不闷、肚子痛不痛。

“蔚主任，我来治，你放心。”

站在蔚大田背后的蔚蓝，说：“爹，我说这不是小病，你不信。我说家里还有哥哥蔚刚，劳力够了，想出去打工，你也不肯。我都二十岁出头了，除在县里读过中学，还没有去过大口岸，亏死了。”

龙雨生笑了，说：“你是宝贝女，你爹舍不得啊，将来就近找个好女婿，几多好。”

“爹就是这个想法。这些日子，我想去垸外走个人家，他也不同意。村里的船都封了，他不开条子，谁也不敢动。”

大家都笑了。

“蔚主任，我给你艾灸。”

龙雨生取出手指粗的艾条，用打火机点燃，依次温灸（隔穴位半寸远熏叫温灸）蔚大田的合谷、足三里、太冲几个穴位。合谷在双手虎口的上方，太冲在脚背的中下部，足三里在过膝下的外侧，每个穴位温灸十到十五分钟。

蔚大田微微闭起眼，感到很舒服。

马疾、老李、老刘、蔚刚，坐在靠墙的小桌边，一边喝茶、吃炒红薯片、嗑葵花籽，一边聊大天。

马疾说：“老刘、老李，眼下一些大城市开始复工了，条件比往年都优惠。”

“你小子消息灵通，说说看。”

“我们县五天后，凡是要去上海打工的，先在县城集中，有专车送往长沙的黄花机场，再统一坐飞机去。”

“谁出路费钱呢？”

“县里负责包车送机场，飞机是上海那边包的，下了飞机又有专车送到招工的企业，不要花一分钱路费。”

老刘惊得吐出了舌子，说：“老李，可惜我们年纪大了，要不也去坐坐飞机！”

“唉，生不逢时，想也是白想。”

龙雨生瞟了瞟蔚蓝，她听得很入神，细长眉毛一跳一跳的，禁不住使劲拍了一下她爹的肩膀。

蔚大田睁开眼，说：“你鸡爪子发痒了？以为我是木头做的人，人小力气还不小！”

“爹，我怕你睡着了受凉。”

艾灸毕，龙雨生说：“睡前还要做一次。每天做两次，连着做三天。只是要在府上叨扰这么久，对不住。”

“龙爷呀，是我耽误你们做工夫了，是我对不住你们。今晚，我们要开怀痛饮。老婆，上菜哟！”

龙雨生说："大田老弟，你这几天不能喝酒，因为你正在治病。我们就不讲客气了，可以开怀痛饮！"

"我遵医嘱，以茶代酒，如何？"

"可以。"

大家热热闹闹吃过晚饭，然后是各自洗漱，再在木炭火盆边喝茶、聊天。

龙雨生在十点钟的时候，又给蔚大田温灸了一次。还用带来的几味中药配出一个清肺祛邪的方子，让蔚夫人去熬制。然后，他对马疾说："你年轻，今晚去船上睡，顺带看管鸭子。"

蔚大田说："小马也辛苦了，让我儿子去吧。"

"鸭客有鸭客的规矩，你莫操心。"

"天黑，我怕小马路不熟。"

"爹，我去送马疾。你吃了药就好好睡吧，发出一身猛汗，明天就好了。"

龙雨生说："大田老弟，你有好儿好女，让人羡慕。"

第四天早饭后，太阳出来了，到处金晃晃的。龙雨生对蔚大田说："你的病基本上好了，我们也该告辞了。不过，我要告诉你，你的病，中医叫偏寒温症，不单是伤风感冒。好在是初发，我这点手段还可以应付，你尽可放心。"

"谢谢龙爷，谢谢各位。我们一家送你们到湖边去！"

当鸭子扑打着翅膀，欢叫着下了水。龙雨生站在船头，掏出小喇叭，吹出一长串悠扬的"嘎——嘎——"声，然后双手抱拳道别。两条船和鸭阵，便缓缓远去。

走了一大段水路，龙雨生回头看看泪眼婆娑的马疾，问："你和她就这样别了？"

"我在前面湖边的团子镇下船，在那里等她。我请了一个开机帆船的朋友，今晚悄悄去水头垸接她出来，然后我们一起坐船去县里。"

"再双双坐飞机去上海打工，美得很呵！"

龙雨生挥动手中的吆鸭竿，舀起一勺勺湖水，用力向空中洒去，阳光下水花飞溅，五彩缤纷，惊得鸭阵"嘎嘎嘎"一片乱叫。

老刘大喊一声："龙爷放礼花了！"

老李说："小马，这妹子俏俊，还懂事理，你好有福气！"

不远处飞出一行白鹭，斜斜地曳向高天，翅膀上流动着阳光，响着浏亮的风声和水声。

天字理发馆

三九隆冬，还只是下午五点来钟，天就急急地暗了下来。吼了一天的老北风，硬是累狠了，只剩下细微的喘气声。小雪花薄薄的，有一阵没一阵地飘，恋恋不舍的样子。

按公历，今天是二〇一八年十二月三十一日，过了今夜的十二点钟，就是二〇一九又一个崭新的年头。

七十八岁的吴湘生，戴着枣红色的绒线老人帽、穿着猩红色的中长羽绒大衣，打的从株洲城南的解放街穿过十公里的繁华市区，来到黑灯瞎火的城北清水塘工业区，在离跃进街还有二百米的地方就让车停了下来。

司机是个小伙子，说："老爷子，别忘了你的手提小皮箱。还没到哩，你……别着急呀。"

吴湘生一边付款一边说："我想走着去。"

司机又说："要不要我陪着你去？我知道你要去的天字理发馆，在跃进街的中段，这条街原有二十几家店铺，都陆陆续续迁走了，黑得瘆人。"

"我的儿子、孙子在理发馆等我，你放心。这里没有回头客，我付了你双倍的车费，耽误你的生意了，对不住。"

"你太客气了。"

待吴湘生下了车，司机特意按了一声长长的喇叭表示谢意，挥挥手，把车开走了。

吴湘生忽然觉得这块地方太冷清了。往远处看，灯如星河，但近在眼前的跃进街，不长不短的一截，高高低低二三十栋房屋，既无光亮也无声响，黑乎乎的，很落寞。这条街嵌在红旗冶炼厂附近，与之相连的是天虹化工厂和丰收氮肥厂。杂货店、早点铺、小饭馆、汽车修理店、裁缝店、冷饮店、蔬菜店、粮店……还有他们家的理发馆，都是为工人和家属服务的第三产业，曾经从早到晚，人流不息。现在都搬走了，他家的理发馆过完今夜，也要关门大吉。吴湘生不由得长长地叹了一口气。

吴湘生掏出一根香烟，打了好几次火，才点燃。他狠狠地吸了一大口，闭着嘴把烟雾闷了一阵，才猛地吐了出来。

在株洲的理发行业里，吴湘生是个名匠。吴家世代操此业，他十一岁学徒，三年出师，推、剪、刮、吹，都有好手段。他总记得老一辈所说的至理名言：中国的三百六十行，排在前三位的都与刀有关，用剃刀的剃头匠、用厨刀的厨师、用剪刀的裁缝，没人敢小看。剃头匠更是少不得，平民百姓要剃头，皇帝老子也要剃头，虽为毫末技艺，却是顶上功夫。剃头的有行话说：刮胡怕刮连鬓胡，剃头怕剃疙瘩头。连鬓胡杂乱一片，让人不好从何处下刀；疙瘩头是头上凹凸不平，一不留神就会出现刀口。吴湘生艺高人胆大，剃得又快又好。除此之外，他还得了家传，另有绝活：捶背、揉肩、敲腿，古老的按摩术让人一身筋骨通畅；为睡觉落枕扭伤了脖子的人，咔啦啦地正脖；还可为人掏耳朵，舒服得让人想睡。三年学徒，吴湘生没少挨骂，也没少挨打。等到他教子教孙学艺时，他自然不会懈怠，骂和打是不可缺少的内容，儿孙都怕他。

吴湘生慢慢地走到跃进街的街口，街口一侧，立着一块长条形的石碑，上刻“跃进街”三个隶字，涂了红漆的字早已暗淡，在暮色中看不清楚了。他走过去，用手抚摸着石碑，冰凉而粗糙，岁月在无声无息中剥蚀了它，让它变老。

跃进街是二十世纪五十年代中后期慢慢形成的，那几年史书上称之为“大跃进时代”，红光耀眼的“三面红旗”，是“总路线”“大跃进”和“人民公社”。吴湘生记得，株洲是一座和新中国同龄的工业城市，是第一个五年计划期间重点建设的八个工业基地之一。出于交通优势和地缘空间阔大的缘由，株洲北端的清水塘地区，方圆十五平方公里有余，于山林、湖泊、田畴之间，矗起了大大小小的工厂企业二百余家，冶金、化工、医药、机械、化肥、农药、煤炭……到处是烟囱、高炉、厂房、办公楼、宿舍区，干部、职工和家属当时就有十余万之众。株洲的商贸中心在城南，离此有十公里之遥，虽有公共汽车来往，到底有诸多不便。于是，各级政府调遣服务业的各个行当进驻清水塘，在各个不同的地带建起一条条的商业街，跃进街就是此中的一条街。

吴湘生原本供职于城南解放街一家公私合营的理发馆：旭日理发馆。一九五八年冬，上级指示必须去清水塘跃进街开一家分店。那时城南生活方便，员工的家都在这里，没有人愿意去。当时的吴湘生刚好十八岁，蓄着平头，浓眉大眼，心高气盛，又没成家，动员了几个共青团员，写了申请书，愿意去清水塘为工人阶级服务。他还请求领导，把那栋建在跃进街的两层小楼，叫作天字理发馆。因为理发馆开在工业区，就是专为工人兄弟理发的。

吴湘生拍了拍街碑，像拍着一个老相识的肩，说："老伙计，我和你一样，也老了。我之所以来，是红旗冶炼厂还有最后一座炉子到午夜才熄火，理发馆也就正式关门了。我不能不来守望这个最后的一夜，和你告个别，和还来理发的工人兄弟告个别。"然后，他朝街中段走去，脚步声在这安静的夜晚，传得很远很远。

吴湘生在今天午后，就专门给儿子、孙子打了手机，告诉他们不必急着下班后回到城南的家，他会在晚饭后赶到店里来。

快到理发馆门口时，楼上楼下的电灯忽然亮了。小街如堤坝，雪白的光如急流从决口处泻到街面，溅了吴湘生一身。理发馆的门猛地拉开，首先蹦出来的是孙子吴砺锋，然后是儿子吴小株。

"爷爷大驾光临，里外亮堂堂，孙子这厢有礼了。"吴砺锋边说边接过爷爷的小皮箱。

"爹，你吃过晚饭了吗？这么冷的天，你还出门。"

吴湘生对孙子说："三十几岁的人了，还像个细伢子。"又对儿子说，"我让你妈煮碗面当晚饭，她说要炒菜要备酒，我说这可使不得，晚上也许还有客人来剃头哩。你们怎么用的餐？"

吴小株说："外卖没地方叫了，我和砺锋各泡了一碗方便面，佐料袋里有辣椒、葱、蒜，都倒掉了，只放了些盐，吃得很香。"

吴湘生点点头，说："这就很好，酒、葱、蒜吃了口里气味重，让顾客生厌。你们能守住老规矩，我很高兴。"

吴砺锋说："爷爷快进屋去，外面冷，里面开了空调哩。"

三个人走进宽敞明亮的店堂，墙上的空调叶片都是张开的，往外呼呼地喷吐着热气，暖烘烘的。

吴湘生问："那几个员工都下班回家了？"

吴小株忙答："他们早走了。"

吴湘生不急着坐下喝茶，他的目光在店堂扫过来扫过去。六把可以旋转的理发椅，静立在镜案前，案台上依次摆放着剃刀、电动推剪、电吹风、长柄剪、梳子，镜台边系着尺把长的荡刀布。大理石地面擦拭得干干净净，光可鉴人。于是，他嘴角泛起笑意，说："最后一夜也要坚守住，我喜欢。"

店堂的顶端，摆着长条茶几和几把靠椅。几案上放着三只瓷盖茶杯，吴砺锋揭开其中的一个茶杯盖，说："爷爷，快坐下，刚泡的西湖龙井，你尝尝味道怎么样。"

吴湘生在正中上首的椅子上坐下，端起杯子，啜了一小口，连连说："好茶。"吴小株和吴砺锋，坐在下首对面的椅子上。吴小株见爹端杯喝茶，才小心地端杯啜了一小口。吴砺锋掏出手机，看微信、发微信。

窗外，传来寒更鸟的叫声，一声长接一声短，很好听。

"爷爷，工厂搬走了，污染少了，这里很快会成为一个风景休闲区，鸟都来安家了。"

吴湘生没有作声，只是下意识地吹着杯口，不时地啜一小口茶。

"爷爷，红旗冶炼厂今晚子夜最后一座冶炼炉熄火哩。"

吴小株说："唉，这一大片工业区，几十年来为国家做了多大的贡献啊。就说近边的红旗冶炼厂，职工几千人，每年铅锌金属的产量六十多万吨，年营业收入一百三十多亿元，是一座挖不尽的金山啊。可很多工厂带来了重度污染，天不蓝，水不清，影响城市的生活质量。三年来，市政府下决心将二百多家企业关停和搬迁，将来这一片土地会变成公园、娱乐场、体育馆和旅游地。只是，没想到来得这么快！"

吴湘生说："快得让我眼睛打闪。唉。"

"这个天字理发馆，先是国家的，到一九八五年后推行商业改制，爹申请买下来，变成了私营店。爹到六十岁时，让我当了经理。然后，砺锋从商贸学院毕业，也来到这里。我喜欢这块地方这个店，真没想到，这个店子也要关门了。"

吴湘生眼圈忽然红了，说："天字理发馆的招牌不能摘，它从哪里来，还到哪里去。城南的解放街又扩建了一长截，我已经订好了一个店面，将来就搬到那里去。"

吴小株说："还是爹有远见，老燕恋旧巢。我也五十出头了，新店的经理由砺锋来当吧，爹看如何？"

没等吴湘生答话，吴砺锋说：“我是新燕，我不想回旧巢。还是爹去当经理，我不当！”

吴湘生惊诧地睁大双眼，问：“你要去哪里？”

“我想……另找一块好地方，重打锣鼓另开台，办一个理发店。放心，既是创业，我去贷款我来还。”

“孙子，你三十岁出头了，为什么老不成家？像匹野马驹子，没有家就拴不住你，整天胡思乱想。”吴湘生板起一块脸，目光也变冷了。

吴小株一见情势不妙，赶忙打圆场，说：“爹，女朋友他应该是有了，只是瞒着我们，你就等好消息吧。他妈有次告诉我，说砺锋向她打听买什么杭绣女内衣，就怀疑他有女朋友了，一再追问，他就是不说。爹，你说今晚会有人来理发？”

吴湘生的手机忽然响了，接过后，大声说：“真还有客人要来了，是一对父子，你们都认识的。”

吴砺锋说：“也许还会多一个，爹见过，爷爷没见过。”

吴小株说：“你好像比我还清楚？好啊，人气旺。”

从七十岁开始，吴湘生就不怎么来这里了，在城南解放街后面的一个院落里颐养天年。技痒了，就带上装理发工具的小皮箱，去为邻居免费剃头，活一活筋骨。这一刻，他似乎又回到当年，大声说：“各司其事，准备开门迎客！”

他们走入店堂后面的换衣间，吴砺锋懂事地站在爷爷身边。

吴湘生先摘掉绒线老人帽，露出一个硕大的光头，再戴上白色无沿的圆顶工作帽；然后，脱掉羽绒大衣，穿上长长的白大褂。吴砺锋熟练地依次接过绒帽和羽绒大衣，再挂到墙上去。吴湘生灿烂地笑了，心里说：吴家手艺代代相传啊，将来有了曾孙，还是干这行！

“爷爷，你先去店堂里坐，我和爹穿戴好了，再去磨剃刀，开热水器，烧热肥皂水。”

“好嘞——”

吴小株讨好地说：“爹，你腰板直、身子正，穿上这身行头，帅气。”

吴湘生忍不住仰天打了几个哈哈。

店堂墙上的挂钟，当当当地敲了七下。

门外有汽车轮子的沙沙声由远而近，然后停住了。继而响起了开车门、关车门的声音，接着理发馆的门被推开了。

吴湘生和儿子、孙子，早已按辈分站成一排，摆出迎客的阵势。

从门外鱼贯而入三个人，两男一女，都穿戴着湛蓝色的工装和有帽舌的工作帽。工装的右胸上方，印着一行金色的字：红旗冶炼厂。

打头的大高个子，拱手行礼，大嗓门响得像铜锣："吴老，惊动你了，劳你今夜来为老夫的头颅试刀！还劳驾你的儿孙，在此守望，我们感激不尽！"

吴湘生不由得笑了起来，说："老关，不，曾经的关正心副厂长，你退休也十年了，怎么连鬓胡还要等到今晚来刮？还有你儿关山度，连鬓胡把嘴巴都遮住了，可见这些日子为老厂搬迁，为衡东县水口山的新厂筹建，忙得脚不落地，佩服！"

四十岁出头的关山度，一米八高的个子，肩也宽、膀也阔，国字脸，眉粗眼亮。他一拐一拐走上前，说："吴伯伯，我爹留着连鬓胡，才有一个请你下刀的理由，我敢请你吗？"

"这个理由，我最喜欢。呵，这个小妹子我眼生啊，也不介绍介绍。"

姑娘从后面走到前面，摘去工作帽，一头长发如瀑"哗"地泻了下来，黑得发亮。她朝吴湘生鞠了一个躬，说："吴伯伯……"

吴砺锋忙轻声打断她的话："你和我同辈，要叫爷爷。爷爷，她叫关小沸，热血沸腾的沸。她是关山度的远方堂侄女。"

关小沸赶快改口："吴爷爷，我们三个今晚都要理发，关家三代人麻烦吴家三代人，不是一段佳话吗？"

吴湘生连连点头，他觉得这小妹子不但人长得漂亮，还挺会说话，心生欢喜。便问道："你是做什么的呀？"

"我是冶炼车间的技术员，大学毕业后招聘来的，干好几年了。"

"别老站着说话，我们先喝茶，聊一阵天。然后，你们各选人剃头、剪发，好不好？"吴湘生一挥手，说。

关正心说："好！我们进门还有一个仪式的，差点忘了。关山度，快拿出你的礼物来！"

关山度"啊"了一声，忙接过关小沸递过来的手提包，从里面拿出三个漂亮的锦盒，喜气洋洋地说："红旗冶炼厂以大局为重，关停老厂，为的是贯彻习总书记的'绿水青山就是金山银山'的指示，而且在外地衡东县的水口山重建了一家第一流的高科技、零污染的新厂。厂部特意制作了一批红旗纪念章，赠给多年来帮助、扶持过我们厂的爱心单位和个人，以表谢忱。天字理发馆坚守在跃进街为工人兄弟服务，我代表厂后勤部领来纪念章，请吴伯伯、小株兄、砺锋小友收下。”

吴湘生和儿子、孙子接过锦盒后，慢慢打开，出现在他们眼前的纪念章，用铅锌合金制成，图案是一面猎猎飘动的红旗，上有金色小字：“不忘初心，与时俱进。纪念红旗冶炼厂水口山新厂奠基典礼。”

三个人几乎同声说：“谢谢。”

吴砺锋赶快在店堂上首的长条茶几上再摆上三个白瓷茶杯，放上茶叶，冲上开水。吴湘生坐在上首正中，两边坐着关正心和关山度；下首正中坐的是吴小株，吴砺锋和关小沸分坐在他的两边。

关小沸一边喝着茶，一边看着吴湘生身后墙上方挂着一幅装了框的四尺宣纸横式的彩墨山水画。在青山绿水的怀抱中，崛起一个气势恢宏的冶炼厂，高炉、水塔、厂房、管道、汽车、火车、花圃……美不胜收。看着看着，她眉毛飞闪，目光盈盈，手指墙上，说：“吴爷爷，这就是我们的新厂，是砺锋画的！”

吴湘生站起来，转过身去看墙上的画，墨色淋漓酣畅，画得真还不错，题款是：“中国冶金梦。水口山红旗冶炼厂新厂写生。戊戌年秋吴砺锋遣笔。”

吴湘生坐下来，问：“孙子，你什么时候又拿起了画笔？”

“读高中时，我要考美术系，爷爷偏让我读商贸学院，说‘家有万金，不如薄技在身’，我只能服从，但画画作为业余爱好，总可以吧？”

“爷爷不反对你有业余爱好。”

吴小株说：“这理发馆的二楼有你孙子的卧室和书房。这几年爹不来这里当班了，所以不知道他下班后常在这里画画在这里睡。”

关小沸说：“吴爷爷，我们的新厂气派吗？”

“气派得很。”

“住宅区也不错，有山有水有花树。还有俱乐部、体育馆，幸福指数很高。”

吴湘生忽然目光射向关小沸，说：“画这种画，必到现场去。我猜是你邀他去的吧？”

关小沸的脸顿时红了，两只手胡乱搓着，说不出话来。

关山度说：“小沸是以个人名义邀请，我是以公家名义邀请。”

吴小株赶快说：“你孙子向我请假，我就批了几天。”

吴湘生威严地说：“你就是个老好人。”

关正心看了看表，说：“吴老，这幅画将来要搬迁到水口山去的，你信不信？”

吴湘生淡淡地说：“作者是吴砺锋，他有权决定怎么做。”

关正心说：“言归正传吧。冶炼厂最后一座冶炼厂——基夫赛特炉，按约定今夜十二点熄火，这标志着老厂的使命胜利完成，全厂职工将去新厂开始创业。送旧迎新，炉前有个盛大仪式。小沸是这个车间的，自然要参加。我是这个厂退休的，关山度是后勤部的头，车间外面还会有很多人会集，都有一腔惜别之情。所以，我们要面目一新去赴会。”停了一阵，又说，“我们关家，凡逢什么大事，都是麻烦你们。当年我爹关大风，从老工业基地沈阳的一家冶炼厂调到这里来，干的是冶炼工，正式开炉前，他那一头乱发、一脸大胡子，就是请吴老下的刀。”

吴湘生兴奋起来，说：“你爹那年三十岁，我十八岁。他是累狠了，刮脸时，他居然睡着了，鼾声都充满阳刚之气。”

关山度说：“我爹那年到北京去参加科技大会，当夜十二点才忙完一个试验，赶到这里来刮脸、剃头。白天托人捎了口信，吴伯伯硬是在这里等着。”

吴湘生摆摆手，说：“小事一桩。他去北京领大奖，我怎么能让他蓬头垢面去？那不丢了株洲人的脸！”

大家忍不住笑了起来。

关正心指了指关山度，说：“他也没少麻烦吴小株。几年前，他是锌电解车间的主任，因一个工友操作不慎出事故，他正好在场，把工友拉开，却让自己一条腿粉碎性骨折，住了三个月医院，都是小株按时去病房，为他刮胡子、剃头。他腿残了，调到厂后勤部，过几天也要去新厂了，想的是怎么满足职工的日常生活所需，急得上火哩。”

壁上的挂钟敲了八下，余音袅袅。

吴湘生蓦地站起来，说：“该干正事了，不能误了人家参加告别仪式的大事。老关的头和脸，我来打理。”

关山度马上说：“我就要麻烦小株兄了。”

关小沸小嘴一噘，说：“高人都被你们选了，留下一个愣头青，不是他也是他了。”

吴砺锋说：“你又不是连鬓胡、疙瘩头，我这手艺来应付，绰绰有余。你不过是要把长发剪成短发，像女作家杨沫笔下的林道静。”

关山度一边往理发椅上坐，一边说：“小沸呀，选谁你心里早有数了，连发型都商量好了，还装出万般无奈的样子，真让我们羡慕死了。”

“乱讲！”关小沸悄然一笑。

六把理发椅，正好隔一把椅坐一个，显得宽松。吴砺锋不急着给关小沸系上白布单，先去端来两盆滚烫的水，分别浸上白毛巾，再去端来两大杯热热的肥皂水，里面放上圆柄毛刷，然后，回到关小沸身边，悄悄地说：“你看看我爷爷我爹的好手段，怎么从荆棘丛中开出一片新天地来。”

关小沸用手指一戳吴砺锋的腰，吴砺锋赶忙往后退一步。

吴湘生提出小皮箱放到镜案上，打开，里面全是理发工具。光插放在箱壁布套上的剃刀，就有上十把。

“吴老，还自带工具？”

“用熟了的东西，不欺生。”

吴小株早已给关山度系好白布单，手捏剃刀，却不动手。关山度问：“小株兄，你等什么？”

“等年长者先下刀。书画家在一起，也是这样，那叫开笔。”

“皆有君子之风！”

吴湘生先把叠好的白布单展开，再两手抓住上端的两角，使劲抖几下，干燥的布发出“哒哒哒”的脆响，然后系到关正心的脖子上，再把布单理顺、围严。他把理发椅放斜后，从口袋里掏出口罩戴好，接着是利索地从水盆中拧出一个毛巾把，摊开来覆到关正心的脸上，为的是让热水热气把钢针似的胡子浸软，把紧固的胡根泡松。四五分钟后，吴湘生揭下毛巾，用毛刷蘸热肥皂水，把关正心的脸涂得一片白。三分钟后，吴湘生才拎起一把刀身长、刀刃宽的剃刀，先在上嘴唇处走了几刀，把沾满肥皂水泡沫的胡子，利索地甩到地上。

“你们可以动手了！”吴湘生说。

吴小株、吴砺锋立刻回答：“好嘞——”

不知道为什么，吴湘生此刻有了说话的欲望，他一边走刀刮脸，一边问：“老关，贵厂这么多职工，都肯离家别乡去水口山吗？”

关正心说：“到了退休年龄的和快到退休年龄的，就地退休。其余的采用自愿原则，想不去的，可以领一笔补助费，去自谋职业。”

“真有不去的吗？”

“有，不过是几个人。嫌离株洲远，舍不得老父老母。”

“呵。”

吴小株连忙接话：“儿女舍不得父母，父母也舍不得儿女呀。”

关山度说：“好男好女，志在四方，都是为国家的繁荣昌盛尽心尽力。再说，如今的交通多便捷，有高铁，再远的地方也近在眼前。”

“那倒也是。”吴小株说。

吴砺锋一手拿着木梳一手执剪刀，正聚精会神为关小沸剪发，一剪刀下去，掉下一把长发，先落到白布单上，再缱绻地散落到地上。

吴砺锋说：“可惜了一头好青丝，这叫断发。断发呢，表示永远待字闺中。”

吴小沸咯咯地笑起来，说：“你是读书读迂了，自剪头发才叫断发。”

“我给你剪，只能叫剪发。看来你还是要出嫁的。”

“呸——”

关正心隔座问话：“小沸，有男朋友了吗？”

“有！”答得很干脆。

关正心又问：“是本厂的还是外单位的？”

“外单位的！”

“你到水口山新厂去工作，他不愿意跟你去怎么办？”

“那就对不住了，拜拜！‘挥一挥手，不带走一片云彩’，徐志摩的诗，写得多好。不过，我那男朋友志存高远，愿意去新地方创业，谁也拦不住他。”

吴湘生的手抖了一下，赶快移开刀刃，幸好没在关正心下巴上留一道口子。

刮完了脸的关正心，露出黑里透红的肤色，容光焕发。吴湘生扳正椅子，说：“随我去里间用滚水泡头，这一头乱发又硬又粗，泡软了才好剃。”

“悉听尊便。”

店堂里马上静下来，只听见一片刀剪之声。

吴砺锋说：“爷爷在场，你们就说话，为的是逗老辈子开心。”

关小沸说：“吴爷爷是这里的最高领导哩。”

里间的哗哗水响停住了，吴湘生领着用白毛巾裹头的关正心，回到店堂里来。

吴小株等关正心坐到椅子上了，问道：“关厂长，你儿子一家都去水口山，听说你孙子明年大学毕业后也去冶炼厂，你和老伴舍得？”

关正心说：“说实话，舍不得！尤其心痛关山度，他是个跛子啊。可他们要去，那是他们的事业，是他们的梦，我若拦阻就不近人情了。”说着说着，老泪就下来了。

吴湘生递过一条热毛巾,关正心接过来擦了擦脸,然后说:“请你剃头吧。”

吴湘生另挑了一把剃刀，在荡刀布上来来回回使劲荡了几下，然后先在关正心的头顶下刀，唰唰几刀刮出一块光亮，再从头顶依几个方位顺势朝下刮。这个头是典型的疙瘩头，一会儿凸起，一会儿凹下，下刀要特别小心。关家几代人，都是这种头型，相书上说这叫“山外有山”，其人必有大志异才。往常剃这种头，吴湘生真是轻车熟路，可今天居然弄出了一处刀口，渗出了血。他并不慌乱，用刀在头顶刮出点油泥敷上，血就止住了。

剃完了头，吴湘生摘下口罩，说：“拙艺草草，请包涵。”

关正心忙说：“谢谢吴老！谢谢吴老！”

吴湘生问：“都好了吗？”

吴小株、吴砺锋赶快回答：“都好了！”

关小沸跑到吴湘生面前，说：“吴爷爷，我这头剪得怎么样？”

吴湘生作古正经前后左右看了看，说：“还不错！我孙子用心思了，用得正是地方。”

关小沸掏出钱包，说：“我，还有两位长辈的剃头费，我来付！”

吴湘生摆了摆手，说：“请你们赏个脸，今晚小店一律免费！小店是最后一夜，你们也是最后的客人。过了十二点，就是新年了，祝各位吉祥如意！”

关正心赶忙拉了关山度和关小沸，站成一排，恭恭敬敬鞠了一躬。

壁上的挂钟当当当敲了十下。

关正心说：“吴老，我们该去冶炼车间做些准备了，就此拜别！”

吴砺锋说：“爷爷，我也想去看看这个场面，好不好？”

“好！”

关小沸调皮地挥挥手，说：“砺锋，你应该留下来陪两位老人，然后送他们回城南。”

“小沸，我开我的车，跟着你们去，仪式一结束，我再开车回来接他们回家。”

关小沸点点头，满脸是笑，关切地对吴湘生、吴小株说：“吴爷爷，吴伯伯，快十二点的时候，你们可以到二楼顶露台上去看看炉火最后的五彩光影，醒一醒瞌睡，再听听市中心钟楼响起新年的钟声！”

“好！”

“谢谢小沸！”

两辆小车一前一后，鸣笛远去了。

店堂里突然变得又大又空。

吴小株说：“爹，你歇着，我来清场。”

吴湘生摇摇头，说：“一坐下来我就会睡着的，我来和你一起收拾吧。”

“辛苦爹了。”

扫地、擦地。收拾理发工具、搓洗毛巾。刷洗脸盆、杯子和壶。不知不觉就是一个多小时。

吴湘生抬头看墙上的挂钟，已经十一点半了。他忽然记起这几个小时，他居然就没抽烟，喉头痒得难受。赶快从口袋里掏出一根香烟，叼到嘴里，正准备打燃打火机，吴小株飞快地蹿过来，接过打火机打出一朵金黄的火苗，殷勤地送过来。吴湘生趁势点燃香烟，再狠狠地吸了几口，吐出一团一团的烟雾。

“小株，这个小沸妹子，你见过好多次了？”

“是的。”

“你觉得怎么样？”

“懂事明理，还是技术革新能手。你孙子……跟她蛮对路，好得像牛皮糖，扯也扯不开。”

“我看出来了。孙子要办的理发店，只怕是选在水口山。”

“他没有明说。”

吴湘生诡秘地笑了笑：“天要下雨，娘要嫁人，就由着他去吧。那店子既然是为工人兄弟服务，理应还叫‘天字理发馆’！”

“当然，他敢不听！”

“这就对啰。我们上露台去吧。”

“我来搀爹。”

“不用，老胳膊老腿还硬朗。”

理发馆虽只两层，但第二层顶上不盖瓦，用钢筋水泥浇注成一个平平的露台，周围安着石栏杆。站在这里，可以看得很远。

风停了，雪住了，高远的天空居然现出了几颗星星，空气寒冽而清新。他们并肩站着，面朝东。在几百米外的地方，闪耀着一个巨大的半圆形五彩光环，在光环的轴心位置，从下向上燃着一条通红的光带，像一条火龙腾空而起。因周围一片墨黑，光环、光带显得格外辉煌。

吴小株说："那地方就是冶炼车间、冶炼炉。"

吴湘生说："好看得紧！"

忽然，子夜的钟声远远地从他们身后的市中心钟楼宏重而沉雄地传来。半圆形的五彩光环和火红的光带，在第一响钟声中猛地熄灭了。余光尚在时，无数道色彩明丽的焰火，齐刷刷发出噼噼啪啪的声音，射向夜空，织出一幅光与火绘制的大画。紧接着，无数的灯笼点亮了，围着车间那个地方回环移动，如星河流转。雄壮的中、西乐器演奏的交响乐，排空掠地而来，演奏的是《歌唱祖国》。随着乐曲的行进，无数人引吭高歌："五星红旗迎风飘扬，胜利歌声多么嘹亮，歌唱我们亲爱的祖国，从今走向繁荣富强……"

吴湘生忽然伸出一只手，搂住了儿子的腰，喃喃地说："鼓乐声中，二〇一九年来了……来了……"

吴小株抹了把泪水，说："爹，我陪你守在城南解放街的老营天字理发馆。让砺锋他们……去远方闹腾吧。"

"是这个理！"

插　友　会

上

昨夜，下了一场短暂的豪雨，酷夏最后的狂热，不得不赶忙落幕。立秋也按捺不住，于大清早就匆匆登台亮相。天清气爽，阳光虽然很亮，却显得有点薄有点凉。

六十六岁的郝秋声，早把家事料理清楚：洗早餐用过的碗、碟、筷，扫地、擦地、抹桌椅，为妻子马凤英熬好中药并看着她一口一口地喝下去。这才在窄小的客厅里坐下来，点燃一支硬盒子“白沙”香烟，有滋有味地吸起来，吐出一个一个的烟圈。又倒了一杯谷酒，不时地喝上一口。

这条巷子叫古双巷，弯弯曲曲的，紧巴巴住了二十多户人家，一色的窄门窄室。巷道里的脚步声，响过来响过去，上学的、上班的，热闹得很。郝秋声要九点钟才出门去，那时候就安静了，理发担子不会碍着别人走路。

蓄着短发、身子微胖的马凤英从卫生间里一拐一拐移步出来，坐到一张破旧的长沙发上。郝秋声赶快把一个海绵靠垫塞到她的背后。又指着头上的吊扇，问：“我给你打开电扇？”

“天凉哩，别开，费电。秋声，你吃降压药了吗？”

“吃了。你莫操心我，我每天挑着理发担子，出巷尾，到雨湖公园的七仙桥旁边，为人剃几个头。你有什么事就打手机，十五分钟我就赶回来了。”

马凤英说：“都是我拖累了你。我一不喝酒，二不喜欢吃肉，怎么会中风？我只是一个街道小厂的下岗工人，又是住院，又是康复，钱花得心痛，一眨眼就是几年了。”

“我们有吃有穿有房屋住，屁愁都没有。当知青时我就成了剃头匠，然后招工进城还是当剃头匠，难道退休了就荒废手上的功夫？何况还可以随时回家来和你做伴，自由得很，有什么不好？”

马凤英叹了口气，说：“我知道你的心思，你想赚钱，买一套大点的房子，让儿子一家和我们住在一起，也好彼此有个照应。儿子诚仁和他妻子孝道，这祖屋才五十几个平方米，怕孙子吵闹了我们，不肯挤到这里来，宁愿在外面租房住。他们都在公家的理发店做事，也工资低。”

郝秋声摸了摸白了不少头发的平头，打了个哈哈，说：“你想多了想远了。”

他看了看手腕上的电子表，快九点了，端起杯子把剩酒干了，仰起头，叫了声板：“夫人，就此别过，我该去了！”

马凤英喃喃笑了：“多少年你都不买票看京戏了，只看中央电视台的‘空中剧院’。这叫板，字正腔圆！”

客厅的一角，放着一副擦得干干净净的理发担子。

就在这时候，郝秋声的手机铃声“叮当”响了一下，是微信。他只进了一个微信群，叫“插友会”，赶忙打开来看，是群主富子源发来的：“秋声兄，秋风初起，怎不生莼鲈之思？恭请兄于今日下午三时莅临八仙楼，与‘插友会’诸友小聚。并欲借兄之好刀，让我等洗心革面，幸哉！快哉！子源顿首。”

“我想，应是‘插友会’请你去喝茶喝酒聊天。”

“是啊，秋风起了，富子源请我们去品莼菜羹、吃鲈鱼，还请我给他们剃头、刮脸。好啊，我不如给自己放个假，上午不出门了，清理清理手推剪、长柄剪，好好地磨快几把剃刀。”

“要得。他们都是人物，你得好好亮几手。”

“今天是阳历的八月初八，好日子！”

“农历是立秋。”

“不仅是立秋。我记得一九七一年七月，我们高中毕业，同班八个同学从湘潭插队落户去了茶陵县云阳山，马蹄坳生产队的知青屋便成了我们的家。一起下乡插队落户的，才叫‘插友’。”

“郝家代代都是剃头匠，你十三岁时，爹就教你在家里偷着练这门手艺。到你下乡时，你的手艺练了五年。爹让你带上理发工具，还说会有大用处。”

“我的故事你都听熟了，而且讲得就像你看见了一样。爹的话，真的没错。当年的今日，这七个哥们说要领教我的好手段，我卷起袖子就干。那地方没电，只能用手推剪、剃刀、长柄剪和木梳，只听见一片剪声嚓嚓、刀声飒飒。剃完了头，我记起爹告诉我的一副对联，是古人歌赞剃头匠的。便对他们说：‘问天下头颅几许；看老夫刀法如何。你们的头往后就交给我了。’大家听了，一片叫好声呵！”

“怪不得富子源又要做东请你们去聚会。他们总记着你这点情。”

“是啊……是啊……”郝秋声边说边去了内室，拎出一个白布包来放到桌上，解开白布，现出几把不同型号的剃刀、一把手推剪、一把长柄剪、几把梳子。

“这还是当年的那套工具，我一直好好收藏着，做个念想。我们八个插友虽同住一城，也相聚不多，各有各的单位，各有各的忙法，然后是退休，又忙着儿女的事。直到两年前，富子源把我们招拢来，建起‘插友会’微信群，时不时请大家喝个酒，叙叙旧。又蒙他们老说起当年我为他们剃头的事，于是我寻出了这套工具。我能做什么呢？亮一亮我的手艺！”

郝秋声坐到桌边，拆开手推剪，用磨砂纸轻磨刀片，再用细白纱布擦拭每个零件，然后利索地装上去。接着，又搬出一块细腻的磨刀石放到桌上，轻轻地研磨每把剃刀的刃口。现在到处有电，他给插友剃头，还用这套手工工具，几多亲切。

口袋里的手机又叮当叮当地响了起来，郝秋声说：“这回不是微信，肯定是富子源打来的！”一接，果然是。

“秋声兄，我的微信你看到了吗？”

“看到了。”

“你在干什么呀？”

“磨剃刀。问天下头颅几许，看老夫刀法如何！”

“哈哈，我这颗头颅，下午就交给你了。”

“放心。我会来！”

“我开车来接你？”

“不要！”

放下手机，郝秋声的眼睛有些湿润了。

马凤英说：“富子源格外看得起你，生怕你不去。他是鼎鼎有名的房地产老板，名下还有超市、物流和八仙楼酒店，却仍是这样谦和。”

“其他六个插友也是这个做派。他们或是大学教授，比如危楼晓，出过好多书哩；或是公务员，科长、处长都有；或是国有企业的工程师、高级技工和工人。富子源提出每次都到八仙楼聚会由他做东时，大家都说，除我之外，应该轮流做东才合理，因为只有我是付出了手艺的。你猜富子源怎么说？他说：‘八仙楼就是我的家，来我家做客，还要你们破费，没有这个道理！何况你们七位都有恩于我。你们记得不？秋声是第一个招工回湘潭的，那是一九七四年，他爹的单位需要熟练的剃头匠。但他没忘记我们，隔上三四十天，就用白布包上理发工具，坐长途汽车到知青屋来为我们剃头、刮脸。后来，你们也陆续回城了。我因出身不好，直到一九七八年恢复高考上了录取榜，才离开那个苦窝窝。我孤影自怜的日子里，秋声不但照旧来，还轮流叫上你们来陪我。’他说着说着，居然满脸是泪。”

马凤英眼圈也红了，说：“四十多年前的事，他们还记在心里，难得。”

“我知道，他们都是为了让我有面子。人活在世上，哪个不想有面子？这些年来，他们委婉地问我有什么难处，我总是说：‘太平盛世，诸事清吉，我知足常乐。’我不能去麻烦人家！那次你中风住院，他们都来了，提来水果、点心，每人送上慰问红包。水果、点心我收下，红包当面谢辞。”

“这就是你常对我说的：活着得有个人样子，什么是人样子？就是要有尊严！秋声，你老说这句话，说得我都硬气起来了。”

中

“交秋半日阴”。上午还有明晃晃的阳光，过午天上粘贴上一层薄薄的云，遮住了太阳的脸，风凉凉地吹起来，在巷道里穿过，有了很好听的声音。

郝秋声是午后两点钟出的门，口袋里揣着坐公交车无须买票的老年优惠证，右胁夹了个白布包，走出古双巷巷头，到了平政街。再往西走十来米，就是湘潭有名的省级文物保护单位关圣殿。关圣殿供奉的是关云长关老爷，是清代来此做生意的晋商们兴建的，因为关云长也是山西人。如今这里成了一个旅游点，也就成了重要的公交车站。

出门前，郝秋声认认真真冲了个凉水澡，换上短袖蓝汗衫和一条黑长西裤。再用一块洁净的白土布包上理发工具，夹到胁下。马凤英笑着说：“你这是很有式样的夹包剃头匠。”

理发这个行当，有三种格局，一是开理发店，二是挑着理发担子走街串巷，三是胁下夹个工具包上门去做事，用主家的椅子、洗脸盆和热水。富子源一再嘱咐他，八仙楼什么都备着，只带工具就行，挑着个理发担子，麻烦。

从关圣殿到城西窑湾街的八仙楼也就十来个站，三四十分钟就够了。如今生活变得讲究，公交车里都有空调，冷气飕飕直往人怀里钻。车上人不多，郝秋声坐在车窗边，看街上过往的大车、小车，看商店五光十色的橱窗广告，忽然想起京剧《空城计》中诸葛亮站在城楼唱的一个名段，头一句就是“我正在城楼看风景”。他此刻不是站在城楼，而是坐在清凉的公交车里看风景，于是忍不住悄然一笑。笑过了，赶忙用左手去捏捏右胁下夹着的工具包，硬硬的，都在！

车快到八仙楼这一站时，郝秋声赶快站起来，走到车厢中部的出车口。车门一开，他“噌”地就下了车。八仙楼立在街的对面，再往前走几米的位置上，三层楼，红檐碧瓦，二楼和三楼都起翘角，又精致又古典。大门上悬一块“八仙楼”的隶书匾额，是本地一位大书法家题写的。富子源说，八仙楼虽然也对外营业，但主要是用于招待他的客户和亲戚、朋友。每次邀“插友”聚会都在三楼，为了安静，三楼的下午和晚上不接待其他客人，只供他们使用。

这块地方叫窑湾风景区，人气很旺。窑湾街是一条古街，早几年，又全面修整和扩建，变得焕然一新，附近还有唐代的遗存唐兴寺和唐兴桥，曾国藩湘军打造战船的杨梅洲……郝秋声很佩服富子源，当然还有其他的老板，有眼光也有实力，就敢提早在窑湾街置产开店！

郝秋声在站台边的石凳上坐了一阵，看看表，三点还差十分。于是，横过街道，走到对面的一排店铺前，再往前走去。比八仙楼气派的店铺还有好多家，怎么只有八仙楼挂上了站名？现在都市场化了，挂一个站名，要十万元，富子源出得起这个钱。这条窑湾街，只有一个站，而且叫八仙楼，市民到这里来玩，众口一声“到八仙楼去”，这个广告效用，太牛逼了。

郝秋声走到了八仙楼的大门口，他正要步上三级台阶去推开门，门忽然从里面拉开了，冰凉的冷气和富子源一起，蹿到了他的面前。

“秋声兄，请进！我在此恭候一阵了。”

“太隆重了，你每次都这样，叫我如何是好？”

“我们的脑壳都在你的刀下，不客气还行？”

两个人亲亲热热走进了一楼的店堂。

郝秋声问："他们都来了？"

"危楼晓一行都来了。我原以为侯品来不了，他退休多年，忽然老夫聊发少年狂，要求到一个远乡贫困村去当'第一书记'，正好到城里来办事，赶上了。"

他们边说边上楼，上到三楼后，再走向顶端的一个名叫"千秋岁"的包厢。富子源抢先一步，推开门，大声说："秋声兄驾到！"

里面正坐着喝茶、聊天的六条汉子，赶快站起来打招呼。郝秋声憨憨地笑，一个一个地致意。

这个包厢很大，四壁字画。左边置放一张大圆桌、八把大圈椅，桌子正中已放了四瓶正宗的茅台酒，那是为晚宴备下的。右边挨墙是一排长沙发和茶几，茶几边再摆放着麻将桌和棋牌桌。在右边上端靠窗户处，立着一个长条梨木案子，案子前面摆着一把紫檀高背官帽椅。郝秋声每次看见这梨木案、官帽椅，心里就感动，都是清代的东西，是从富子源家中书房里搬来的，用完了再搬回去。

郝秋声径直走到梨木案前，解开布包，把工具依次放好。笑着问："哪位仁兄先上座？其余的只管打牌、下棋。"

"秋声兄，我们不打牌也不下棋，一边喝茶、聊天，一边看你的好刀法。"

"我的头发还没长起来哩，今天就免了。"

"……"

富子源把大家依次看了一遍，果然都是发短须净，于是说："那我就不客气了，劳驾秋声兄修理我这个脑壳我这张脸。白围单、白毛巾、热水、肥皂水，服务员马上就送来。"

郝秋声说："你是太忙了，忙得一头乱发如野草，一脸钢针胡子打结坨。我要先给你刮脸，来个久不用的老法子，光热热的毛巾把子都要用三条，行话叫'连升三级'。然后，再为你剃头。"

瘦瘦高高的危楼晓，退休前在湘潭大学中文系教戏剧学，一听"连升三级"四个字，马上想到了京剧中的《连升三级》。他推了推架在鼻梁上的近视眼镜，说："这个老法子，不要用在富兄的脸上。"

侯品问："为什么？"

"因为富兄大学毕业后，分配当了公务员，可他不安分，硬要辞职下海去当老板，一转眼就多少年了。他不在体制之内，连升三级对他来说有什么用？”

侯品说：“你是个读书读多了的老夫子，这不过是理发行当讨彩的吉利话罢了。”

“所以，你侯品原本是个正处级，要赶紧上座来个‘连升三级’！”

侯品说：“我早退休了，虽去乡下当贫困村的‘第一书记’，还往哪里升？”

大家乐得哈哈大笑。

郝秋声说：“你不简单啊，在乡下一张脸都晒黑了。但这‘第一书记’，毕竟是市委组织部下的文，你还算是在体制内。”

众人都说：“这是大实话！”

在国营大工厂退休的高级技工车向前，一身腱子肉鼓鼓的，关切地问：“我和羿振羽都是做工出身，不过他是工程师我是钳工，手上都还有点技术，有什么忙要帮？招呼一声。”

侯品说：“我也一直在想‘连升三级’的事。”

危楼晓说：“我的话马上就应验了，是不是？”

侯品摇摇头，说：“这个‘连升三级’是先把贫困户的危房改造好，上面的拨款到位了，已经开始动工；第二步是发展养羊、养牛的养殖业，增加村民的收入；第三步是办个文化技术班，让一些干不了重体力活的人，学理发学缝纫学修理电器。”

富子源说：“这个‘连升三级’好！改造危房，红砖、青瓦、木料不足的部分，我来捐赠。”

“教剃头技术，我应该合格。”郝秋声大声说。

羿振羽说：“教修理电器，我和车向前来，小菜一碟！”

侯品站起来，向大家鞠了一个躬，表示谢意。然后装出很严肃的样子，说：“郝兄，赶快让富兄‘连升三级’吧。”

大家忍不住又笑了。

这时，几个年轻的女服务员推门进来，送热水、白围单、白毛巾、肥皂水和毛刷，一一放到长案上后，赶快离开了。

系好白围单的富子源，仰起脸，把头搁到官帽椅的靠背上。郝秋声一手端着盛肥皂水泡沫的杯子，一手执圆柄毛刷，把这块脸涂得一片白，然后拧出一条热水毛巾把子，敷到脸上。

危楼晓问："这是'连升三级'的第一'级'？学术名称是什么？"

车向前正喝茶，笑得差点噎住了，忙把嘴里的茶水吐掉，说："亲爱的教授，你又要考证什么了？"

"寻根问底，是我的习惯。"

郝秋声说："这叫'刮前闷'，为的是把胡子'闷'软'闷'松。过一会儿，揭去毛巾，用第二条热毛巾把子，把满脸的肥皂泡沫细细擦个干净。危兄，这第二'级'的俗名，哈哈，不，学术名称叫'闷后擦'。然后才是下刀刮胡子刮脸。刮完了，再用第三条毛巾把子，飞快地在脸上'顺'一遍，叫作'刮后顺'。"

危楼晓说："这不是学问是什么？不打扰郝兄了，你干活，我们聊天。我记起来了，这'连升三级'，郝兄用过一次。在当年的知青屋，是一个初冬的夜晚，你们还记得吗？"

雅间里突然静下来。危楼晓的话，让大家想起了有这么回事。

那是他们插队落户的第二年初冬。雪还没落下来，但风像刀子一样尖锐。白天修水利，又累又冷又饿。回到知青屋，赶忙在冰凉的火塘里架上柴草和干树蔸子，烧出烈烈的火焰。然后在火灰里埋上红薯煨，晚餐只能这样对付。在水利工地，倒可以吃上一顿由生产队供应的中饭：苞谷粒子与大米同煮。回到这里，就只能吃红薯了。蒸红薯、煮红薯、煨红薯，不管怎么变花样，还是红薯。

天黑下来，点亮了小油灯，火塘里飘起煨红薯的香味。

接着又烧出一大瓦壶开水，把八个粗瓷碗倒满。再寻出一个酱油瓶，在每个碗里滴了几滴，这就是可口的汤了。火塘四周铺着几块草垫子，八个人坐下来，准备吃晚饭。

木板门忽然轻轻地敲响。

粗壮的车向前"咚"地跳起来，跑过去打开门，一个黑乎乎的人影用长沙话问："我是过路的，可以进来暖一暖身子吗？"

"请进！"

门又重新拴好。车向前把一个脏乎乎的汉子，领到火塘边来，让他坐在草垫上。

火光里现出汉子一头又长又乱又脏的头发，连鬓胡几乎爬满了整个脸；棉袄破破烂烂，好些地方露出了棉花。

富子源去拿来一个粗瓷碗，倒上开水再滴几滴酱油，递给汉子时问道：“同志，贵姓？”

汉子接过碗，说：“你应该叫我文老师。同门为朋，同志为友，我们不是同辈人。哦，这个年代，都叫同志，我失言了，抱歉。”

危楼晓从火灰里扒出煨熟的红薯，先把两只放到汉子的脚边：“文老师，和我们一起吃晚饭吧，只有这种招待，莫见怪。”

“惭愧，我早就不是老师了，冒昧打扰，请你们原谅。”

文老师端起碗，细细地啜了一口，说：“味道不错。”放下碗，再慢慢地剥开煨焦的红薯皮，咬了一小口黄黄的肉，点点头，说：“好吃。”

“文老师，你怎么来到这个地方？”富子源问。

“我也不知道是怎么来的，反正是迷了路，乱走到这个地方来了。我又冷又饿，想找旅舍和饭店，哪里有啊。忽然发现了这栋旧房子，门楣上的木匾，用红漆写了‘知青屋’三个字。知青，肯定是城里来的，还都有文化，不会拒绝我进屋，果然！”

富子源指了指郝秋声，说：“他是我们知青屋的剃头匠，过会儿给你剃一个？”

“真的吗？我多少日子没理发了，难受。”

“他的手艺好得很哩。”

文老师把脸转向郝秋声，说：“我这脸，只怕要用‘连升三级’，你会吗？”

“家传的手艺，当然会！”

“了不起啊，请问尊姓大名？”

“姓郝名秋声。我是秋天生的，我爹请一位老师取的名。”

“唐宋散文八大家中的欧阳修，有一篇名文叫《秋声赋》，你们读过吗？”

“没读过。”

“那我来背一遍给你们听。”

文老师微微闭上眼睛，用普通话抑扬顿挫地朗诵起来：“欧阳子方夜读书，闻有声自西南来者，悚然而听之，曰：‘异哉！’初淅沥以萧飒，忽奔腾而砰湃，如波涛夜惊，风雨骤至。其触于物也，鏦鏦铮铮，金铁皆鸣；又如赴敌之兵，衔枚疾走，不闻号令，但闻人马之行声……”

窗外，风声飒飒，应和着他的朗诵声，令所有人陶醉而生敬意。

用完了晚餐，郝秋声为文老师刮脸、剃头。刮脸用“连升三级”，得有三条热毛巾把子，郝秋声只有一条洗脸毛巾，富子源和危楼晓赶快把自己的洗脸毛巾拿来。剃头是先用热水泡过头后，再用手推剪理出一个大分头。文老师仿佛变成了另外一个人，容光焕发，也就五十岁的样子。

“我都‘连升三级’了，可以去一个美好的地方了！各位小友，谢谢。你们明日还要出工，快回房里去睡。我就守在火塘边，困了打个盹。”

天亮时，他们才发现文老师在他们熟睡后走了。火塘里浇了水，早把火熄了。草垫上放着一叠钱，一元的，两角的，一角的，还有分票。

又过了几天，有消息传来：离知青屋五里外的一个大水塘里，发现了一具刮净脸理了发的男尸，内衣的口袋里有一个工作证，姓名文振华，是湘楚师范大学中文系的著名教授，畏罪自杀。

八个人在一个傍晚，去了那个大水塘，在岸边默默地站了好久、好久……

头脸收拾规整的富子源，蓦地站起来说：“后来，搞专案的来调查，问是谁给文教授剃头刮脸的？秋声兄说：‘是我。与其他的人无关。’你们几位都说：‘是我们给陈教授开的门、端的水、煨的红薯、留的宿。’只有我没有吭声，我的出身不容我答话，我是个胆小鬼！”

郝秋声收捡好工具，说：“领我们去大水塘的，就是你富兄。我们这群‘插友’识得好坏，做人有做人的样子，没得说的！”

墙上的挂钟，时针、分针、秒针正好叠在“6”字上。

富子源大声说：“几十年过去了，‘子在川上曰：逝者如斯夫。’我叫服务员上菜，我们好好地喝几杯酒！”

下

垂花海棠式的大吊灯，半开玉兰式的壁灯，横竖成排星星式的顶灯，都亮了，“千秋岁”包厢灿烂辉煌。

富子源坐在上首正中的圈椅上，右边坐的是郝秋声，左边坐的是侯品。再依次排列的是危楼晓、车向前、羿振羽、宓必、江碧流。

头一道菜上的是一大盆莼鲈羹，接着是红烧肉、炖猪脚、焦炸鳝鱼、麻辣螺蛳片、蛋包虾仁、红煨酱肘、绣球鱼翅、爆炒团鱼、清熘藕片，摆了满满一桌子。

这八个人都能喝酒，用的是一次可盛五钱酒的瓷杯子，同起同落，谁喊一声“干”，仰脖就是一口干个底朝天。

危楼晓说：“八仙楼聚了我们八个‘插友’，一段佳话！京剧《坐寨盗马》，窦尔敦唱‘将酒宴摆置在聚义厅上，我与同众贤弟叙一叙衷肠’。正合此情此景。”

郝秋声说：“这一段我最喜欢听，情深意长。”

富子源对坐在下首的宓必和江碧流说：“你们两个刚才就不怎么说话，守口如瓶啊。现在酒劲上来了，该说点什么？”

宓必是商业局退休的，江碧流曾是自来水厂净化车间的工人，两个人又同住一个社区，关系很好。

江碧流说：“这么好的茅台酒，这么丰盛的美味佳肴，嘴巴喝和吃的都忙不赢，哪里还顾得上说话。富兄要我讲话，我透露一个秘密，好不好？”

“好。”

“快讲！”

“这个秘密关系到在座的每个人，你们先干完一杯酒，我才讲。”

郝秋声说：“这有何难！”

七个人立马把酒喝了。

“当年在知青屋，谁个最喜欢写日记？宓必！他把我们每天干了什么说了什么，比如郝兄为我们剃头；知青屋来过什么人，比如那位文教授，都写在日记里。这几年，他在慢慢整理，改正错别字，修正语法错误，但内容保持原貌，准备自费公开出版一本二十多万字的书，叫《插友日记》。”

宓必说：“我嘱咐你先别说出去，喝了几杯马尿，你就信口开河了。”

富子源问：“这是大好事，要不要让我表示点意思？”

“出书的钱，不缺。”

“你让我们留名于世，谢谢。我们七个人一起敬你一杯，为了那不能忘却的岁月，干！”

杯子碰得叮当响，痛快。

危楼晓说：“这本书应该出版面世！不管是艰难岁月还是繁华盛世，人性中最温馨最柔软的善不可殒灭，具善心才有家国情怀，才有美梦成真。诸兄可首肯我的说法？”

“好！”宓必摸了摸谢顶的头，大声说。

危楼晓又说：“我毛笔字还拿得出手，宓必兄，我来题写书名如何？这个序，你应请富子源来写，他是最后一个离开知青屋的，可以在序中略做补充，《插友日记》就无遗憾了。”

宓必说：“我是求之不得啊。来，我先敬二兄一杯致谢！”

大家拼命鼓掌，又是喊又是叫。

四瓶酒喝完，又添了一瓶。

郝秋声趔趔趄趄站起来，手端酒杯，说：“想不到我一个剃头匠……也要上书，高兴！诸兄……又这样看重我的手艺，高兴！那年文教授问我们……读过《秋声赋》没有，我留了心，后来赶快寻了……去读，一读就读了几十年。我来背给……你们听！”

他努力站正身子，又张开手掌在脸上抹了一把，刚念了“欧阳子方夜读书”一句，身子猛地一斜，“扑通”一声，重重地倒在地上，手中的瓷酒杯飞了出去，再落到地上碎成几片。

坐在郝秋声两旁的富子源和危楼晓赶快离座，只见郝秋声双眼紧闭，呼吸急促，嘴角挤满了泡沫。富子源说：“不要动他，我打电话叫医院的急救车快来！”

侯品搓着手，着急地说：“喝酒喝出了事，这可怎么好？”

富子源说：“侯兄，你赶快离开，你是‘第一书记’，又是来城里办正事，是不能喝酒的。”

侯品的脸“唰”地变得通红。

“其他几位，也赶快回家去。大家统一口径：没有酒宴这回事。剩下的事我来处理，你们放心。”

危楼晓说：“我们都退休了，跟你一起去医院，不怕！侯兄，你不能去，而且我们都能理解。”

侯品说：“我不是怕挨处分，是怕传到村里惹得说闲话，把所有的扶贫干部都看低了。那……我先回去，有什么消息请打我的手机。”

……

子夜了。郝秋声早已进了抢救室，门关得紧紧的，只有医生和护士可以出入。抢救室外是一个小厅，摆着几把绿色的长靠椅。

富子源小声说：“刚才我问了一个护士，她说秋声兄有高血压病，加上喝酒过多，造成了心肌梗死和脑出血，只怕难过此劫。”

危楼晓说：“得赶快把秋声兄的夫人和公子接来。”

富子源说：“平日里我都储存了诸兄家属的电话号码，我先给郝夫人马凤英和郝公子郝诚仁打电话，简单说明情况。我的两台小车都停在医院门口，司机也在，请哪两位兄去接他们来？我留在这里坐守。”

江碧流、宓必说：“我们分头去接！”

“麻烦二位兄了。”

小厅里只剩下四个人和他们的影子。

羿振羽说：“秋声兄是他们家的顶梁柱，万一……没救过来，他的夫人和儿子又哭又闹，怎么办？”

车向前说：“一是好言安慰，二是按常规出赔偿费。钱，我们都会尽力来。”

富子源摇摇头，说：“赔偿费不要你们出，我来付。只要他们不诉诸法律，否则，影响就大了，特别是侯品，会变成晚节不保。”

急救室的门忽然开了，穿戴白大褂、白帽子的大夫走出来，问：“家属在吗？”

富子源赶快上前，说：“家属快到了，我们是病人的好友。”

“对不起，病人没抢救过来，他走了！”

就在这时，脚步声急响，江碧流、宓必领头而来，紧跟在后的是郝诚仁背着母亲马凤英。

富子源把母子俩引到大夫跟前，说：“家属来了。”

大夫说：“郝秋声死了，请你们节哀。这个酒是怎么喝的？”说完，急急地走了。

马凤英突然爆发出凄厉的哭喊声，用拳头捶打儿子的背：“老郝啊，你怎么走在我前面了？应该走的是我呀……”

郝诚仁满脸是泪，他把母亲安放到长靠椅上，说：“妈，你不能这样，爹的老朋友都在，他们会更难受。”

富子源说：“郝夫人，诚仁小友，我对不住你们，都是我的错，我不该让他喝这么多酒！你们有什么想法，只管说，我都会答应。”

马凤英接过儿子递过来的手帕，把泪水揩净，缓过一口气后，说：“这不能怪你们，是你们看得起他，每次来和你们聚会，他就开心得不得了。富先生刚才打电话来，我马上就明白是怎么回事了，老郝一定是在最高兴的时候走的，是他的福气。”

说着说着，马凤英的眼睛里又盈满了泪水，赶快用手帕揩去。

“从你们‘插友会’相聚开始，老郝就写了张字条装在封了口的信封里，交代我如果他出了事，我就赶快打开看，在上车之前，我已经看了，现在请你们也看看。”

她从口袋里掏出一个拆了口的信封，再从里面掏出用半张材料纸写的字条，双手递给富子源。

几个人都围过来看。

字条上排列着几行用圆珠笔写的字：“这个酒宴是我未得邀请主动要求参加的。平生嗜酒，无须劝也能自饮不止。因饮酒导致发病或者丧命，都与东道主和同桌者无关。我的亲属也不可提出任何无理要求。郝秋声亲书。”在姓名下，摁上了红色的手印。

所有的人都惊得说不出话来，郝秋声居然会留下这样的字条，把责任自个儿担起来。而郝夫人也如此识大体，她不公开这张纸条，谁会知道？

危楼晓把头一仰，浩叹一声，说：“我打手机去，叫侯品赶快来！秋声兄称得上是高山仰止的人物，让我们自惭形秽，必须三省吾心！”

余　话

富子源调集手下的员工，和六个“插友”一道，在殡仪馆的悼念大厅，顺顺畅畅把郝秋声的丧事办完了。

六位“插友”各送五万元奠仪，富子源送了五十万，一并交给马凤英和郝诚仁。按旧俗，吊唁者在灵堂所赠的奠仪，亡人亲属是不能拒绝的。

富子源诚恳地对马凤英母子说：“你们以后若要买一套大些的房子，请打电话通知我，我只收半价。”

富子源又请郝诚仁代替郝秋声，加入“插友会”微信群，有什么活动一定要请他来参加。

郝诚仁流着泪点头，然后说：“我一定来！我会带上爹的那套工具，来为各位叔叔、伯伯剃头、刮脸。你们看见我，就像看见我爹一样。”

许多天过去了，郝家没有来买房。

富子源很诧异，是不是不想领受这个优惠价，到别的房地产公司去买房了？他把这个想法，在电话里告诉了危楼晓。

危楼晓说：“他们不会买房！早几天我去古双巷的郝家，看望马凤英。郝诚仁一家已搬进了祖屋，既可照顾老太太，也可以节约在外租房的费用，空间是挤了点，但住得下，一家人融融和和的。马凤英对我说：‘你们的深情厚谊，我们感激不尽，但所送的奠仪是绝不能用来买房的，都稳稳地存进了银行。老郝不在了，我们还在！人情是有来有往的，有来无往就失礼，也会让老郝在九泉之下不安。’郝诚仁坐在他母亲身边，很平静，看得出他很赞成老太太的做法。”

富子源长叹一声后，突然呜呜地大哭起来。

危楼晓对着手机，大声喊道：“富兄，富兄，你……怎么啦……”

天降甘霖

三十岁的祁奋，受县抗旱指挥部的派遣，到大横乡麂子村一带检查旱情已经三天了。

大横乡是离县城最僻远的一个乡，只有一条四十公里的简易公路通向那里，而麂子村离大横乡政府还有十多公里，一脚跨出去，就是外省了，没有公路，也不通电，连手机都收不到信号，是一个出名的贫困村。

祁奋被派遣到这个地方来，心情是颇为郁闷的。他二十岁时，由农校毕业通过公务员考试分配到县政府，也不知是什么原因，领导就从没用正眼瞧过他一下，他的岗位也从没有固定过，凡有什么突击性的重大活动，他就会被顺理成章地抽调出来。这种“游击队员”式的工作环境，使他既做不出什么引人注目的成绩，也无法与上级和同事构筑相对稳定的关系，十年了，仍然是一个连股级干部也不是的干事。

三天前的早晨，天才蒙蒙亮，祁奋提着简单的行李，也就是一个小旅行包，里面塞着几件换洗衣服和洗漱用具，准备出门时，一直躺在床上冷冷地看着他的妻子邵敏，突然低沉地问道：“又要下乡去？”

“嗯，去麂子村检查旱情。”

邵敏比他小两岁，在县卫生局医政科当科长。在县里，所谓局，其实是个科级单位，邵敏不过是个股长罢了。但她自认为比丈夫有出息，毕竟带着“长”，她在日常的言语之间，总流露出对丈夫的怨艾。平心而论，邵敏长得还不错，虽有点胖，但白白净净，属于电视里常说的那种性感型。祁奋对于她的矜持和怨艾，采取最有效的办法，就是冷淡她，在床上把自己睡成一根没有知觉的木头，这当然是在他们的女儿诞生之后。夜深人静，邵敏会有意无意地用穿着水红色薄薄睡衣的身子碰祁奋几下，或用脚趾尖在他的脚板心搔一搔，祁奋装着发出低沉的鼾声，无动于衷。

“就这样出门？”

邵敏蓦地坐起来，水红色的睡衣居然没有扣上扣子。她的这句话蕴含着许多隐晦的内容。

“还要去县政府的食堂统一用餐，然后，由指挥部派车送到大横乡政府，去麂子村就只能步行了，而且今天必须赶到那里。”祁奋回过头来，看了邵敏一眼。

邵敏冷冷一笑，说：“听说麂子村那地方的风气很开放的，可惜那里的女人又黑又丑。你走吧，我还要睡一阵。孩子全托在幼儿园，接和送就靠不上你。”

祁奋微微昂起头，提着旅行包径直走了。

夕阳如一个巨大的火把，灿红如血，疯狂地点燃麂子村附近高高低低的山尖，干燥的山尖呼啦啦燃烧起来。一束束的火光抛向山谷里这个孤零零的村子。矮小的散落在各处的石屋，灰黑如愁，且慵懒，仿佛刚刚得过一场重病。偶尔传来几声犬吠，使黄昏的风景更为冷清。听不见男人粗壮的呼喊，以及女人纷沓的笑语，连细伢子细妹子的奔逐呼叫也不可闻。

火塘里微微红了一下，猛地跳出一个火苗，像一只温柔的手，撩开了烟幕的一角。渐渐地，烟幕全被拉开，无数火苗呼呼而起，抛出一个极大的金色光环，屋子里有了生气。石壁上映着一个匍匐的巨大影子，如一匹兽，头稍稍侧着，一根长长的吹火筒凑近火边，而屁股撅得很高。随着“呼呼”的声音，扬起无数白色的灰烬，如蝶翅，如雪花。然后，腰慢慢直起，黑影便整整盖住了一面墙壁。祁奋看见这张苍老的脸，于许多刀刻的皱纹间，依稀可见昔日的英武。眼虽小，却是亮得打闪，因刚才吹火烟熏的缘故，眼角淌下了泪水。

这是祁奋临时的房东龙三老爹。

龙三老爹看了祁奋一眼，用手抹了抹胡碴上的火灰，又扶了扶头上束着的长巾，长巾如一个大轮盘，压迫着整个的脸。

“客人，你住到我家，我好高兴，可惜没有什么好招待的。这春旱，来得久，来得邪毒！”

龙三老爹拿过一支四五尺长的竹烟杆，紫红莹亮，可见手触汗润过不少岁月。青筋暴凸的手在大竹根雕成的烟锅里，狠狠地塞上一大把烟丝，然后就着火吸起来，喷出一大团一大团的烟子。

麂子村坐落在几省相交的偏僻处，全村一百来口人，以种苞谷为业，闲时则进山狩猎，得一些进益。自去冬直到现在，破天荒没有下雪，而后又不见落下一滴雨。眼下到了该点苞谷的时候，山田干得如铁板一块，锄头挖下去直冒白烟。泉水死了，山塘死了，唯有村头的一口井还半死不活，浅浅的一汪水，且浑黄，仅能维持全村日常需用。

祁奋进村的第一印象，是那些结过婚的女人都很干枯，头发黄黄的，胸脯干干瘪瘪，可以想象细伢嫩崽噙住它，吮吸不出乳汁时的痛苦与焦躁。而男子像被什么外力攥紧了身子，又矮又小又黑，懒懒散散，如魇如梦。天旱，也旱得人心惶惶的。

由村主任安排，祁奋住到了龙三老爹家里。

村主任五十多岁，姓石，名二幺。脑袋很大，且圆，身子却短小，似乎承受不住脑袋的重荷。但那张脸很温和，布满淡淡的笑。他说他好多天没睡个安稳觉了，假如苞谷种不上，秋后吃什么？

龙三老爹的石屋，在村子里算是宽敞的，有两间卧房、一间厅堂和一间厨房，各处布置得井井有条，倒也洁净。最显眼的是墙上挂着一把猎刀，黄铜柄，麂皮套，上面蒙了一层灰尘。墙根下搁着一块干燥的青色磨刀石，嵌在一个古旧的大树墩上，旁边有一个大竹筒，盛着少许水，大约是平素磨菜刀柴刀之类刃器所用。

龙三老爹家里人口极简单，除了他，还有一个过门已经两年的儿媳金姑。儿子结婚后不久，进山打猎撞了豹子，被咬死了，还没有来得及给龙三老爹带来孙子。祁奋第一次见到金姑时，觉得她年纪已经很大了，梳着巴巴头，脸很小，身子单单薄薄的，动作中透出一种惶然。偶尔抬头瞥一眼祁奋，羞羞一笑，好像是和他打招呼。

后来祁奋听龙三老爹说，金姑才二十三岁，这使他吃了一惊。山里女子风吹日晒，加上笨重劳动，青春竟如此易逝。城里女子在这个年龄，正是如花似朵，随怎么打扮都入眼入时。

龙三老爹吸足了烟，抬起头来，直直地望着祁奋，说：“这天旱得邪火，祁奋同志是县里派来的，你有什么法子吗？”

祁奋摇了摇头，避开龙三老爹的目光，顺手往火塘里丢了块干柴。

是啊，县里派他到麂子村来，既没有让他带资金和粮食来赈灾，也没有带来人手和打井的设备，他所有的任务就是检查旱情，说话等于放屁，谁信呢？

龙三老爹很理解地叹了口气，说："能来个人也就不错了，政府还记得我们哩。"

夜深了，麂子村很静，连狗都懒得叫唤一声。

这一夜，祁奋和龙三老爹搭铺睡。床铺很宽，像一块杀猪的大屠板，可以并排睡四个人。龙三老爹一定要他睡里面，他用身子筑一道墙垣，像圈羊一样圈住他。祁奋当然懂得他的意思，笑一笑，倒头便睡。美美地一觉睡到天亮，祁奋醒来时，龙三老爹早已坐在火塘边了。

"昨夜睡得可好？"

"安逸得很。"

"唉，如果我崽还活着，几多好，孙子也就有了。"

祁奋不知怎么去安慰他，说什么都不合适，只是尴尬地点点头而已。

每顿的饭菜总是一样：酸萝卜、酸豆角和蒸红薯。只有金姑的目光不一样，像一片干涸的湖，忽然有了潮汛，盈盈的，荡在祁奋的手上、胸上、脸上，很凉润。祁奋敏捷地感受到一个女人的温情，心也就莫明其妙地跳得烈烈的。每当这时候，龙三老爹喉咙里会突然有了老痰，呼噜呼噜响得很厉害。金姑脸一红，便慌忙转身就走。

望着金姑瘦小的身影，祁奋觉得她很可怜。

火塘里的火焰跳跃着，嬉戏着，快活地低吟，不时地爆出一串好看的小火星。细碎的干柴棍上，架着一个狰狞的蓝树蔸，因有些湿，呼吐着袅袅的热气，但不久，周身便生出黄的蓝的火苗，如一条发情的老狗，压抑不住满心的激动。

龙三老爹过足了烟瘾，放下烟杆，久久地瞅着祁奋，冷冷地说："这雨是该落了，该落了，老天也该怜惜山里人。再不落，就只有向老天祈雨了。"

祁奋没有作声。这种庄重的祈雨仪式，他只听说过，却从没有机会目睹。

上午，村主任石二幺急匆匆找到祁奋，嘶哑着喉咙说："只好祈雨了，没什么法子可想。大家都说要祈雨，我只好同意。好多年没搞过了，搞一搞，也许灵验。"

作为县里的干部，祁奋既不能赞同，也不能反对，只能听之任之。

村主任拍拍祁奋的肩，说："杀猪摆酒席，扎龙，准备锣鼓、火铳，就这样了。祁同志，你放心，是我们自己要搞的，与你没有任何关系。何况，这地方，离政府还远着哩！"

祁奋心里明白，村主任和村民把一切都安排好了，不过是表示一种尊重，跟他打个招呼而已。末了，村主任又交代，因为祁奋是远客，请一定去，这会给他们带来好运气。

祁奋说："村主任放心，我会去的。"

午后，祈雨开始了。

用苞谷秆和苞谷叶扎成的长"龙"，由四男四女举着，选的都是处男处女。龙扎得很威武，有角有鳞，有头有尾，眼珠是两个黑布团子，一长条红布做了龙的舌头，气宇确实不凡。他们先躲进一个山洞里，表示龙的蛰伏。

村主任拽着祁奋，和锣鼓、火铳班子齐刷刷站在洞外。

先是响了三声铳，四山猛地抖了几抖，接着锣鼓一阵疯敲，惊天动地。众人一齐"嗬——嗬——嗬"地呼喊起来，紧接着"龙"缓缓出洞。

"龙"先是绕村一圈，在井前盘桓一阵，然后绕过山塘，走过溪河，直奔向村前一座顶高的山。这大概是一个象征："龙"将引水入井、入山塘、入溪河。全村所有的人，在村主任的带领下，紧紧地跟在"龙"的后面。

祁奋看见全村人的眼睛流淌着滋润，仿佛有一片清波荡动。

山顶是一块空坪。"龙"搁在早已备好的柴堆上，人们便密匝匝围在四周。村主任肃立其前，口中叽叽咕咕念了一通什么咒语，才慎重地划着火柴，点燃了柴堆。

龙三老爹轻轻地在我耳边说："送龙上天，请他老人家行云作雨。"

柴堆烧得啪啪啦啦地响，伏在上面的"龙"，渐渐地在冲天的火焰中翻腾起来，做出振翅欲飞的姿势。

锣鼓和火铳响成一片，震得祁奋耳朵发麻。

接着，那四对男女，身子开始猛烈地扭动，一起一伏，互相逗诱，目光如闪电，燃烧着不可遏止的激情。少顷，各配成对，在土坪上彼此嬉戏，表示一种生命形式所具有的力量，以及对于天宇山川阴阳相交而孕生云雨的渴求。

围观的人忽然纷纷跪倒磕头，一大片脊背起起伏伏，如一排排的浪。

龙三老爹推了祁奋一把，低声吼道："快跪下，祈雨要心诚。"

祁奋犹豫了一下，只好跪下来磕头。

这一切都让祁奋猝不及防，也无法考虑将会有什么后果，只是“入乡随俗”罢了。但于仓皇就范中，他觉得有一种极新鲜的情感自身体的深处激扬而起，如烈火烧灼，又难受又畅快。祁奋突然发现金姑就跪在自己的旁边，而且挨得很紧，在他们一起伏下上身的那一瞬，金姑突然在他的大腿上快疾地抚了一下。

……

夜很深很深了。

麂子村一点声息也没有，沉睡在一个遥远的梦中。祁奋和龙三老爹木雕般坐在火塘边。往常，他们早上床睡觉去了，但今夜，龙三老爹丝毫没有要去睡的意思，因此祁奋也只好陪着他。

金姑肯定也没有睡，那边的卧室里有细小的声音传出，怯怯的。于是祁奋想到每个枯寂的长夜，对金姑这个年轻女性的煎熬，为什么她要一个人独守空房，为什么不另求佳偶？祁奋知道这偏远的村子有着许多陈规旧律，对于男女的压抑如磨盘般沉重，一个弱女子是无法与之相抗的。并不像邵敏所说的这里有多么开放，那只是传闻而已。

龙三老爹忽然从火塘边跃起，敏捷如风，蹿到墙边，摘下那把猎刀。先用手揩去刀套上的尘垢，然后才抽出刀来——锈迹斑斑，黯然无光。他把套子一甩，便蹲到磨刀石前，先用手舀了些水洒在石上。然后，一手握刀柄，一手按住刀面，霍霍地磨起来，一下又一下，响得极让人难受。祁奋觉得仿佛那钝了的刃口，是在他的心上刮过来刮过去，终至刮出一片血来。龙三老爹开始喘气，极粗重，但不是那种衰老的喘息，而是精壮汉子充满阳刚之气的内心独白。龙三老爹再不舀水于石上，只是不停地干磨，似乎是用磨刀这种形式，来消遣等待的烦闷与焦虑。扎着长巾的头斜着忽上忽下，如一个在浪尖起伏的救生圈。于火塘抛掷出的光辉中，渐见那刀的刃口铿亮起来，当祁奋的目光碰上去的时候，立刻感到齐刷刷地被切断，纷乱在地，不留下任何声音。

远远的天边忽然响了一声雷，响得惊心动魄。接着有了呼呼的风声，如海啸一般。

此刻的天宇，一定是黑如鸦翅，浓云聚集，阴阳相搅，雨是要来了。

难道是祈雨的结果？祁奋自然是不相信的，只不过是巧合而已。不管怎么说，雨毕竟是如期而至了。

村外的什么地方，穿云裂石般传来疯狂的尖叫，如一把利刃，穿过厚实的石屋，猛地插入祁奋的肉体。

“洪水齐天哟——兄妹成婚哟——”

“洪水齐天哟——兄妹成婚哟——”

一声接一声，一浪赶一浪，在阔大的天宇间回荡，摇撼着麂子村。

龙三老爹恐怖地一笑，丢下猎刀，回到火塘边，抖抖地说：“是麻癫子在喊。他是个哑癫，平素不吵不闹，怎么说话了？他平素被锁在他家的牛栏屋里，铁链子有筷子粗，这家伙竟挣脱了？”

龙三老爹说完，再不开口，只是望着火塘，一张脸烤得色如红铜，皱纹也仿佛平展，竟如一个精壮男子的面容。眼睛半眯，似睡非睡。过了一阵，他喃喃自语：“我也有过一个好女人，可惜让别个娶了。后来我成家了，我却怕见她，我怕把这个家搅了……其实我怕什么，老婆早死了，她的那个汉子也死了。麻癫子就是这样癫的……他表妹嫁到外乡去了……这村子男人不像男人……女人不像女人……”

龙三老爹分明不是在说给祁奋听，仿佛在和冥冥中的谁对话。

在这一刻，祁奋突然有了一种异样的感觉，全身有一种澎湃的热力在涌动，哗哗有声，干瘪的血管渐渐地鼓暴，滚烫的血在里面翻滚呼啸。

麻癫子是个什么模样？龙三老爹又有一个怎样的女人？对于祁奋来说，都是谜。

风忽地止住，几声响雷过后，雨终于落下来了。先是细细的，如蚕之噬叶；接着是大点大点地迸射，打得石板屋顶叮当叮当响；再过一阵，便是哗哗哗哗的声响。

“洪水齐天哟——兄妹成婚哟——”麻癫子仍在呼喊，充满不可抑止的亢奋。

龙三老爹猛地站起来，指着金姑的卧室，对祁奋吼道：“你若是个男子汉，快去，快去，她在等你！”

祁奋一愣。

龙三老爹又说：“我去找她去！”

说完，他从墙壁上取下蓑衣、斗笠，如一匹快活的麂子，蹿出门去了。

这一切来得太突然。祁奋不安地坐在火塘边，细想这几天发生的种种情状，细想今夜龙三老爹突如其来的省悟。难道这祈雨的仪式，使村里人得到了什么启示，复苏了一种久旱的情绪？

因忘记添柴了，火塘渐暗，屋里有些冷。

祁奋的身后有轻悄悄的脚步声传来。

猛一回头，金姑站在他面前。头发披散如乌云，垂在圆润的肩上；脸很秀丽，泛着醉红，眼痴痴地，鼻梁很小巧，嘴唇半启，露出洁白的牙。金姑的胸脯急剧地起伏着，仿佛里面有岩浆在涌翻。与祁奋平素见到的金姑竟是两样，再不单飘，再不枯黄，再不畏缩。

“跟我来！两年了，我就这样守着，连这老东西也严严地看着我……今晚，他找他相好的去了，来——来！”

金姑疯狂地抓住祁奋的手，把他从火塘边拉起来，往她卧室里拖去。

祁奋不由自主地抱住了她。

“洪水齐天哟——兄妹成婚哟——”

于风声雨声雷声中，祁奋又听见了麻癫子的呼喊。

祁奋的手一抖，麻癫子的呼喊使他想到了另外的意义。一刹那，金姑的肌肤上仿佛长出了许多的尖刺，他感到他的十指在殷殷滴血，痛得钻心，痛得他什么激情也没有了。偶然地一瞥，他看见了那把被龙三老爹磨快的刀，正靠在墙边，于是心里有了莫名的恐惧感，他毕竟是一个县府的干部，他毕竟是一个有了家室的人。

祁奋猛力地推开了金姑，仓皇地逃入龙三老爹的卧室，然后把门顶上了。

“畜生，开门，快开门！”

金姑用拳头用脚猛力地打门和踢门，用指甲咔啦啦地抠门缝，然后呜呜地哭泣起来。

风声。雨声。雷声。

金姑终于疲倦了，瘫软在地上，然后挣扎着爬起来，一步一步地回房去了。

祁奋呆呆地一直坐到天快亮的时候。

麻癫子的呼喊，不知什么时候消失了。

龙三老爹回来了，一身打得透湿，动作却是很机敏，一张脸兴奋得闪光，酷似一个刚刚幽会归来的后生子。他迅速地换下湿衣服，在他未穿上干爽衣服而裸着的一刹那，祁奋感觉到那衰老的身子正经历了一番蜕变，有了属于一个男人的刚勇之气。

龙三老爹听见了金姑低低的啜泣声，立即明白了此中的情由，于是倒竖双眉，凶狠地问祁奋：

“你没过去？”

祁奋望了望他，垂下头，不敢吭声。

“你冷了一个女人的心，你知道不？”

龙三老爹猛地跳到祁奋面前，狠狠地打了他两个耳光，打得他的脸麻麻的。

祁奋的心反而轻松了些。

龙三老爹朝地上吐了一口痰，飞快地走到金姑那边去了。

“金姑，以后……爹再不管你，你去找个人家，不要守了。”声音很温和，很体贴。

金姑的哭声没有了。

几天后，祁奋收拾行装，向村主任石二幺告别。

龙三老爹和金姑一句挽留的话也没有，脸阴阴的。在他们的眼里，祁奋无异于一个罪人。

村主任一直把祁奋送到村口，平静地对他说：“麻癫子死了，死在溪河里，尸体一直漂到五十里外的盘石村，被横在水边的树叉子挂住了，他的表妹就嫁在那里。”

太阳正好升起，到处是亮晶晶，湿淋淋的。村前的溪河里水满满的，哗哗地流着，响得心醉。有几个姑娘、大嫂蹲在河边洗衣裳，棒槌一起一落，叠在石头上的衣服被击得水花四溅，于是有七彩虹忽现忽逝。她们边洗衣，边说着粗痞的笑话，随之而爆发的笑声，飘落在水波上，流往远处。

偶尔有一个男子经过，往溪河里丢一块石头——自然是落在他喜爱的女人前面，女人便羞羞地回眸一笑，骂一声：“骚牯子！”

于是，笑声更多、更密、更重。

鹿子村好像在一场大梦中醒来，变得容光焕发。

祁奋是在当天下午四点钟的时候回到县城的。按规定，他应该去抗旱指挥部报到，向头头汇报那里的旱情。他对这些突然没有了一点兴趣。早晨，他从鹿子村出发，步行到中午十二点才到达乡政府所在地，找了家饭店随便吃了顿饭，然后搭长途班车直奔县城。从汽车站出来，招手叫了辆的士，径直回了家。

麂子村的那场雨，直到现在还让他的心湿漉漉的。他放下行李包，径直进了卧室，那张床上的被子都没叠，看得出是妻子邵敏睡了个午觉，然后匆匆去上班的。水红色的睡衣睡裤胡乱搭在床头，仿佛体温还未散尽。祁奋看了好一阵，全身兀地发烧发烫。

然后，祁奋很激动地走进了浴室。几天没洗澡了，得好好洗一洗。

当祁奋赤裸地站在水龙头下，水花溅上去，冒出白色的热气。

水声哗哗。

真像麂子村的那个雨夜……

书鱼馆主

一

我万万没有想到，别号“书鱼馆主”的舒庆生，竟然视我为他的人生第一知己。老实说，在我们相交的四十年里，真正聚首的机会并不多。我既不是他的亲朋好友，也不是他的同事、同学，我们只是在时间和空间的某个交叉点上，有过几次相逢。但当他患肝癌病危时，他打手机要找的第一个人却是我，而且拜托我邀约现任的市图书馆馆长杨兴同去。

年近不惑的杨兴，曾是我的部下。十年前我从馆长的位置上退下来时，他还是个小伙子。我很欣赏他的品行和才能，他对我也很尊重。由我出面邀约他去看望“书鱼馆主”，应该不会拒绝。

让我想不明白的是，“书鱼馆主”虽无妻室儿女，总还有其他亲友吧，此时怎么会想起了我？

二

我第一次知道“书鱼馆主”这个名号，是一九七八年仲春，在市新华书店总店的发行部。

当时，我供职于市图书馆的古旧书籍修缮部，而后调到图书采购部，于是隔段日子便要去新华书店总店的发行部，或圈定书单上各种必须采买的书籍，或把到货的书籍运回来。发行部占据二楼整个一层楼，面积宽阔，既是库房、办公地，又是客户的领货处。靠墙摆开一溜宽大的橱架，大大小小的橱格上贴着本市购书单位的名称，里面放着预订并到货的新书。我在有空闲时，喜欢沿着橱架逡巡，看常购书的单位有哪些，喜欢购些什么书。我看见一个橱格上，贴着“书鱼馆主”的标签，这名字很雅，所谓“书鱼”者，即啃咬书的虫子，小小的长条形，在书页上游走如鱼。“书鱼馆主”是一个什么单位呢？我很好奇，便向发行部的营业员打听。

一位上了年纪的人告诉我：“那不是单位名，是一个人的别号。”

“啊！他一个人能买多少书？还有他专门的橱格。”

“他叫舒庆生，轴承厂的车工。爱读书，喜欢买书，又记性好，一肚子的学问呢。专门的橱格是他申请的，我们也同意。”

我又回到“书鱼馆主”的橱格前，看他订购的书，文学类的有《沈从文小说选集》《冯文炳选集》《新感觉派小说选》《福克纳中短篇小说选》《红楼梦》《世说新语》；文史类的有《中国青铜时代》《考古学概论》《冶金考古》《持故小集》；西方学术类的有《弗洛伊德和马克思》《精神分析引论》《性心理学》《梦的解析》；还有几本荣宝斋出版的画册，中国戏剧出版社出版的《京剧大观》。这让我很吃惊，其一是他的阅读兴趣非常广泛；其二是当工人的工资有限，这么买书（即便不是每月都如此）生活定会受到影响。

我正想着，忽听得有人喊：“顾之先生，‘书鱼馆主’来了！”

我赶快走过去。眼前站着一个面目显老的中年人，穿着一身洗白的工装，个子单瘦，脸色黄里透青，眼睛里布满血丝，头发乱蓬蓬的，足蹬一双开了小口的皮鞋。他对我笑了笑，说：“你是市图书馆的顾先生？第一次见，幸会。我叫舒庆生，做工的，平生爱好唯读书，算是条书虫吧。”

我赶快做了自我介绍，并真诚地表示对他的钦佩。

舒庆生连说：“谢谢！谢谢！”然后，眉毛一扬，说：“我知道顾先生也有疑虑，我这么买书，家中生活怎么安排？我是无牵无挂一个人，吃在食堂，睡在厂里照顾分配的一间单人宿舍里。以书为师亦为友，陶然而乐。请问顾先生贵庚？”

“我生于一九四八年，年届而立。”

“我虽比你痴长两岁，但你是专门干这一行的，以后还望不吝赐教。”

“庆生兄，你客气了，得便请莅临敝馆指导。”

楼外忽然下起了雨，而且越下越大。

在发行部一角，摆着一张小方桌和几把方凳，以供客户休息。

舒庆生说：“风声、雨声、读书声，声声入耳。”

这是古人一副名联的上联，我随口答出下联：“家事、国事、天下事，事事关心。”

我们相视一笑，似有默契，走向小方桌和方凳，俨然多年未见的朋友。

方桌上有热水瓶，有小茶杯，但没有茶叶。我们坐下来，喝热热的白开水。

“古语说，君子之交淡于水。顾先生，我不敢称是君子，但可改为：书友之交淡于水。如何？”

“好！庆生兄有捷才。”

“过奖，过奖。”

这个聊天的序曲很漂亮，我们都轻松下来，没有一点拘束了。我最想知道的是他为什么这么喜欢书，这么舍得花钱买书，是出身书香门第还是有高人指点迷津？

舒庆生搔了搔一头乱发，坦诚地告诉我：“父亲是码头上的搬运工，母亲长年有病，参加不了工作，他们都是半文盲。但同住一个院子的邻居，有一位是教语文的中学老师，姓师，他们家没有孩子，很喜欢我，我叫他师老师，叫他夫人师师母。一听见我叫他们，他们就笑，笑过后就要给我几颗糖果。师老师常叫我去他的书房玩，挨墙全是书柜，满屋子的书香，好闻极了。有一回，他抽取几本古版线装书，小心地翻开，告诉我这是他父亲传给他的。我记得其中有一本是清代袁枚的《随园食单》，当翻到书中的‘点心单’那几页时，出现了几个游走的小黑点，是虫子。我正要用手指去摁，师老师说：‘这叫书鱼，它爱书爱到啃书为生，还不致有死罪，何况这是一本专谈饮食的书，让我抖落它即可。’那时我不过九岁，这个印象太深了。”

舒庆生忽然叹了一口气，脸上显出悲戚的神色。

“我十岁那年，师老师因工作调动搬家，去了外地。临别时，我放声哭了一场，师老师特意送了我几本儿童读物，说：‘人生第一大乐事无非读书，你记住这句话，爱书、读书，快乐就永远与你相伴。我这辈子就以书鱼自居，挺开心。’以后呢，我再也没有见过师老师和师师母，但他们的言谈举止，永远铭刻在我的心上。”

“庆生兄，喝口水，慢慢说。”

“十二岁时，母亲因病辞世。因为母亲历年看病吃药，欠了些债要还清，父亲每月发工资后只留下日常开支所需的钱，日子过得紧巴巴的。我那时很想有零花钱买书，但这是不可能的，我要看书只能去图书馆的少儿阅览室，或去新华书店。一九六三年，我上初中二年级时，有一次在新华书店翻看薄薄的《宋诗一百首》，非常喜欢，定价也就两角八分钱，可我身无半文，趁营业员不注意，我把书放进内衣里偷回了家。晚上在灯下读这本书时，手指翻书如触烧红的烙铁，这才知道犯了大错，羞愧难言。我畏畏缩缩把此事告诉了父亲，等待竹条的惩罚，不料父亲听了只是落泪，然后说他明天会去道歉、补款，再让书盖上新华书店的出售章。'儿呀，爱书是好事，但不能偷，偷就是品德不端了。我会省出钱来，让你隔段日子，可以大大方方去买本书，然后安安心心读自己买的书。'我当时就哭了一场。"

我听着听着，眼睛也湿了。

"初中毕业后，我到码头上去做临时工，满十八岁时招工去了轴承厂。二十岁时，父亲也去世了。我从由房管所管理的院子里搬到厂里住，每月省下租金五块钱，厂里的宿舍是不收费的。于是，这些年，我可以用余钱买书了，几多快活。"

雨停了。

因馆里还有事，我恋恋不舍地起身告辞。

"庆生兄，后会有期。"

"好走好走。我还要去结账，就不送了。"

三

我在图书馆的图书采购部只干了一年多，领导安排我担任副馆长，也就很少去书店的发行部了。即便在采购图书的这段不算短的日子里，我也难得碰到舒庆生，因彼此去的时间不同，错过了。当他得知我换了岗位，便急匆匆来馆里叩访，先是祝贺，满脸都是纯真的笑意，让我很感动。然后，我们品茶、聊天。他告诉我这几个月又买了多少好书，其中有《历代名人书斋对联墨迹选》，很让他喜欢。清人钱沣的"架上有书真富贵；心中无事即神仙"一联，最合他的心意。忽然，他问道："顾先生，此书作序的是当代一位名学者，他称对联又名'墨鸳鸯'，对联和鸳鸯皆是成双成对的，对联又多用墨书写，外表看很贴切，但不知是否有典可查？"

看得出舒庆生读书认真，而且有自己的想法。我说："在清代以前，没有把对联叫作‘墨鸳鸯’的，有此称谓是始于民国时的海派文学家、书画家郑午昌，他喜欢收藏明清书法对联真迹，达四五百件，并将其收藏处命名为‘墨鸳鸯楼’。吴湖帆与他为好友，为之画《墨鸳鸯楼长卷》。还有一个相对应的例证，是于右任当年收藏近三百件唐代墓志拓本，其中有七对夫妇合葬的墓志，自题斋名为‘墨鸳鸯七志斋’。”

“顾先生腹笥丰厚，谢谢。”

我问：“庆幸兄，你藏书多，读书也勤，可否想到在专项性的读书上多下功夫，由此深入再找到一个做学问的领域？”

他愣了一下，说：“我知道在做学问上先天不足，难有造化，只能在读书中感受快乐，这就够了。陶渊明在《五柳先生传》中说：‘好读书，不求甚解。’他是自谦，我则是自况。”

我只好附和道：“也好，也好。”

以后，每隔一年半载他就会因顺路来一次，彼此客客气气的，有话即长，无话即短。我一直想去他那里回访，多次提及，他都一口回绝，连连说：“我那蜗居之处，你去不得的，太屈尊了，海涵！”

一眨眼，十年过去了。

从一九八八年后，舒庆生似乎在人间蒸发了，既没有他的电话，也见不到他的人影。我辗转找人打听，才知道舒庆生供职的轴承厂因负债累累，破产了，关门大吉。所有员工发放一点可怜的安家费，自谋生路。我去轴承厂找过舒庆生，都说不知他的下落。厂子已转让给一个房产开发商，厂房和宿舍区正在拆除，一片废墟。他现在住在哪儿？靠什么维持生计？书鱼可以依仗啃书活得无忧无虑，“书鱼馆主”不行。我记得《历代名人书斋对联墨迹选》中有著名画家高剑父的一联：“世间唯有读书好，天下无如吃饭难。”

我忽然想起新华书店总店的发行部，也许会有舒庆生的消息。我去了发行部，先看橱架上“书鱼馆主”的橱格，早已没有了。又去问一个老员工，他告诉我，舒庆生早不来发行部订购图书了，但店堂里的营业员说有时还会看见舒庆生来买书，买得很谨慎；他如今在做水果小生意，气色不怎么好；有藏书家愿意购买他的书，出价也不低，但他说书只进不出，书是他的命……

我突然感到一种从未有过的惆怅和担忧。

四

我再次见到舒庆生，是又过了二十年的二〇〇八年夏。屈指算来，舒庆生六十有二了。本地拍卖行举办一次“乡邦文献拍卖会”，汇聚了晚清至一九四九年本地乡贤所撰的未刻本和刻印本，举凡族谱、日记、野史、诗文集，林林总总达百十种。作为图书馆长的我，自然知道公家还没有去竞拍的财力，但我极想去现场看看这些好书花落谁家。于是，在这个午后，我早早地去了拍卖现场——雨湖书院的演讲厅。在大厅的门口，与匆匆赶来的舒庆生久别重逢。

“顾先生，你好！”

舒庆生穿着黑色的T恤衫、青色的棉绸长裤，脚蹬一双皮凉鞋；蓄着板寸头，脸也显得宽大了些，紫红紫红的。

“庆生兄，你来了！我们阔别久矣，你还好吧？”

“这些年我从工人老大哥，沦落为贩夫走卒，不敢来见你呵。但我没忘记读书，在最困难的时候也绝不出卖藏书为活。我挑担、推车卖水果，然后开了一家水果行，赚了些钱，买了房子安置藏书，‘书鱼馆主’总算是名副其实了。”

“你当工人和从商，都是书生本色，好！什么时候让我去参观你的藏书？”

“欢迎顾先生随时驾临。这是我的名片，上有我的电话号码、地址、邮箱。”

“谢谢。我们快进去，拍卖会就要开始了。”

舒庆生是登记在册的竞拍者，与其他竞拍者在前几排就座。我找了个偏后的位子，坐下来观场。我发现舒庆生举牌很勤，报数很响亮，确实拍走不少好东西。一套四册的《湘潭闺阁诗抄》，是清末的刻印本，存世量少，由两万元起拍，每竞拍一次加两万元，最终舒庆生以八万元拍得。我稍稍算了一下，舒庆生全场竞拍花费二十四万元，得书十余种，气势夺人。

黄昏时，拍卖会结束。因舒庆生还要办理有关手续，我没有去和他打招呼，就随人流出了大厅。

身边有人问：“这个三号竞拍者，是个什么人物？”

马上有人回答：“他叫舒庆生，开水果行的。”

“胳膊上跑得马，钱大气粗。”

"嘻嘻。过下子他会去面馆吃碗光头面当晚饭。"

"你怎么知道？"

"我们都是水果商会的同业者。"

夜深人静，我给舒庆生的手机发了条短信："庆生兄，你大有斩获！《湘潭闺阁诗抄》，好书也，我馆无而你有，可喜可贺！"

舒庆生回了一个笑脸图案，再写了几行字："顾先生来竞拍场观战，我便知此中有好玩意儿，我不能不专心致志择优而拍！"

过了些日子，一位熟识的大学中文系教授来图书馆寻找《湘潭闺阁诗抄》刻印本，以便撰写关于湘潭清末至民国女诗人流派的论文。馆里没有此书，我便想到了舒庆生，试探着打个电话过去商借。舒庆生回答很干脆："是你的朋友需要，借去就是了。你来取书，正好看看书鱼馆，如何？你什么时候来，我开车来接。"

舒庆生的答复让我感动，我应邀参观过不少藏书家的藏书处，进门的墙上往往贴着白纸黑字的告白，或"书不外借，免开尊口"，或"美人与书概不外借"。而他闻我代朋友借阅他的《湘潭闺阁诗抄》，竟无半点迟疑，毕竟是价值八万元的好书啊。这是对我的高度信任，并推及我的友人，太难得了！

我去叩访书鱼楼，选的是一个晚上。白天舒庆生要忙生意上的事，不耗费他的宝贵时间。当我在华灯初上时，坐上他开来的一台很旧的小车，他说："抱歉。这是我买的一台二手车。"

我马上说："我上下班是坐公交车，你亲自开车来接，高规格呵。第一次访贵府，我自然是要带点礼物的。"

他急了，说："这怎么行？"

"送你的东西绝不俗气。一是我的几本关于图书版本学、目录学的拙著；二是我馆复印的几本乡邦文献，我购来作礼物送你。你不愿接受？"

他哈哈大笑，连连说："雅人送雅礼，我要了！"

这个社区叫"书香雅郡"，花光树影，小桥流水，风景宜人。舒庆生的住处在八栋的十八楼，可坐电梯上去。这是一套三百平方米的大房子，除厨房、卧室、会客厅、卫生间之外，其余的房间都摆满了书架、书柜。我粗粗估测，藏书应在三万册上下，已经有点规模了。

"顾先生，先喝茶，再观书，如何？"

“不。先观书，再喝茶。”

“好。你是闻书而动，乃书生本相。”

“彼此彼此。”

我把他的藏书粗粗看了一遍，像个小图书馆的格局，也有个大体的分类，文学、历史、哲学、美学、心理学、地理学、姓名学、科技……只是有些杂乱，比如文学类，什么中国古典文学、中国现当代文学、外国古典文学、外国现当代文学，还有小说、散文、诗歌、报告文学，都混杂在一块。但书橱里倒真有不少好线装书，清代的、民国的，看得出花钱不少。一般来说，私人藏书要大而全是不可能的，只能在某些种类上花功夫。以我专业的眼光来看，他的藏书范围广，故每类都是凭兴趣购置的，且不全。可喜的是他都翻阅过，这就了不起。我特意找到那本《宋诗一百首》，细看版权页，是中华书局出版的，一九五九年第一版，一九六二年七月第七次印刷。扉页上有舒庆生用钢笔写的题签:“此书于一九六三年春窃于新华书店,时家贫且年幼无知。先父闻之于第二天去补款并道歉，将此书盖章携归。我将永久收藏，如警钟长鸣。二十年后重题于书鱼馆。舒庆生。”

“你的题字，看出你的光明磊落，这本书也就有了不同寻常的意义。”

我们回到客厅，细品佳茗。我忽然发现这藏书馆每间房的门楣上，怎么就没有一个“书鱼馆”的题额？

舒庆生说：“我爱书、读书的第一个启蒙老师，是我的邻居师老师，他的年纪比我父亲大，后来他迁居外地。等到我开始藏书并有了些数量，便想到命之为书鱼馆，题匾的最佳人选应是师老师，以示不忘师恩。我千方百计打听，不久前才知他已驾鹤西去。唉。”

“可惜！可惜！”我不禁扼腕叹息。

“不过，我找到了另一个老师，既有人品，又学有所成，而且字写得不错。”

“谁？”

“就是你——顾之先生！”

“我不行——我不行！”

“去接你之前，我用好墨好砚磨出一泓浓浓的墨汁，斗笔也准备了，请顾先生赐字。我先给你三鞠躬！”说毕，他站立起来，弯腰向我三鞠躬，然后说：“请去书房。”

我不能再推辞，否则就有些不近人情了。一进书房，舒庆生揭开一方很大的端砚的砚盖，砚床的低洼处果然蓄着一泓墨汁，芳香四溢。

“这端砚上还有七个活眼，名叫‘七星砚’，上品。这墨汁是‘一得阁’上等墨磨出的，让人技痒。”

“我就等着你这句话！”

我裁出宣纸，用隶书和篆书各写了一副“书鱼馆”的横额，落款为：“幸应舒庆生兄之邀涂鸦。顾之。”

舒庆生大声喊“好”，接着说，“你的隶书有何绍基的韵味，你的篆字揉入了甲骨文的某些笔意，有自己的风致了。”

一个月后，舒庆生把我的题字刻成了匾额，分别挂在大门上方和屋内一间书房的墙上，并用手机拍照发给了我。我用短信回了四个字：“佛头着粪。”他马上回复：“有幸斯文！”

也就是这一年，我正好满六十岁，顺理成章地办了退休手续。多年来的馆务繁忙，业余又汲汲于读书、查找资料、撰写书稿，于是有了“三高”的毛病。退休了，原以为可以好好地养息，但本性难移，又应出版社之约撰写《历代湘潭乡邦文献目录汇编》，这是本很费时费力的书，真正杀青付梓已是四年之后。接着，我又接受了另外的写作任务。好在曾供职于外贸局的老妻，也与我同时退休，可以专门负责我的后勤工作。儿子一家也住得不远，招呼一声就来了。

我忙，舒庆生也忙，彼此见面少，只是在短信或微信上偶尔传个信息。他除打理自己的生意外，还担任了本地民间组织水果商会的副会长，同时发起成立了“水果飘香读书会”，被选为会长。读书会的成员主要是水果行业的老板和员工，一个月聚会一次，由舒庆生安排场地、邀请讲课老师，所需费用都是他自掏腰包。这一点我很欣赏，他不但自己爱读书，还希望广传书香，有益于世道人心。我曾问他，参加读书活动的人是否踊跃，听课的人是否有兴趣并坐得安稳。他说：“也就十几个人吧，听到最后，只有三五人了。我很难过。但我有信心，慢慢会好起来的。”

我对他的话半信半疑。

一年一年又一年。

断断续续传来了舒庆生的消息：

“水果飘香读书会”停止了活动。

舒庆生辞去了水果商会副会长的职务，他的水果行也休业了。

舒庆生忙于购书、读书、整理藏书目录……

我猜想舒庆生年纪大了，从繁忙的经商和社会活动中终于抽出身来，衣食应该无愁，自由自在，做他喜欢做的事，幸莫大焉。此生他在治学上虽无什么建树，但他活着并快乐着，与书长相厮守，这就够了！

五

当我把舒庆生所托的事打电话告诉杨兴时，他很痛快地答应了，话说得很客气："舒先生病重，我应该陪同老馆长前去探望。只是请缓两天，因为省图书馆领导来我馆调研，我抽不开身。后天上午我驾车来接老馆长，行吗？"

我说："好的。我在家专候。"

我有些疑惑，为什么舒庆生要我邀杨兴同去呢，他们是不是有过交道？可惜的是杨兴公务缠身，而病榻上的舒庆生命若悬丝，但愿我们能与他见上最后一面。我记住了舒庆生住的医院是一所区办的医院，叫湘江医院；病房是四楼的四〇一单间。市里有名的大医院有好几处，那里有名医有上等的设备，舒庆生为什么住在一所区医院呢？只有一种解释，他不能也不想花过多的钱。

这两天两夜让我心神不定，白天茶饭无味，夜晚高枕难眠。

第三天上午八时，杨兴驾车来接我。我一上车，便说："湘江医院。快！"

"老馆长，不堵车，四十分钟可到。"

我又给舒庆生打手机，很快就通了，说话的是一个陌生的声音。

我发现后排座位上，放着一网兜水果和一网兜点心。

杨兴说："老馆长，探望病人的礼品，我都备好了。"

"还是你想得周到，谢谢。我希望尽快见到舒先生啊。"

正是深秋，天阴阴的，路边的枫叶红了，不时闪过一丛丛的金菊。

果然车行四十分钟，就到了湘江医院。我们下了车，杨兴一手提着两个网兜，一手搀着我，走进住院楼的大厅，再坐电梯上到四楼，然后直奔401病室。刚按响门铃，门就开了，走出一个三十多岁蓄着平头的中年人，他说："我叫宫诚，是舒老师的学生。顾先生、杨馆长，刚才的电话是我接的，我在这里专候二位。这段日子，我一直在陪护舒老师。他吊着一口气要和二位见面，可今天凌晨三点，开始大口地吐血，已经送抢救室了，谁也进不去。我们在这间病房里坐坐吧，请进！”

我们随宫诚走进 401 室。里面的陈设实在太简单了，一张病床、一张陪人睡的折叠床、两条方凳、一个床头柜；床头柜上放着一个热水瓶、两个搪瓷大茶杯。

病床上空空的，被子掀在一边，床垫上留下一条瘦瘦的长形凹印，可以想见病中的舒庆生形销骨损。我不禁潸然泪下，进了抢救室的舒庆生，等于下达了死亡通知书，再相见恐怕是阴阳两隔了。我走到舒庆生睡过的病床前，伤心地说：“庆生兄，小弟顾之来迟了！”

杨兴也慌忙走过来，恭恭敬敬地说：“舒先生，是我耽误了老馆长的时间，乞谅。”

宫诚请我们坐下来，然后从内衣里掏出一个牛皮纸信封，双手递给了我，说：“这是舒老师早几天亲笔写好的，请二位一阅。”

信封上写着：“顾之先生、杨兴馆长台鉴。”我抽出信纸，展开，细读。信中主要是向我们介绍宫诚的情况：大学中文系毕业，然后应聘到舒庆生的水果行任业务部主任，为人忠厚，做事认真，尤好读书。又是“水果飘香读书会”的骨干，从头至尾没有缺过一堂课。成家前与成家后，皆崇尚俭朴的生活，有余钱便是买书。“他称我为老师，我却视他为学弟，如果我还有个书脉传人的话，他就是。我信任他，也请二位信任他，我身后事所做的安排，都由他具体办理。我可以放心地走了。”

我看完信，递给了杨兴。杨兴看完后，又默默地交给了我。

宫诚说：“舒老师想和你们见最后一面，是因为他交代我办理的事，与二位有关。但他怕二位因故不能及时赶到，才写了这封信。”

宫诚忽然低声哭起来，哭了一阵，揩干泪，说：“舒老师之所以要急着见你们，是因为他放藏书的‘书鱼馆’房产早两年就出卖了，然后再付租金租了下来，按租赁合同，这几天将到期，房主要收回以作他用。他所有藏书全部捐赠图书馆，捐赠书早已写好，并签名、盖章。他没有和杨馆长打过交道，所以才请顾先生出面邀请。这些书都已装箱，共五万余册，码放在‘书鱼馆’，请杨馆长安排车运走。”

宫诚停顿了一下，继续说：“他要我向顾先生当面致歉，你题写的‘书鱼馆’两块匾额原想永久挂在那里，却只能摘下来了，与藏书一起，都捐赠给图书馆。他说他辜负了顾先生的盛情，敬请海涵。他还断断续续写了本回忆录《我与书》，希望顾先生赐序。”

我慎重地点点头。

杨兴一直肃然地坐着，忽然说：“这本书由馆里付资出版吧，舒先生的书人书事理应为世人所知。”

宫诚摇了摇头，说：“舒先生都安排了费用。他原本是有比较丰厚的积蓄的，想再赚些钱，建一个小型图书馆，挂上顾先生写的匾额，再捐给市图书馆，由公家来管理。可他在投资一个房产开发项目时，被人卷款潜逃，杳无音信，只好卖掉‘书鱼馆’。他年纪大了，对经商也失去了信心，于是辞去水果商会副会长之职，关闭了水果行。卖房的钱还了些债务，就用来买书、整理藏书、日常开支及其他费用。”

杨兴说：“读书会的停办，是否与舒先生的经济拮据有关？”

宫诚说：“应该是的。但更重要的原因，是参加者的漠然，人来得稀稀落落，他们只热衷于玩手机、谈享受、说赚钱。中国人平均每年才读零点六本书，可悲可叹。”

我叹了口长气，然后问宫诚：“舒先生没开水果行了，你到哪里去做事？”

“我还年轻，又熟悉业务，便应聘去了另一家水果公司，公司就在书鱼馆附近，老师可以随时召唤我。晚上，我到书鱼馆去，帮老师做些事，顺带读书和请他耳提面命。老师住院的这些日子，我请了假，日夜陪护。”

怪不得舒庆生对宫诚如此器重，不但人品好，而且心系书香，是曾国藩在书信中所称赞的“读书种子”。可他这些日子请假，老板是不会发工资的。我出门前，准备了一个慰问舒庆生的红纸包封，里面塞了五千元钱。我掏出来递给宫诚，请他收下，以备不时之需。

宫诚站起来，用手挡住红包，说：“谢谢顾先生的美意，老师在本地没有什么亲人，他交代凡来探看他的朋友若送红包，一律不收。我的妻子是小学老师，家中也还有些积蓄，我就更不能收了。老师是我的表率，我要不辱师门。他曾说‘书鱼馆’的书，我凡喜欢的只管拿，我只拿了一本留作纪念，就是那本有老师亲笔题签的《宋诗一百首》。我要像老师一样，用自己赚的钱去买书，以敬畏之心去爱书、读书，这才是一种真正的快乐。”

杨兴站起来，恭恭敬敬地向宫诚鞠了一躬，说：“你有乃师之风，是他真正的嫡传弟子，我向你致敬！”

这时，一个年轻的女护士推门进来，喊道："请四〇一室的陪护人赶快去交款，又要用药抢救了！"然后，匆匆而去。

宫诚赶忙掏出一串钥匙交给杨兴，说："这是'书鱼馆'大门和各个房间的钥匙，请尽快将老师的书运走！我不能送你们了，二位好走！"

六

三天后，舒庆生驾鹤西去。

宫诚打电话告诉我时，我禁不住老泪纵横。

因舒庆生既不是公家单位的人，又与水果商会早已关系疏离，杨兴慨然承当主持方安排后事。开追悼会时，来的人很多，把悼念厅挤得满满的。市图书馆、区图书馆和一些单位的图书馆，都是杨兴一一亲自打电话通知的，连新华书店都派了代表来。悼念厅灵台上方的横幅，"深切哀悼民间藏书家舒庆生先生"，是我用隶书写的。两边的白纸挽联是杨兴所撰，并由他用楷书写就，庄重、肃穆。挽联云："不愧书鱼，七十二年心游翰海；何须功禄，五万余卷德惠人间。"我很欣赏杨兴的古道热肠和逼人才气，这挽联就写得深沉、准确、生动，见之者无不称赞。

接着图书馆做出决定，在十层的大楼里，专门辟出一层放置舒庆生的藏书，并专设柜台办理读者的借阅事项。我题写的"书鱼馆"两块匾额，一块挂在进门的上方，一块挂在室内的墙上。

宫诚自告奋勇当上了"书鱼馆"的爱心志愿者，只要有空闲，就会来这里，或帮助读者找书、借书，或用纸张和糨糊修补破损的书，或专心致志静坐读书。

隔上一段日子，我会由老妻陪着，打的去图书馆，然后直奔"书鱼馆"，找个清静的座位坐下来。我觉得"书鱼馆主"舒庆生分明还活着，在一阵一阵的书香里，我们相对而坐，倾心交谈。

"庆生兄，你可又得了好书？"

"顾先生，我取来请你过目，真是'众里寻他千百度，蓦然回首，那人却在灯火阑珊处'……"

外婆进城

一

夏夜。滚圆的月亮升到中天后，似乎变小了，月光也就薄了，偶尔飘过一片两片云，好像是用手帕遮了遮脸，羞怯怯的样子。星子或远或近，密匝匝的，不停地眨着眼，又安静又调皮。

一圈丈许高的粉墙，紧紧围住这个不大不小的庭院。细细的风，吹弄着树叶、花叶、瓜叶，像无数看不见的手指弹拨柔弦，清凉清凉的声音里，糅杂着蟋蟀的鸣叫，散发出槐花、玉兰花、木笔花、合欢花的清香。坐北朝南的两层小楼，青瓦红墙，背倚一个小山丘，掩映在绿荫里，静穆如眠。

子夜了。一楼客厅里的“龙君牌”立式大座钟，沉宏地敲了十二下。小楼的门，拘谨地“吱呀”了一声，缓缓打开，随即闪出两个一高一低的身影，是一个老奶奶和一个小女孩。老奶奶着一身黑布衣褂，脑后蓄着扣了半月形黑发夹的“巴巴头”，一根长长的银簪子从发夹和头发间穿过去，簪头的小吊坠一晃一晃的。小女孩扎着朝天的短辫子，穿着暗红格子的长衬衫、长裤，身子很单瘦。她们都没穿鞋，舒坦地打着赤脚。老奶奶随手带关了楼门，于是她们细碎的脚步声，响过冰凉的大理石台阶，流到庭院里去。月光星光从枝叶间漏下来，在泥土地上画出美丽的图案，风动枝叶动图案也动，很好看。她们的赤脚踩在这些图案上，图案马上悄悄地爬上她们的脚背、脚踝，似乎可以用手去拈起来。

“外婆，这么大的院子，就住我们家。”

“小丹，因为你爸爸是企业家是老板，才买得起。”

“幸亏外婆来了，我才不孤单。”

“我来陪我的外孙女。”

“外婆，我们还是从北到东沿着围墙走，一直走到西瓜地吗？”

“是的，小丹走了十几次了，还不记得？”

“当然记得。”

“我们要小声说话，别让你爸你妈听见了。”

“对。他们知道了，以为我们是梦游哩。”

“他们不懂。我们是用赤脚印出脚印，把你丢了的魂找回来，再牢牢圈住，你的病就好了。”

“外婆，我没病，就是觉得不快活。你不是说，还要捉一只刺猬吗？西瓜有皮球那么大了，今夜它会来吗？”

“我们乡下把刺猬叫作尖角鬼，偷瓜吃还偷小孩子的魂。我带了小竹筐，就为捉它哩。”

“尖角鬼浑身是刺，外婆怎么捉它？”

“外婆有的是办法。我小时候夜里守西瓜，就捉过它。”

“外婆揌亮手电吧，照着我们走路。”

“一看见亮光，尖角鬼就不来了。让外婆牵着你的手走路，你要一脚一脚踩稳，把脚印留在泥土上，人就有灵性了。快到西瓜地了，我们再不说话了。”

“好。不说了。”

二

当大座钟敲响的时候，睡在二楼卧室的墨大雄、惠珠夫妇，立刻神经质似的惊醒过来。室内开着空调，冷气飕飕的，他们却惊出了一身热汗，胸口郁闷，大口大口地喘着气。

墨大雄问：“做噩梦了？我又做了一个怪吓人的噩梦。”

惠珠说：“我也是。”

墨大雄摸黑下床，去关了空调，然后站在窗前，轻轻撩起窗帘一角，隔着玻璃往外望。

“惠珠，岳母又领着小丹去梦游了，每夜都这样。”

“这一老一小是在玩古老的游戏，只要她们快乐就好。”

墨大雄回到床上，斜靠着床头，有些怨艾地说："你是个中学老师，我就不明白了，我们的女儿才十岁，怎么会得抑郁症？"

惠珠不高兴了，鼻子"哼"了一声，说："你只知道当什么鬼老板，所有的心思都在那个做'安眠器'电子产品的厂子里，你陪过小丹吗？"

墨大雄赶忙赔上笑脸，辩解道："我怎么没陪过？双休日我开着车送她去演讲训练班、舞蹈班、太极拳班、作文竞赛班、速算班，都是遵照你的指令。"

"还给女儿置办了各种训练服、演出服、领奖礼仪服，是不是？"惠珠冷笑了几声。

"没错。在我们企业家的朋友圈里，小丹给我长脸了，我高兴。你不也是要求她门门成绩都在班上争第一名吗？奖状得了多少张！"

惠珠叹了口气。

"大雄，我们没做错什么呀。可从这个学期开始，班主任告诉我，小丹上课目光游移，下课后也不和同学说话，学校食堂的中餐基本不吃，连茶都喝得少，人瘦得像根干柴棍，恐怕是得了抑郁症。我立马带小丹去做检查，果然是这病。药也吃了，心理医生也看了，没用！到了端午节后，情况更严重了，学校建议让小丹休学回家养病。"

"惠珠，你别难过了。幸而你一打电话跟妈说，妈一听小丹有病，马上让你姐姐护送她先坐汽车，再乘高铁，从湘西乡下赶来。小丹在家休学养病，你忙我也忙，有外婆陪护她，我们都放心。"

"大雄，你说怪不怪？我妈一到家，先把小丹抱在怀里，呜呜地哭，说：'我的外孙女，你是丢了魂，外婆来给你找魂，好不好？'小丹也哭了，说：'外婆，我的好外婆。'亲得很哩。"

"平日我们跟小丹说话，她理也不理。你妈还斩钉截铁地说：'孩子不是有病，是丢魂了。我娘传过我收魂的法子，我里手得很。'又安排我开车去附近的西瓜园，买回十几蔸连根带土还结了嫩瓜的西瓜藤，由她亲自栽到东墙下。白天，她带着小丹，给花树、瓜藤浇水、捉虫，吃过晚饭，电视也不看，这祖孙俩早早地睡了，睡到子夜，准时到庭院里去。他们去做什么呢？我真想去看看。"

惠珠蓦地坐起来，说："你不能去，我妈在给小丹收魂，你一去，老人家就会发脾气。"

"迷信啊。我们都读过大学，还信这个！"

“老家的乡下都信这个。等到哪一夜，捉到偷瓜的刺猬了，烧香供起来，好吃好喝地侍候着，再远远地放生。”

“这就完成仪式了？”

“没有。还要让小丹赤脚先踩湿泥土，在好多张纸上留下脚印，再剪出鞋样。还要用小丹穿旧的或不喜欢穿的衣服裁成块片，刷浆打袼褙。”

“什么是打袼褙？”

“就是用糨糊把旧布一层一层在木板上裱成厚片，干了后，做布鞋的鞋底、鞋面。等小丹穿上外婆为她做的布鞋，魂就真正地找回来了。这种鞋，叫拴魂鞋。妈做布鞋的手艺不错，这些年来，连乡下人都不穿这玩意儿了，妈一直为这事发愁。这回她可以大显身手了，不但会给小丹做布鞋，还会做棉鞋，她早就技痒了哩。”

“睡吧，惠珠，明日我还得去参加一个营销会哩。”

“我睡得着吗？你们厂生产的‘安眠器’我用过，屁用也没有，哄人的玩意儿！”

墨大雄装作没听见，还模拟出浅浅的鼾声，他最怕妻子讥讽这个产品。

三

外婆牵着小丹的手，一步一步沿着围墙走。黄昏时，给花树浇水，外婆特意把沿墙的这条小路也洒了水。小丹赤脚走在上面，软软的，潮潮的，很舒服。外婆早就把这条小路上的石子拾干净了，她怕石子伤了小丹的脚板。原先，小丹觉得外婆很遥远很陌生，因为外婆从不肯到她家来住，她只是每年春节跟着爸妈去湘西探亲，住几天后就回到株洲城里来。她曾问外婆我们家不好住吗？外婆说：“你外公离不开我，水田、菜园离不开我。你们家当然住了安逸，你爸你妈忙得像丢了魂，我却没什么事可做，游手好闲，难受。”

小丹忽然有几句话冲到了喉咙口，又赶忙咽下去。此刻，她真想告诉外婆：你来陪我，我好快活，我暂时不用去学校了，不用为每次考试绞尽脑汁了，不用为参加各种比赛和表演弄得吃睡不安了！其实，她已经断断续续把这些话告诉了外婆，外婆听得泪水汪汪的，说：“你成了可怜的木偶人，你爸你妈是牵线的，把你的魂也要丢了。”

外婆好像有了什么感应，把小丹的手抓得更紧了。正好有一束月光星光照到她们的脸上，她们的眼睛都湿润了。外婆还问过小丹："属于你的东西中，你最恨什么？"小丹说："训练服、演出服、领奖礼仪服，还有那些花花绿绿的奖状！"外婆当时"哦"了一声，随即咬紧了牙关。

她们终于走到了东墙下，几畦平整的土地里，爬满了西瓜的藤和叶，绿汪汪的，藤上还有十几个皮球大的西瓜。西瓜地的外沿，是一排叶子阔长的芭蕉树。外婆把小丹牵到芭蕉下，那里早铺好了一条厚厚的草垫子。她们在草垫子上坐下来，一人靠着一根芭蕉树。叶子上有露水滴落的声音，细碎的水沫又沿着叶脉溅落下来。外婆张开嘴去舔水沫，小丹也学着去舔水沫，凉丝丝的。外婆向小丹伸出大拇指，满脸是笑。

月亮从天中向西偏斜，星子倦了，光也淡了。

外婆突然指了指西瓜地，让小丹往那边看。有一团黑影在慢慢蠕动，不时地触动瓜藤瓜叶，发出簌簌的声响。是一只刺猬！它转来转去，也用鼻子嗅来嗅去，终于选定了一个小西瓜。

小丹的心跳得咚咚直响，尖角鬼终于来了！外婆双目如电，死死盯住偷瓜贼，身子纹丝不动。

刺猬在它选定的西瓜前，静立了一会儿，然后运足气，用脑袋使劲一拱，瓜蒂就脱落了。它又围着西瓜转了一圈，找到一个合适的位置，转过身去，突然用长满尖刺的背往西瓜上猛力一撞，那些又尖又硬的刺，齐刷刷扎进了瓜里。接着，它一个翻身，瓜就驮在背上了，又耸了耸肩，让刺扎得更牢些，这才慢慢走起来。瓜是圆的，重心自然不稳，它只能摇晃着匍匐前行，像喝醉了酒。

小丹说："外婆，它想逃！"

"它能逃吗？不能，这尖角鬼！"

外婆拿起小竹筐，快步走过去，先放下筐，再双手握住西瓜，连同刺猬一起放进筐里，再把筐子盖上盖。

小丹跑上前，说："外婆有本事。我第一次看见刺猬这样偷瓜，好玩。"

外婆呵呵地笑起来。

小楼里的钟声敲了四下。

"小丹，凌晨四点了。我们快回去，赶着睡个好觉！"

"还要做个好梦。"

四

墨大雄和惠珠一直没有睡着。不同的是，墨大雄是假睡，侧着身子一动也不动，俨然入梦很深。而惠珠是不停地翻动身子，双眼睁得大大的。

这张床是中西合璧的款式，两头的床档一高一低，雕着吉祥的龙凤图案；床两边无遮拦，都可让人自由上下；床很宽大，两米乘两米，像一个方形的戏台。他们可以各踞一边，中间空出很大的一块地方。空出的地方原本是女儿小丹的领域，现在外婆来了，她毫不犹豫地去了一楼外婆的卧室。

在凌晨四点钟过后，他们听见一老一少回到楼里，沾了湿泥土的赤脚板，走起路来声音柔软。然后，她们进了卧室，小心地关了门。

惠珠轻轻地叫了一声"大雄"，她喉咙有些发痒，很想和人说一说话。墨大雄没有任何反应，还发出了低哑的鼾声。惠珠恨不得蹬他一脚，但自尊让她忍住了，心里说：你就装吧，反正你在外面和人打交道也是这德行，装得云山雾罩的。她想起曾给学生讲解成语"同床异梦"，她和大雄是不是这种情状？她点点头又摇摇头。但他们对小丹的期望，却是惊人的一致。"望子成龙"与"望女成凤"，是眼下做父母的最大追求，冠冕堂皇的理由是不让孩子输在起跑线上！

惠珠又由侧身变为仰面的姿势，双眼瞪着暗色的天花板，这天花板是一页读腻了的书。她记得当母亲快来时，小丹突然问她："我是叫她外婆还是叫她姥姥？"还没等她回过神来，小丹说："语文老师告诉我们，课本上的'外婆'都改成了'姥姥'，说'外婆'是口语，'姥姥'是书面语。以后写文章都要用'姥姥'了？"她无言以对。"外婆"和"姥姥"的争论是从上海教育界开始的。她就奇怪了，这个不是问题的问题，会让许多人兴奋不已，是内心空虚过度还是焦躁过度？"外婆"和"姥姥"既是口语也是书面语，读过点书的人都知道。唐代僧人释道世在《法苑珠林》中说："我是汝外婆，本为汝家贫，汝母数从我索粮食。"《二刻拍案惊奇》上也称："直到外面去打听，才晓得外婆家接去了。"而北方人口语叫外婆，往往是叫"姥姥"。

惠珠忍不住叹了一口长气。语文课本上所选文章，往往出自大家之手，他写的是"外婆"，你干吗非要改成"姥姥"？学生不困惑才怪。

楼下的大座钟敲了六下。惠珠翻身下床，去把窗帘拉开，曙光如瀑泻了进来。

墨大雄慢慢睁开眼，好像是被什么响动弄醒了，问："你起得这么早？"

"嗯，我有预感，母亲和小丹昨夜捉到偷瓜贼了。"

"真的吗？"

"往日到这时候，妈就挎着篮子出门到社区蔬菜店去买东西，今早没有。这说明她们夜里有收获了，高高兴兴回来睡得安稳。"

"那就好，再不用子夜出去梦游了，一老一小打着赤脚，病了怎么办？"

"我妈在乡下打惯了赤脚，百病不侵。就连小丹也没咳嗽流鼻涕，真是咄咄怪事。"

"听妈说，小丹的食欲也不错。"

"我去书房找些大白纸，还要去找些我和你的旧衣服，好好地放在一楼的客厅里。"

墨大雄笑了，说："白纸让小丹印上脚印，旧衣服可以打袼褙，你想得很周到。"

"让她们把这个游戏玩得有始有终。"

"惠珠，我们别在家里吃早餐了，免得惊醒了她们的好梦。"

"好的。"

"我先去社区停车场把车开来，你再出门，我们去一家扬州人开的店子吃早茶。"

"悉听尊便。上午，我们语文教研组还有个会，研究如何增加小考的难度。"

五

又亮又热的太阳光，斜着从窗口射进来，一直射到床上，把竹席子和枕头都镀成了金黄色。客厅里的大座钟正好敲了九下。小丹醒了过来，发现外婆不见了。她大声喊道："外婆——外婆——"

"来了——"外婆推开门，一束阳光立刻落在她半白半青的鬓发上，额头的皱纹里流动着点点光斑，很慈祥很美丽。

"外婆，你做什么去了？也不叫我。"小丹噘起嘴，装着生气的样子，然后又清脆地笑了。

外婆坐到床沿上，说："我想让你做个长长的梦，所以就没叫醒你。你问我做什么去了？”

“对。”

“做的事多了。不过，外婆也是八点钟才起床的，居然睡起了懒觉。你爸你妈早走了。我先给你炸了南瓜饼，又甜又酥，比街上买的油饼、油条肯定好吃得多。”

“然后呢？”

“把小竹筐拿到庭院，揭开盖子，用木棍敲烂西瓜，再把尖角鬼用夹钳夹进一个大纸盒里，给它备上切碎的猪肉和黄瓜丁，再把纸盒搬到西瓜地旁的芭蕉下。早几天，我去买菜时，顺便买了几根香，刚才我把香插在纸箱前，点燃了。让它满意，别再来打扰小丹。”

“然后呢？”

“我熬了一盆糨糊，准备打袼褙。再用脸盆，和了半盆湿泥巴。”

“然后呢？”

“我的乖孙女，哪来这么多‘然后呢’？然后呢，你快起床快洗漱。然后呢，你去喝小米稀饭吃南瓜饼。然后呢，我暂时不告诉你，你一定会很开心。”

小丹急不可待地跳下床，说：“我知道，你要让我赤脚踏湿泥巴，再踩到白纸上。”

“小丹聪明。”

祖孙两个在小餐厅很快就用完了早餐，又一起走进客厅里。外婆指着堆放在沙发上的旧衣服和白纸，说：“你妈准备的，这可不行。给你做拴魂鞋，得用属于你的衣服和纸张。”

“外婆还告诉我，最好是我最不喜欢的东西，做成鞋子踏在脚下，我就快活了平安了，是不是？”

“不错。”

小丹让外婆在客厅里坐着等她，咚咚咚地上楼去了。不一会儿，小丹咯咯地笑着回到客厅，把抱着的一包东西，狠狠地丢在地上，红红绿绿的，色彩很光鲜。

外婆问：“这是什么？”

“我的演出服、训练服、礼仪服，还有奖状。”

“你不喜欢？”

“我不喜欢，还恨！”

外婆说："这就好！三好学生的奖状留着，你把参加这个赛那个赛的奖状，翻过来一张张铺在地上，我去端湿泥巴来。"

外婆从门外的台阶边，端来和好的半盆湿泥巴，放到翻过来露出白底的奖状边。外婆让小丹赤脚站在脸盆里，再牵着她的手，让她跨出脸盆，站在奖状上，一张一张印过去。印完了，外婆抱着小丹到洗漱间去洗净脚，让她穿上一双皮凉鞋。

"外婆，我不喜欢穿这双皮凉鞋。"

"现在还得穿上。外婆会很快把布鞋做好，这布鞋叫拴魂鞋，你会天天开心。"

"好吧。"

印着小丹脚印的纸，让它去慢慢干爽。外婆拿出一把锃亮的剪刀递给小丹，说："你选几样你最不喜欢的衣裤，先胡乱剪几下，我再来把它们剪成块片。"

小丹的脸涨得通红，手握剪刀，在挑出的粉红色连衣裙、藏青色西装裙和白色主持人服上，狠狠地铰了几剪刀。在这一刻，她感到心上卸下了什么重物，轻松极了。外婆再接过剪刀，又快又准地剪出一个个块片。然后，她又把奖状拾起来，把每张上的左右脚印，利索地沿着外沿稍稍放大尺寸剪下来。

"小丹，杂物间里有胶合板，我们抬到院子里去，再一起打袼褙。"

"我不会打袼褙呀。"

"外婆会，你当我的学生，好不好？"

"好！"

几块六尺高、三尺宽的胶合板，横着倚树而列。外婆和小丹各拿一把棕刷子，先在糨糊盆里蘸上稀稀的糨糊，再一道一道地刷上木板，接着把布块依次贴上去。贴好第一层布块，又在布块上刷上浆糊，再贴上第二层布块。一层叠一层，层层紧贴。

"小丹，鞋面薄，鞋底厚，所以这种鞋叫'千层底鞋'。"

"外婆，我长大了也要学做布鞋。"

"你肯定比外婆做得好。"

近午，太阳晒在头顶上，火辣辣的。南风一阵一阵地吹，热烘烘的。祖孙打完了袼褙，一身汗淋淋的，衣褂都湿透了。

“小丹，你很能干，外婆喜欢你。”

“外婆，我也喜欢你！我想去看看刺猬，过几天它就要离开这里了。”

“我们一起去。你要对它说：尖角鬼，你走了就不要回来了！”

“它听得懂人话？”

“动物都通人性的。”

六

小丹觉得快乐的日子，总是过得很快。她是从日历上，感觉到时间的脚步声：一个学期结束了，放暑假了，接着秋季又要开学了。从她休学那天开始，外婆从湘西的乡下来到这座地处湘东的株洲城，来到这个庭院陪护她，她的忧愁和烦恼渐淡渐少，而心里的快乐像喷泉一样往外喷溅。妈妈说她的尖下巴圆润了。爸爸说她的身体长结实了。外婆说小丹的魂找回来了，拴牢了。

外婆的日子不用看日历，全拴在她做鞋的剪刀上、熨斗上、锥子上、钢针上。她给小丹做了五双布鞋、五双棉鞋。鞋底是一针一针纳出来的，又厚又平整。鞋面的颜色，红、紫、蓝、青、黄都有，像花儿朵朵，可以轮换着穿，美呆了。更奇怪的是，外婆还用墨大雄和惠珠不穿的衣服打袼褙，用他们的皮鞋底在白纸上印出鞋印，剪出鞋样，给他们各做了一双布鞋。

小丹问：“外婆，这也叫拴魂鞋吗？”

外婆说：“就算是吧。”

秋风起时，天气凉了。

小丹非常想念她的学校，想念她的老师和同学。她该去上学了。

外婆说：“小丹，你是该去上学了，去读有用的书，将来做有用的人。我也该回老家了，在城里这样闲着，说不定哪一天也会把魂丢了。”

小丹忍不住呜呜地哭起来，哽哽咽咽地说：“外婆……我的好外婆！放寒假了，我就来看你……火塘烤火、雪地摘菜……你讲的故事……我都记在心里，记得牢牢的哩。”

“好孩子，外婆就眼巴巴地在老家等着你，等着你！”

界　画

早过了不惑之年的广厦梦，在这个春雨潇潇的早晨，举着一把油纸伞，缓缓地走进了湘楚书画院的小院子。满眼的花树红湿绿重，芳草小径飘着凄迷的水汽。

忽有一个人影，飞快地闪到面前来，说："广院长，你应该通知我们行政科，我可以开车来接你。呵呀呀，你的裤脚都湿了，会着凉的。"

"小吴，谢谢你。家住不远，步行不过二十分钟，要车做什么？"

小吴利索地接过广厦梦的油纸伞，收拢了。再把手上宽大的油布伞撑开来，移到广厦梦的头上。

"你办公室的炭火已经燃旺，茶也沏好了，你烤烤火、喝口热茶，早春寒气利于刀哩。"

"好的。十点钟，我要去看望生病在家休息的简亦单老师，劳驾你开车，行吗？"

"当然行！这是公事，我去买些水果。"

"不必了。你知道他的脾气，送了他也不会收，大家都尴尬。我会送他一个礼物，是早些日子认真画的一张画，他一定会高兴。"

"画的是什么？"

"是一幅界画：依山傍水而立的一个古香古色的小庭院。他家现在租住的几间小房子，才三十个平方米，一家大小四口人呵。画院又没有家属房，我只能纸上画屋，送他一个安慰，唉。画还没题款，等到了办公室，就干这个活。"

"十点钟前，我会准时启动车。广院长，我们两口子虽没孩子，住得也窄小，你什么时候也送我一栋大屋子？"

广厦梦哈哈一笑，说：“好。‘安得广厦千万间，大庇天下寒士俱欢颜，风雨不动安如山！’”

“这是杜甫的《茅屋为秋风所破歌》，我读初中时，语文课本上就有这首诗。广院长的名和姓，还有字庇寒，都来自这里？”

“对。你的脑瓜子很灵，没事时多读书，肯定有好处。”

“遵命！”

小吴一直把广厦梦送到办公室前，才去料理别的事。

广厦梦这时才感到全身冷瑟瑟的，赶忙坐到热力四射的木炭火盆前，烤一烤湿了的裤脚，淡白的水雾立刻飘袅开来。再端过茶几上的一杯热茶，好好地呷了几口。忍不住心里说了一句：“小吴呀小吴。”

裤脚烤干了，茶也喝暖了身子，广厦梦走到大画案前磨好了墨，再展开那张界画，细细地看，细细地想该怎么题款。

广厦梦原名广夏生，读美术学院国画系时主攻山水画。因为偶尔听老师讲到界画的日趋沦丧，遂暗下决心要弘扬这门古老的艺术。什么是界画呢？是指国画中的以宫室、楼台、屋宇等建筑物为题材，以界笔直尺画线而后上色的绘画。界画源于唐代，起初不过是与建筑营造图式关系密切的艺术，到五代、两宋时发展趋于成熟，出现了郭忠恕、张择端等名师大家。自文人画兴起后，又被视为工匠之俗艺，没多少人愿意染指。广厦梦有画山水画的底子，又舍得下功夫在这冷僻处苦苦钻研，以工笔重彩山水画的境界和技法来作界画，建筑物为主体，配以山水树木和人物，笔画劲健峭拔，设色纯净古朴，颇有博大疏朗的气象，在圈内圈外名声广播。于是，他改名为广厦梦，字庇寒，用以明志。

毕业后，先是在母校的国画系专教界画这门课。尔后回到故乡湘楚市，在湘楚大学美术系教书。一九五三年，湘楚书画院成立，他被调来当专业画家，继而任副院长、院长。

画界画，不但要立意高远，造像严谨，而且颇耗时费力。他专为简亦单画的这张小幅界画《庭院深深深几许》，就断断续续画了十几天。

广厦梦拎起一支长毫笔，先在画的右上角用隶书写下“庭院深深深几许”一行稍大的字，再用行书小字写下一首诗：“窄室简亦单，人书何可安。我惭只有笔，重檐画里看。”再在诗后写道：“明楼广舍总会有的，作此以慰病中之简亦单友。容膝居主人广厦梦于公元一九六六年初春。”然后，钤上名章、闲章。待印泥干透了，把画折叠好，放入一个大信封。信封上用毛笔写上一行楷书字：“博简亦单友一笑。”

十时还差五分，小吴走进了办公室。

广厦梦说：“你是掐着时间来的。”

“广院长，这是做后勤工作的基本功，不能误了领导的大事。”

画院在城东，简家在城西唐兴桥边的一条小街上，开车过去要半个多小时。

在车上，小吴问：“我叫吴小斤，我爹是个木匠，不知怎么给我起了这样一个很俗气的名字。小斤，没分量啊。”

“斤者，斧也。小斤，即小斧。荀子在《劝学》中说：‘林木茂而斧斤至焉。’齐白石是木匠，自称出自鲁班的‘大匠之门’。这个名字，不俗。”

小吴的脸蓦地红了，说：“你这一说，我就有底气了。我是书画院搞后勤的，不也是与‘大匠之门’沾边吗？”

“简亦单老师虽比我小几岁，书法、篆刻，还有字画鉴定，都比我强。他性子直，说话不拐弯，快人快语。”

小吴说：“不可能吧？”然后，按了声喇叭，赶快换了一个话题，关切地说：“广院长，简老师的病是肺结核，传染哩。到他家后，你别喝他家沏的茶。”

广厦梦有些不高兴了，淡淡地说：“简老师这个人心细如发，茶杯肯定干净，这个是可以放心的。”

小吴忙说：“那就好，那就好。”

小车开到唐兴桥边的小街上，停住了。他们下车再走十几步，就到了简亦单的家门口。

广厦梦叩响门环，过了好一阵，门才打开，现出简亦单瘦瘦的脸、薄薄的身子。

“亦单兄，我和小吴来看你了。”

“请进请进。老婆上班去了，孩子上学去了。我躺在内屋，迷迷糊糊听见敲门声，赶快穿衣下床，真应了古人的一句话：家无应门之童。二位海涵。”

“病体好些了吗？”广厦梦问。

“好多了，好多了。”

广厦梦对简家很熟悉，因为平日两人常常互访。

简家只有一个客厅、一间卧室兼书房、一个小厨房。客厅靠墙放着双层木架子窄床，是给孩子们睡的；中间放一张小桌子、几条小板凳，吃饭、会客都在这里。卧室的门楣上，嵌一块小横匾，用楚简写了四个字："简亦单室"，出自主人的笔下，古拙、茂实。

"厦梦兄、小吴，快请坐。"

简亦单搬来一个白瓷大水盆，当着他们的面，用开水把玻璃杯烫了三遍，再用小勺舀绿茶入杯，然后冲上开水。

广厦梦的眼里忽地有了泪水，他端起杯子，慢慢地呷了一小口，再慢慢地咽下："好茶。西湖龙井的明前茶。"

小吴装着小心地用双手去捧杯子，似乎被杯身烫着了，赶快松开，然后轻轻地搓了搓手，表示茶很烫，他得待茶冷了后再喝。

广厦梦的嘴角叼起一丝冷笑。

"亦单兄，早些日子，我从一个藏家手上买的那张明代傅山的小品山水画，笔墨是他的风貌，钤的'傅山'印也没有假，只是那个'傅山'的签名，我只看出了'傅'字，后面的'山'字不像，草得很厉害，像弹簧一样扭扭弯弯，我给你看过，你说要查证一下，不知有结果否？"

简亦单沉思了一阵，说："我反复查核各种资料，那个字是'眉'字，也就是说这幅画是傅山的儿子傅眉画的。子承父业，作古正经的傅家笔墨，盖的名章也是傅山的。但傅眉还有一点可取处，羞羞答答落了自己的名字。"

广厦梦说："谢谢你不吝赐教。"

"即便是傅眉的作品，也有几百年了，何况你花钱不多，兄并不吃亏。"

两个人谈古字画鉴赏，兴致越来越浓。

小吴忽然说："简老师，你住的条件这么差，还有院里的其他同志也是如此，广院长一提起这事就忧心如焚。他找过有关领导，也打过报告要求兴建宿舍楼，可政府说没钱，国家穷，只能各自克服困难。"

简亦单说："厦梦兄，你的住房不也是同样窄小？上有老，下有小，七口之家都住在祖上留下的几间平房里，故命之为'容膝居'。"

没等广厦梦开口，小吴马上接话："广院长见你病了，送什么东西都不合适，用界画画了一个又好看又舒适的小院子送给你。他还答应也要画一张界画送给我，让我们都有一个广厦梦。"

简亦单蓦地站起，又缓缓坐下，说："厦梦兄的界画已跳出古人巢臼，自成一体，是工笔山水画中的一朵奇葩。我不敢求，也不敢收啊。"

广厦梦从公文包里掏出一个大信封，说："你不能不收，画上已写了你的名字。快看看，是否可入你的法眼？我真的很内疚，院长无能，没法子为大家谋福利，送张界画表示心意吧。"

简亦单从信封里抽出界画，小心翼翼地在小桌上展开。三面青山，门对流水，一圈竹篱中，错落地立着古典的亭、台、楼、阁，线条准确而灵动，着色明丽而雅逸；诗亦有情，字亦有韵。

"好！神品！我每日'层檐画里看'，人书可安，心亦悦然，何忧之有？谢谢厦梦兄的厚礼！"

小吴瞪大眼睛看和默记画上的大字小字，一共有六十四个。他希望广院长将来送他的界画上，也有很多字，他听内行说过，题字多的画，值钱。

广厦梦看了看手表，站起来说："亦单兄，叨扰这么久了，告辞！你好好休息，你负责的艺术鉴定和对外联络诸事有人操持，放心吧。"

"谢谢二位。恕不远送。"

临走时，小吴的那杯茶还是满的。

半个月后，广厦梦把小吴叫到办公室，送给他一张界画，和送简亦单的那张画尺幅相同。画的是庭院中背北朝南的一座厅堂，飞檐翘角，雕梁画栋，白玉台阶。门楣上悬一横额，题为"正大堂"。堂中皆摆放古典家具，桌、案、椅、几、博物架、可坐可卧的榻、搁着盆景的花凳，一应俱全。题款为："正大堂。堂者，当也。谓当正向阳之屋，以取堂堂高显之义。做人亦应如此。赠吴小斤小友。广厦梦作于一九六六年初春。"

小吴把画看了又看，又把字暗自数了又数，只画了一栋大屋，只有四十六个字！心里就有些不高兴了，这不是看不起人吗？但他没表露出来，连连说："广院长，叫我怎么谢你啊，我得好好收藏。"

"你喜欢就好。题款前面的一段话，是引自明末计成的《园冶》一书，意思是说堂必须建在庭院的主入口处或重要地段上，要朝正南而向阳，要雄伟庄严，凸现出光明正大的气象。"

"广院长的教诲，我记住了。"

小吴收好画，匆匆忙忙地走了。

广厦梦忽然叹了口长气。

数日后的一个星期天上午，忽有陌生的中年人来到广家，烦请鉴定一张界画是否出自广厦梦之手。

“广老师，冒昧打扰，请见谅。”

“无妨，无妨。”

来人展开画，让广厦梦大吃一惊，竟是他送给小吴的那张《正大堂》。

“我从一个朋友手上买的，朋友又是从他的一个熟人手上买的。是广老师你画的吗？”

“不错，是我画的。花了多少钱？”

“三百块。”

“我负责地告诉你一句话：好好收着，将来会有大用处。你的尊姓大名可以告诉我吗？”

“不敢。我姓居，名思明，是个中学教师。广老师，再见！”

“后会有期。”

送走了客人，广厦梦心里憋得难受，自个儿倒了一杯酒，猛地一口干了，然后一拍桌子，说：“小吴呀小吴！”

广厦梦的界画很少拿去卖钱，是心气相投的好友，不惜慷慨相送。小吴却把他的画卖了，而且卖得贱。北京荣宝斋去年曾派人来找过他，以每平方尺二百元收购他的界画，这是最高的价格了。他说因为画得少，只能自己藏着把玩。送小吴的这幅，是四尺斗方，也就是四个平方尺，三百元就让小吴出手了。

第二天上班时，小吴提壶来办公室送开水。广厦梦问：“家里没什么困难吧？”

“没有。乡下的父母、弟妹都很好，没病没灾的。我和妻子每月有工资，平平安安的。”

“那你为什么要卖掉我送你的那张界画？”

“没……有啊。”

“还敢扯谎，不是卖了三百元吗？你不是堂堂正正做人，俗到骨了。从此以后，我们只有工作关系，私谊到此为止。”

小吴咬牙切齿地说：“广院长，小人物也不是好欺的！”说完，头也不回地走了。

乍暖还寒的春天过去，炎炎夏日赫然而至。随着气温的升高，谁也没料到，史无前例的“文化大革命”惊心动魄地登场亮相。

湘楚书画院隶属市文化局，工宣队进驻了局机关和局管辖的各个单位。

所谓工宣队，是由工厂抽调出根红苗正的产业工人，进驻知识分子成堆的单位。书画院进驻了一个小分队，三个人。他们的任务是发动革命群众，揭批走资本主义道路的当权者，也就是“走资派”；宣传放之四海而皆准的毛泽东思想，破旧立新，打倒反动学术权威，让劳动人民真正地当家做主。画院虽只是个科级单位，院长广厦梦是院里的最高领导，当然得戴上“走资派”的桂冠；又是旧社会培养的大学生，出身不好，还是复古界画的集大成者，理应归入“臭老九”和反动学术权威的行列。

小吴和另外几个积极分子，成了工宣队依靠的对象，贴大字报、开批斗会、抄家，他们从来没有这样扬眉吐气过。

在工宣队进驻书画院之前，敏感的广厦梦预测到自己在劫难逃，从收藏的历代字画和自作的界画中挑出大部分精品，偷偷地转移到外县乡下的亲戚家。还悄悄告诫简亦单，把送他的那张界画藏好，否则会受到连累。

果然，大风来兮，起于青萍之末。

在一次大批判会上，广厦梦被戴上高帽子，胸前挂着黑牌子，接受革命群众的揭发与批判。

第一个跳上台的是小吴。他愤恨地说：“广厦梦专画封建王朝的楼、台、亭、阁，是歌颂帝王将相的腐朽生活，是企图复辟，我们坚决不答应。”接着，他揭发广厦梦如何命名自己宽大的住宅为“容膝居”，如何到简亦单家去送画，那画上题的诗是：“窄室简亦单，人书何可安。我惭只有笔，重檐画里看。”分明是发泄对社会主义的不满。

“广厦梦，你老实回答，有没有这回事？”

“我的住宅虽不宽大，但也不窄小，‘容膝’二字出自陶渊明的《归去来辞》一文，意在告诫自己要廉洁和清贫自守。至于送了简老师的画，还题了一首诗，我一点印象也没有。你可以问问简老师，他如果是受赠者，也就是见证人了。”

站在台下的简亦单大声说：“广院长和你，是来探看我这个病人，他没送画给我，小吴是瞎说。”

“我就在现场，亲眼所见。”

“我也在！你一个人说了不算，是孤证。”

“你……你……”

“我怎么了？我出身于工人阶级家庭，比你这出身农民家庭的成分还要优越。但我知道，你向广院长要过一张界画，然后转手卖了三百元，是不是？”

广厦梦马上说：“我记得，有这个事。买画的人叫居思明，你们可以去调查。”

批判会只好草草收场。

此后，院里上上下下的人，都不愿意和小吴打交道了，这个人心术不正！小吴整天蔫头蔫脑的，像霜打的草。

书画院是个很单纯的地方，广厦梦也是个作风正派的人，查来查去没什么政治和经济上的过错。于是，工宣队在进驻了两个年头后，撤回去了。接着，书画院除留守人员之外，全部去了本市文化系统的“五·七干校”，一边劳动一边改造思想。到一九七六年十月，北京宣告“四人帮”垮台，“文革”闹腾了十年，寿终正寝。

广厦梦和大家兴高采烈地回到久别的书画院，小院大门上方“湘楚书画院”的匾额，破四旧时被红卫兵取下来砸碎，一把火烧了。

广厦梦拉着简亦单，站在小院门前，问：“你愿意重写这块牌匾吗？”

“愿意！”

“原先你写的是隶书，这次，你用楚简写怎么样？”

“为何要用楚简写？”

“‘湘楚书画院’中有一个‘楚’字；你姓简，有一个‘简’字。”

“这不是理由。”

“领导找我谈了领导班子建设的事，我力举你任常务副院长。你是书法家，楚简写得好，是公认的，又是姓简的副院长，这个理由还过得去吧？”

简亦单眼睛湿润了，嗫嚅着说：“其实应该是你来写……”

“我比你年纪大，干不了几年就得息影林泉了，你的路还长哩。”

“是你抬举我，让我来写这块牌匾。”

“亦单兄，我现在想得最多的，是同志们的住房。十年过去了，没结婚的成家了，没孩子的现在有孩子了，原先住得拥挤的依然如故。我排查了一下，住得最差的有十几户人家，得解决他们的困境。现在是‘拨乱反正’‘经济复苏’期间，政府肯定拿不出钱来建宿舍楼，只能我们自己来想办法。”

“你是否有好办法了？”

“对，但要等机会！你上任后，主管书画创作、鉴定和对外联络这一块，拜托拜托。”

“我怕担不起这个重任。”

“你只管干，出了事我负责。我呢，就管党务、工会、后勤这一块，这叫避重就轻。哈哈。”

简亦单知道，广厦梦管的这一块是最让人头疼的，比如住房。他突然想起小吴，问道：“别让小吴在后勤科了，让他去做清洁工吧，他再给你开车，我不放心。”

广厦梦摇摇头，说：“他也三十好几了，孩子也上小学了。这十年，他应该有所反思，还是让他开车吧。他家才二十来个平方米，有房子了，也要优先安排他呵。”

简亦单愣了一下，然后点了点头。

岁月虽无痕，却让人真切感受到日新月异的变化。到了一九七八年，私营企业一家一家地诞生，如雨后的春笋；房地产市场开放了，个人可以购买住房以安居；古玩、艺术品登上拍卖场了，民间收藏成了一个热点……

又是一个春雨潇潇的早晨，简亦单急匆匆走进广厦梦的办公室，大声说：“本省的第一场艺术品拍卖会过两天在长沙举行。这是开拍的作品名录书，图文并茂。真没想到，你当年送给小吴的那幅界画，也将以三十万起价竞拍，有专家估计，落槌不会低于五十万。”

正在看一份文件的广厦梦，蓦地摘下老花眼镜，丢下文件，大声说：“我等的就是这个机会！终于来了！”然后，接过作品名录书，浏览了一遍，说：“开拍那天，让小吴开车，你们去长沙拍卖现场考察考察，看藏家对这幅界画的反应如何。”

简亦单笑了笑，说：“你的眼光应该不在长沙，是北京！”

“知我者，亦单兄也。我历年自画的界画，不敢夸口，应都是精品。我要选出三十幅去拍卖，但求一个好价位。卖了做什么？以书画院的名义去购回二十套一百平方米的住房，分配给住房条件差的同志，但产权永远属于书画院。委屈了亦单兄这么多年，还有小吴和其他人，你们都该乔迁新居了。”

“你的‘容膝居’呢？”

“我不在分房之列。我的小院是祖上留下来的，我会自筹钱重建。”

简亦单忽然笑了起来，笑得很开心。

“你笑什么？”

“你送我的那幅《庭院深深深几许》我也要拿出来，和你的界画一起合计成三十一幅，去参加拍卖。你送画给我，主人就是我了，我的这套住房，不也是自筹款买的吗？”

“对。这幅画的赠者和受者，都应该是名流吧，可以大胆开出一个好价钱。但是，我会再给你画一张，请你不要拒收。”

“好。”

广厦梦忽然想起一件事，说：“今天是我五十七岁的诞辰，又逢喜事翩然而至，古人虽说‘寿者无请’，但我要请你全家晚宴，就选在湘江边的‘望江楼’，敬请光临。”

简亦单说：“我们全家一定来。我的贺寿礼早备好了，是一方田黄印，刻的是‘仁者多寿’。”

“这四个字我喜欢，哈哈……哈哈……”

窗外的春雨，还在不紧不慢地下着，小院里一片喜绿欢红。

盛 都 管

在古城湘潭的寻常巷陌，谁家有了婚丧大事，首先要找的人是都管。都管不是什么官职，只是一种民间公认的称谓，有学者考证都管是督管的谐音，传之久远。婚丧礼仪过程的各种事宜，都由都管来进行管理、督察，直到圆满结束。都管有专业的，干的就是这一行；有业余的，主业之外走“穴”玩“票”。但在二十世纪五六十年代，在城市专司此业并赖此为生的都管少之又少，毕竟是三教九流中“下九流”的人物，何况是新社会了，故而多为业余性质。

但对这类人物，有约定俗成的评判标准：具备丰富的江湖阅历，熟悉婚丧礼仪的规矩；有广泛的人际关系，诸如司礼、厨师、杠夫、乐手各色人物，可以招之即来并尽心尽力；还要有应付突发事件的能力，不至祸起萧墙。因此，都管都是男性，而且上了一点年纪。

且慢，都管都是须眉男子吗？不见得。在平政路的灯笼巷，就有一位女都管姓盛名谷英，四十来岁，人称盛都管。虽是女流之辈，却是天生的男儿相、男儿身，体量武高武大，黑红宽脸，喊一嗓子如击鼓打雷，走起路来铿锵有力。

她的主业就让人惊诧，在街道办的红光机械厂当锻工，也就是打铁的铁匠。打铁用汽锤的，在那个年代只有上规模的国营大厂，街道小厂的锻工只能甩开膀子抡大锤，技术好还要力气大。盛谷英一进厂就爱上了这个行当，图的是两个字：痛快！掌钳翻动锻件的老师傅，小锤点到哪，她的大锤便落到哪，呼呼生风，快、缓、重、轻，无不得心应手。全厂上下几十口人，对盛谷英又敬又怕。钳工班有个二十几岁的小青年杨成，小白脸，细胳膊细腿，干活偷奸取巧，盛谷英早就看不惯他了。有一次杨成当着众人的面，说盛谷英不像个女人，盛谷英猛地蹿过去，给了他两巴掌，大声说：“我就用这男人的手，打你这像女人的脸！”杨成知道她的厉害，只能忍下这口气，悻悻地走了。

盛谷英是女锻工，还说得过去，妇女半边天，欲与男人试比高呵。偏偏还是个女都管，这就奇巧了。说起来也顺理成章，她的父亲就是个业余都管，从小耳濡目染，跟着父亲看过多少大场面，回来就偷着练习。加上她上无兄下无弟，只她一个独女，上学时和男孩子一样玩劣，父母也懒得管她了。她对父亲说："我学了可以帮人应急，还可以赚点小钱，也算是女承父业了。"

新中国成立时，盛谷英二十五岁，成了家里的老闺女。街道上办起了机械厂，她就去当了工人。接着经人介绍为父母找了个上门女婿，并生下一个胖小子。几年后，父母因病相继辞世。这块地方不能没有都管，盛谷英慨然承当，父亲留下的人脉资源，她早已熟悉，加上她为人热情、公正、有胆识，能照顾到各方面的关系，于是她在都管这个圈子里，声名鹊起。

她的丈夫是孤儿院长大的，后来在一家屠宰场当杀猪匠。他们的儿子诞生时，盛谷英说："你是上门女婿，我爹说让孙子姓盛，你同意吗？"丈夫连连点头："姓盛，应该。我姓时，他就叫盛时好不好？"盛谷英说："取名是你的权力，行！"

灯笼巷的男女老少，一律尊称盛谷英为"盛都管"，称她的丈夫为"盛家男人"，称她的孩子为"盛家伢子"。

住在灯笼巷尾端的马大婶，在华灯初上时，急急忙忙走进了盛家。还没等马大婶开口，盛谷英一边泡茶，一边说："大小子要结婚了吧？请我当都管，没说的。"

"你怎么知道？盛都管真是眼观四路、耳听八方。"

"我能不知道吗？你未来的亲家就住在不远的瑞云巷，你未来的儿媳叫杨璇，和你家大小子马小刚是雨湖公园花木队的同事。选了什么吉日办喜事？"

"下个星期天。唉，只怕不会清吉平安呵。"马大婶眼圈红了，长长地叹了一口气。

眼下是一九六四年的春天，三年困难时期刚过去不久，经济稍稍出现复苏的兆头，谁家办喜事都不是一件易事。

"是缺钱？我来帮你邀人'打会'，邀街坊邻居二十人，每人十元，你拿'头会'，不就是两百元吗？你有竹器社的固定工资，每月还上十元并不吃力。平常你总还有点小积蓄，凑起来办事不难。"

"这个不劳盛都管操心。我和儿子各在自己的单位'打会'，钱差不多了。"

“你就在自家办酒席，让我家老时去农村给你买一头猪来杀了，厨师我来请，接亲的鼓乐班子我一招手就来了，工钱决不多要。你丈夫去世多年，依仗你守寡带大两个孩子不容易。我家老时的工钱，还有我当都管的酬谢费，保证一分钱不收。”

“谢谢，谢谢。我担心的是杨家在那一天要闹事，搞得人财两空，还让我丢个大脸。”

盛谷英突然仰起脸哈哈大笑，笑了一阵，又猛地止住，说：“马大婶，你放心。有我在，出不了事。杨璇的哥哥杨成是我一个厂的，他嫌你们家贫寒，只想妹妹找个有钱的主，他好摆格当大舅爷。只是他没想到，你家大小子和杨璇在单位开了证明，把结婚证领了，杨璇的爹虽然一百个不愿意，还是拗不过女儿的吵闹，默认了。杨成哪忍得下这口气，在厂里多次说要拆了这桩婚姻。”

“盛都管，我怕呀。”

“我当过多少回都管，你还信不过我？谁敢闹事，那是拆我的台，我会答应吗？你放心去做你该做的事！”

马大婶千恩万谢地走了。

这一个星期呀，盛谷英忙得风风火火。让丈夫去乡下买回一头猪、二十几只鸡和鸭、一大筐活鱼，置办粉丝、香干及各种蔬菜、调料；订下鼓乐班子、司厨班子和司礼人选；主要酒席五桌，安排在马家小院，其余几桌酒席分散在隔壁邻居家。她让上初中的儿子盛时裁出几十片尺来长、五寸宽的红纸，用毛笔写上“祝贺马小刚、杨璇喜结良缘”一行字，在举行婚礼的前一天，贴到瑞云巷、灯笼巷和平政路的醒目处，还特意在红光机械厂的大门上和车间墙上贴了几张。

别看盛谷英文化程度不高，却能随口编出押韵的快板，叫作“白口调子”。这回她又编了四句话：“杨璇妹子顶呱呱，一嫁嫁到马婶家。丈夫名叫马小刚，明年生个胖娃娃。”她让儿子盛时背熟后，交代他再去教给巷中的小孩，巷中的孩子又扩散出去，连杨家所在的瑞云巷的孩子也会念了。

新社会有新气象，城里接亲不提倡用轿子了，也不可能骑马（城里哪里有马），用小汽车更不可能，那时候本地最高行政长官都没有小汽车。一般来说，是新郎用自行车来推新娘，但马小刚还置办不起一辆自行车。好在瑞云巷离灯笼巷不过二三百米远，步行很方便。盛谷英是这样安排接亲队伍的：

打头的是四人持长竹竿挑起的大红灯笼，灯笼上各贴一个金字，合起来是“迎亲大吉”一句话；其后是新郎马小刚，他的弟弟马小强，还有他和杨璇的年轻同事；继而是鼓乐班子，锣、鼓、胡琴、笙、箫，演奏的民乐曲子是《醉太平》《新婚乐》。走在最后的，是抬着礼盒的几个精壮小伙子，礼盒里放着猪肉、鱼、鸡、鸭和糖果之类的东西。

这一天阳光灿烂，春风和煦。上午十时零八分，灯笼巷响起火爆的鞭炮声，马家的院门敞开，迎亲队伍在鼓乐声中缓缓走出马家，再走出巷口，上平政路，向右，走向瑞云巷。

盛谷英把迎亲队伍送出巷口后，马上转身，大步流星回到马家。大门上的横额、门两边的对联，红得喜气。院里的空坪上已摆好五张八仙桌，碗、筷、杯齐备。厨房正忙着洗菜、切菜、蒸饭、炒菜，奏着锅、盆、碗、盏的交响曲。盛谷英看了厨房，再去看小两口的“洞房”，马大婶一直跟在后面。

“盛都管，还过得去吗？”

“好得很！”

“接亲会顺利吗？”

“我相信会平安无事。前面四个举灯笼的，都是民间拳师，先去塞开门包封，叫喊开门，如果主家不懂味，他们随便用身子一撞，那木门闩肯定断裂，门自然开了。再放鞭炮，送上大礼。杨璇会配合的，想出嫁的女子，她的家人拦得住吗？马大婶你去好好坐着，你家是婚宴的主场，我已交代这几桌的客人在十一点之前，都要落座。十一点一过，接亲的就回来了。”

陆陆续续有客人进来，主家一席，坐着马大婶和几个远房亲戚，上亲席是留给杨家的，其余三席是巷中德高望重的老辈人物，还有几个膀阔腰圆的汉子。

十一点刚过几分钟，巷口响起了鼓乐声。盛谷英跑到马大婶面前，说：“接亲的回来了，等他们进了院门，你站起来，我领你上前，表示欢迎就行了。”

“都听你的安排。”

盛谷英大声喊道：“迎新娘迎高宾啊，门外站立——”

几个大汉蓦地离座，站到院门边去。

“燃万子鞭炮啊，子孙绵延——”

鞭炮声立刻在院门外响得地动山摇。

四盏灯笼先入，接着是鼓乐班子，然后排列在院子一侧。马小刚和杨璇并排上前，满脸喜气。其后是送亲的杨家人：杨璇的哥哥杨成，杨璇的叔叔婶婶和闺友，还有抬着嫁妆的人。押后的是马小强和接亲的一干人马。

盛谷英领着马大婶，走到杨家人面前，双手抱拳行礼，再大声说道："各位高亲，这是新郎之母、杨璇的婆婆——马大婶，谢谢各位高亲驾临，灯笼巷有幸，马家蓬荜生辉！请入座——"

刚停下的鼓乐立刻亢奋起来，于是掌声也随之而起。

穿一身崭新的中山装、蓄着大背头的杨成，突然大喊一声："静场！"

满院子喧闹戛然而止。他斜着眼睛问："马家老人是哑巴吗？怎么由你来猫叫春！"

众人愕然。杨家的大公子闹事来了，而且要给盛都管一个下马威。盛都管的脾气谁人不知？这小子是讨打来了。

马大婶脸色发白，嘴唇哆嗦起来。

盛谷英冷笑几声，大步上前，说："我是主家请的都管，主家让我说，我自然要说。今天是你妹子的出阁大喜，你想怎么样？"

"我不想怎么样，但想让我妹子出嫁得风光！你是都管，那我问你，这灯笼巷怎么不挂灯笼？"

"马家门上贴了对联，院子里挂了灯笼，喜气盈盈。灯笼巷必须挂灯笼，哪一本礼仪书上规定了，你说说看！"

杨成噎住了，眼珠子一转，说："这寒门破户的，在家里办酒宴，怎么不去饭店办？"

"你爹娶你娘时，是在饭店办的酒宴？现在是劳动人民当家做主，你家是地主还是资本家？住的是金屋还是银窝？"

"我家是世代工人，成分好得很。"

"那就是说你家也是寒门破户，和马家本应该心气相通，怎么叫驴子自称高头大马了！"

杨成受了这等侮辱和讥讽，一把无名火从心头烧起，突然掀起外衣，从腰间掏出一块长条板钢，冲向近处的一张桌子，要去打砸那些桌上的碗、杯。盛谷英蹿上前，伸出粗壮的双手，一只手抓住长条板钢，一只手卡住杨成的喉咙，厉声吼道："这是马家，岂容你来打砸，你想犯法去吃牢饭了！我告诉你杨成，老娘收拾你，小菜一碟！杨家的高亲看见了，这是个什么东西，在厂里上班吊儿郎当，人见人厌。今天居然来拆亲妹子的好婚姻，禽兽不如。我相信杨家长辈是懂事理的，看在你们的面上，我放过他！"盛谷英夺下长条板钢，把杨成往空地上一推，让他摔得趴在地上。

杨成赶快站起来，说："杨璇，你将来怎么在马家过日子？跟我回家去！"他跑过去，抓起杨璇的手，死命地往院外拖，杨璇挣也挣不脱。

立刻有几个精壮汉子蹿上去，准备动手拦阻。盛谷英挥了挥手，说："是好婚姻，拆不开！是真金，不怕火烧！奏乐——"

盛谷英把马大婶领到主位坐好，让客人都少安毋躁。她叫来儿子盛时，轻声说了几句话，盛时一蹦一跳地走了。

鼓乐声中，大家议论纷纷，不知道盛都管怎么收场。

盛谷英先到各桌敬烟、敬槟榔，笑容满脸。然后回到马大婶座位边，抱拳施礼，鼓乐声停，全体肃静。

"各位亲朋好友，今天是马大婶大公子马小刚结婚吉日，我是都管，有礼数不到的地方，请各位原谅。刚才杨家的杨成无理取闹，让大家看笑话了，请各位担待。马大婶守寡带大两个孩子，不容易，小刚能喜结良缘，更不容易。对方要悔婚，自有他的理由，强扭的瓜不甜。我受主家之托宣布，到了十二点二十八分，照常开宴。杨璇媳妇回来，是喜宴；她不回来，就是答谢宴，所送礼金一律奉还，谢谢各位对马家历年来的关照。"

坐在上亲席上的一位长辈，蓦地站起来，说："难得马家的大度，我去把杨璇喊回来，他爹娘是明白人，要不，杨家这个丑丢大了！"说完，大步出了院门。

盛谷英平静地坐在马大婶旁边，喝着茶，和马大婶有一搭没一搭地说话。她心里明白，为了这桩婚姻，不得不用点江湖手段，实在是急中生智。刚才她教了儿子几句"白口调子"，让他领一群小伙伴，到瑞云巷杨家的大门外高声喊叫去了。这几句话是："领了结婚证，就是马家人。悔婚害妹子，杨成坏门风。"杨家真要悔婚，在这块地方是没法待了。再说杨璇离婚后又去结婚，黄花闺女成了二婚人，不让人看扁才怪。杨家父母想清了这一点，只有一个结果：痛斥杨成的愚蠢，然后让杨璇回到马家来。

马大婶急得眼圈都红了，悄声问："盛都管，杨璇会回来吗？"

"会回来！"

"即便杨家放我儿媳妇回来，她一个人走着来这里，这脸往哪里放？"

"媳妇还没正式圆房，做婆婆的就痛惜人了，好人呵。"

"叫马小刚去瑞云巷巷口等着，两个人一起来，体面。"

“不可。杨璇的爹娘会把她送回来，他们如果爱惜女儿，只能这么做。”

果然，过了一阵，盛时跑进了院子，大声说：“新娘的爹娘和叔叔送新娘来了！”

盛谷英站起来，高喊一声：“鼓乐班子去巷口奏乐迎接！我和马大婶、马小刚也去巷口迎接，要给杨家一个大面子，也是给杨璇长脸。”

……

盛谷英这次当都管，在古城传为佳话，一是两次接亲，可说是个创举；二是高亲闹事，居然可以化险为夷，做到了功德圆满。

值得一提的后话，是杨成从此在厂里抬不起头了，大家看他的目光变得尖锐，上班干活再不敢耍滑使奸，也不再敢夸夸其谈，变成了一个被人冷淡的角色，连找对象都成了大问题。只有盛谷英看出了杨成的忏悔，看出了他正在悄悄改变自己，努力做一个脚踏实地的人。

几年后的一天，杨成的父亲由女婿马小刚陪着去拜访盛谷英，因她认识的人多，请她为杨成介绍个女朋友。

这已经是一九六八年了，“文革”正闹得天翻地覆。杨成已经二十八岁了，成了被人议论的“老伢子”。

盛谷英热情接待，又是泡茶又是递烟。

“这个忙我愿意帮！杨成在厂里表现不错啊，上班发狠做事，一不去贴大字报，二不去游行喊口号，有空就看技术书籍。我有个远房侄女在商店当会计，当然不是我这个模样，漂亮！不搽粉，三分白，不束腰，细如蛇。我这当都管的，就来当一回红娘！”

“劳你大驾了，盛都管。”

“我这盛都管是甚么事都管，我答应的事，就要管到底。侄女敢不听我的，我先给她两巴掌，杨成这样的好伢子哪里去找？哈哈……”

型　模

在湖南工业重镇株洲，在株洲名气不小的红旗铸造厂，在铸造厂让人艳羡的型模车间，青工师凯旋和殷正为是心贴心的好朋友。

铸造厂的业务范畴，是先制作各种规格的模型，再将炼好的红通通的铁水、钢水注入型模内，铸造出齿轮、涡轮、拉杆、凹槽之类坯件，然后用车床、铣床、钻床、刨床去精细加工。型模车间为全厂的第一道工序，用黏土湿砂、黏土干砂、化学硬化砂，按图纸制造型模。型模俗称模子，即古代所说的“模范”，“模”和“范”都是模子的意思，《论衡•物势》云：“今夫陶冶者，初埏埴作器，必模范为行，故作之也。”由此引申出值得人学习和效法的“模范”一语。

师凯旋与殷正为同一年进的厂，在同一个车间上班，在同一个食堂吃饭，睡在同一间单人宿舍，亲如兄弟。不同的是，师凯旋出身于军人家庭，父亲是团职干部，转业后在本市麻纺厂当副厂长，母亲是医院的护士长，因此他不但根红苗正，且家庭经济状况良好。殷正为是贫寒的农家子弟，招工进的厂，工作能吃苦，肯动脑筋，待人又谦和；生活则非常节俭，为的是多给家里寄钱。当工人的，能按时领取工作服，蓝色的，布料很结实。殷正为往往把旧工作服补了又补，省下新工作服下班穿。师凯旋也学着这样做，“工人阶级是领导阶级”，这是把“光荣”穿在身上，帅气！按理说，师凯旋可以不住单人宿舍，家里有他专门的房间，但他为了能和殷正为时常待在一起，也选择住在厂里，除了两人投缘之外，还有一点感谢的意思。

上班制作型模时，师凯旋遇到难处了，还未开言，殷正为就会走过去，悄悄地帮他解决。下了班回到宿舍，殷正为喜欢看技术书籍和读象棋棋谱，师凯旋耳濡目染，也爱上了这两件事。师凯旋常跟父母谈起殷正为，他们说：

“这是个好伴，交他没错！”

那个年代，国家也困难，吃饭要用粮票，穿衣要用布票，买手表、自行车也要用购物票。只有无线和有线收音机，不用票，但价格贵，没几个人用得起。

师凯旋虽是个没成家的青工，但这三样东西，他都有，自行车是凤凰牌的，手表是上海牌的，无线电小收音机是北京牌的。当然，是父母经不住师凯旋的恳求，为他陆续置办的，他家有这个条件。

一个未婚的青年，有了这三大件，找对象就便利多了。何况师凯旋是城里人，家庭政治、经济条件好，人又长得英俊。这三大件虽然主人是师凯旋，但可以与之共享的只有殷正为一人。上班、吃饭、下班，师凯旋为他报时间；收音机在关了门的宿舍里，两个人边听边聊天；自行车别人摸一下都不行，师凯旋却执意让殷正为学会了骑车。

一九七二年，师凯旋和殷正为二十六岁了。

深秋。黄昏。

在宿舍里，师凯旋对殷正为说：“我要请你帮个忙。”

“没问题，你说。”

原来是上个星期天，师凯旋的亲戚给她介绍了一个对象，是本市农药厂一个看仪表的女工，叫凤莎莎，二十四岁，人长得很漂亮。虽是匆匆见了一面，师凯旋很中意。亲戚又把这件事告诉了师凯旋的父母，他们立马去调查情况，得知凤莎莎的父亲曾是资本家，家庭成分太差了，坚决不同意。他们迅速与老战友联系，找到其中一个的女儿，觉得门当户对，安排在今晚见面。可师凯旋今天收到凤莎莎的信，约他一起看今晚七点半的电影《列宁在十月》，地点是工人文化宫电影院。

“她在湘江边的轮渡码头等我。你替我去一趟，告诉她，我有事来不了，关于这件事就打个句号吧。”

“我没见过她，她也没见过我，怎么接上头？”

“那天见面，我穿的是工作服，骑的是这辆凤凰牌自行车，她认得出。”

从没谈过女朋友的殷正为，却要去为师凯旋办这样一件很棘手的事，他觉得心里惶惶不安。

“正为，求你了！”

“好……吧。”

殷正为穿着干净的蓝色工装，戴着工作帽，骑上自行车，疾行在湘江大堤上。秋风飒飒，透出肃杀的凉意。在暮色苍茫时，他赶到了轮渡码头。一个穿红灯芯绒外衣的姑娘，飞快地迎了上来。还没等殷正为说话，她一屁股就坐在坐凳后的行李架上，说："电影快开场了，快走！你干什么去了，磨磨蹭蹭的，等死我了。"

殷正为心想：她很单纯，只认得这辆车、这身工装，以为我是师凯旋呢。他把原本要说的话咽了下去，他不想无缘无故去伤害一个姑娘的心。

从这里到工人文化宫，少不了二十分钟。殷正为使劲踩着脚踏板，力气胀得肌肉发烧，只听见轮胎沙沙沙地响。他感觉到凤莎莎的双手抱住了他的腰，脊背上便沁出一层热汗。

湘江大堤并不宽，靠江的一面是一道长草的斜坡，坡脚下是碧绿的水波。突然，几个八九岁的孩子追逐玩耍，横过马路冲过来。殷正为惊叫了一声，把车龙头一扭，斜着冲向堤外，在堤的边缘处再使劲一捏刹车。车在堤边猛地停住，接着连车带人沉重地倒下。殷正为和凤莎莎几乎同时从车上甩出来，他在外边，她在里边，顺着斜坡往下滚。慌乱中殷正为发现前面有一截尺来高的树桩，撞上后赶快侧起身子，以便拦住凤莎莎，别掉到江里去。凤莎莎滚到了他的身边，两个人面对面紧紧相贴。凤莎莎惊魂未定，下意识用手搂住他的脖子，接着又在他脸上吻了一下。吻了一下后，她一愣，因为看清了他的脸。

天色渐暗，稀疏的星子渐现，没有月亮，江堤上很安静。

凤莎莎说："你不是师凯旋，你是谁？"

"我是他的好朋友，叫殷正为。我不是故意要冒名顶替，是他有事来不了，让我传话给你。我还没开口，你就跳上了车，催我快走……"

"……我知道是怎么回事了……你刚才怕撞伤小弟弟，甘愿这样做，我……真的很感动，树桩撞伤了你吗？"

"只是把右手撞痛了，不要紧的。"

"你……喜欢我吗？"

"喜……欢。"

"我们不去看电影了，就坐在这里说话，好不好？"

"好。"

……

日子如流水，一晃就过去了半年。

师凯旋忽然变得很沮丧，因为女朋友主动提出跟他分手，他成了"弃男"。

接着，又听说殷正为和凤莎莎早成了恋人，不由得心里燃起了一把无名火。他恨不得狠狠地骂殷正为一顿，却又找不到任何正当的理由。凤莎莎是他主动丢下的，殷正为怎么就不能和她恋爱？真要闹起来，难堪的只可能是自己！

师凯旋憋屈得难受，悄悄搬回自己家去住，单人宿舍只留下一个空床。上班也不和殷正为多说话，脸色阴阴的。

殷正为如堕五里雾中，但他很坦然，自忖没做什么对不起朋友的事。他把全部心思放在工作上，苦干还巧干，搞出很多项技术革新。

有一天，殷正为摘下工作帽擦汗时，人们发现他剃了个光头，亮晃晃地扎眼。

背地里师凯旋对工友说：“殷正为原本就相貌平常，剃个光头就更丑了。”

工友摇摇头，再摇摇头，说：“不丑！美得很哩。我听说他的女朋友得了乳腺癌，化疗、放疗轮番着来，头发都掉光了。他怕女朋友伤心，自己也剃了个光头，还说这是齐头并进、永结同心。”

师凯旋恨不得抽自己一个耳光，这张臭嘴！在这一刻，他突然感到了内疚和自责。假若当时他不听父母的话，坚决要和凤莎莎好下去，那么面对凤莎莎的病症，他能不离不弃吗？难！假若当时他不托殷正为去捎话，殷正为就不会认识凤莎莎，就不会遭受这一份痛苦和磨难！

五一劳动节快到了，市总工会下达通知，要求各厂层层评选劳动模范上报。

型模车间全体干部和工人，分散坐在车间的各处进行酝酿和评议。到处飘袅着黏土、湿砂、干砂、化学胶剂的气味，做好的各种型模，整整齐齐摆放在工作台上，很好看。

师凯旋从工作台边站起来，指着殷正为做出的型模，大声说：“我们车间的模范候选人，我推荐殷正为！他思想好、工作好、人品好，就像这模子，值得我们跟着学照着做！”

大家异口同声说“同意”，掌声哗哗哗地响起来。

殷正为羞怯地站起来，摘下工作帽，亮出一个光头，向大家鞠了一个躬……

丰盛的晚餐

这个冬天格外冷，虽没有下雪，老北风却像锋利的刀子剜肉刮骨。气温天天都在零下一二度，到处滴水成冰。下午不到五点钟，天就灰黑着一块脸，凶神恶煞的样子。

这栋依山傍水的旧粮仓，如今是三十个知青的安身之处，吃饭、睡觉，当然还有开会学习，都在这里。靠左边墙和右边墙，各隔建出一溜长方形的大卧室，里面是彼此可以声气相通的大通铺，男知青住左边，女知青住右边。粮仓中部摆放着几张粗笨的大方桌、十几条长板凳。粮仓后部搭建出一个很大的厨房，灶台、碗柜、案板、劈柴、大水缸，各有各的位置。

他们是一九六八年秋天从湘潭市下放到这里来的。初中毕业，又疯疯癫癫耗了两年“复课闹革命”，然后上面一声令下，来到这个偏僻的山区，改天换地，接受贫下中农的再教育。一眨眼，就是一年有余。粮仓的门额上写着四个字：“红心向党”；两边的对联为：“根扎广阔天地；情牵贫下中农”。都是用黄漆刷底、红漆写字，在日晒雨淋中已有点褪色。

这么大一栋房子，此刻只有两个人：李为和张文。一个瘦高如竹竿，一个结实如树桩。其余的人呢？都到五里外的小河边兴修水利去了。筑堤垒坡是个苦活，吃了早饭去出工，中午由水利工地供应中餐，晚饭再回来吃。

知青小队的队长兼团支部书记于衷，父亲是一个大工厂的锻工，他也体量高大，在学校当过红卫兵负责人，平日喜欢穿他父亲穿过的蓝色工作服，无言地表白他是可以领导一切的工人阶级的后代。他认为这段日子也要苦乐相均，每天轮换着留下两个人司厨，做早餐和晚餐，司厨不过是做饭、炒菜、挑水、砍柴，轻松，还可以顺带养息一下身体。那年月，城里吃肉凭票，每人每月二两猪肉。乡下吃肉比城里还困难，私人是不允许养猪的，那叫“资本主义的尾巴”，都割了个干净。知青们每天吃着少油或没有油的蔬菜，不少人叫苦不迭。于衷脸一板，说：“贫下中农叫过苦吗？他们根正苗红思想好，我们要一板一眼地跟他们学！”

今天司厨的是李为和张文。

他们曾是同校同班还同桌的同学，下乡插队又成了无话不谈的“插友”。按规矩，他们是下午五点钟开始煮饭，五点半开始炒菜，知青们大约六点钟回到这里，然后上桌朵颐大块。

他们坐在厨房里的一个火盆边，盆里燃着一个干枯的柴蔸，火苗子欢快地跳跃。

李为叹了口气，说：“我又偷着出去画人像，于衷非得大发雷霆不可，说我是心生邪念，不想一辈子扎根农村。”

张文说：“你画像换回了一只野兔子，让大家都沾点荤腥，是一心为公。”

“于衷不会这样想。我父亲是中学美术老师，出身又不好。”

“你放心，我父亲是厨师，也算是劳动人民吧。我会说是我怂恿你去的，我不怕。”

李为从小就喜欢美术，尤其喜欢用炭精笔画肖像，这叫“描容”。父亲便教他“描容”的传统技艺，如何使用“九宫格”，如何勾轮廓，如何用粗细不同的炭精笔描、涂、擦、皴……到上中学时，他“描容”已经熟能生巧了。下乡当知青，他也带着这套工具。当时的农村，还没有照相馆，上年纪的老人想到自己的后事，会生前找人描张肖像，以便将来挂在灵堂里。有半寸或一寸照片的，可以对着照片加大临摹；没有照片的，则要对着真人素描。李为二者皆能，故时常有老人的儿孙来请他上门去画像，画好了告辞时，主人会送些鸡蛋、蔬菜、豆腐给他，还有送鸡送鸭的。李为拿回来交给厨房，改善大家的伙食，皆大欢喜。但于衷却颇为不屑，在大会小会上批评李为，说这是动摇大家扎根农村的军心，是助长农村封建礼俗的蔓延，绝对不能容忍。

只有张文不怕事，反问道：“你不是常说贫下中农需要什么，我们就应该做什么吗？再说，你不是也吃了，吃了又来批评李为，不是搬起石头砸自己的脚吗？”

“反正……李为再不能去画像了，影响知青的形象！”

李为说：“这好办，我不去画像了。”

今早，当知青吃过饭去了水利工地，张文忽然对李为说：“这些天，大家累得黄皮寡瘦的，伙食又差，什么地方可以去弄点肉来？”

“我有什么办法？”

“早些日子，马家村八十岁的马嫔驰打发他孙子来请你去画像，你没有答应。”

“我不想去，于衷的眼睛总像盯犯人一样盯着我，没意思。”

“我们是好兄弟，算我求你了。你去画像，说不定可以弄点肉回来。大家被撂在这鸟不拉屎的地方，也是一种缘分。于衷算个毬，大家正憋着一口气要发作，他敢犯众怒？”

李为想想也对，就带上画像的工具，翻过后山，一溜小跑去了马家村。马嫔驰正好有张小照片，不过是扩大临摹而已。李为在午前就画好了，马嫔驰看了，笑得脸上开了花，执意要留李为吃中饭，李为不肯，一定要赶回去。马嫔驰说：“孙子昨天在山里捕了一只野兔子，我送给你，好不好？”李为没有推辞，大声说：“我谢谢你了。我们这群知青谢谢你了！”

火盆里的柴蔸烧得红旺，热力四射。

张文说：“该煮饭了。兔子也杀了，还切成了小块片；蔬菜也摘了也洗了。”

李为说：“这只兔子也就三斤来重，三十双筷子去夹，没几下就完了。你是厨门后人，可有别的方法烹制？”

张文想了想，说：“不如做一锅兔肉焖饭。将兔肉和洗好的米一起放入大锅里，加上适量的水，焖出一锅香喷喷、油腻腻的米饭来。再炒几大盆蔬菜，保管大家吃得尽兴。米，每人半斤，共十五斤。”

“好！”

……

六点钟的时候，天黑了下来。当不远处传来笑语声和脚步声，李为特意去把粮仓的大门敞开，让饭菜的香味飘了出去。然后，他和张文把焖好饭的大铁锅从厨房里提出来，放在离饭桌十米远一个有靠背的木托架上，靠背顶端的横木上挂着一盏三角风灯。他们又把碗、筷、盛好蔬菜的搪瓷大盆，分别摆上几张桌子，每桌再点亮一盏小油灯。

不一会儿，知青们拥进了堂屋里，大门关上了。

李为和张文站在桌子边迎接大家。

有人说：“我刚才闻到了肉香。”

张文说：“你的鼻子很灵，是肉香。”

大家欢呼起来："打牙祭啰！打牙祭啰！"

有人问："是猪肉吗？"

张文答："是野兔子肉。我们做了一大锅兔肉焖饭，可称美味。"

"好呵！"

"我都流口水了。"

于衷走上前，怪怪地问："兔肉哪来的？"

张文说："是我动员李为去为马嫔驰画像，人家送他的。"

于衷拉下一张脸，大声说："怎么又去画像？这顿饭我们不能吃。人可以饿，思想不能饿！"

有人大声说："你可以不吃，我们想吃。吃了会死人吗？你刚才在路上还说，只想吃肉哩。"

于衷不作声了，他发现所有人的目光，如飞矢般射向他，含着莫名的愤怒。

有几个调皮鬼，挤出人丛，奔向那口大饭锅。

李为赶快拦住他们，和颜悦色地说："别急，别急。兔肉不多，都切成小块焖在饭里了。待我吹熄木架上的风灯，大家摸黑去盛饭，谁盛到了肉，是他的运气，这样就公平了，大家说好不好？"

"好！"众口一声。

于是，大家拿了大粗瓷碗，排着队摸黑去盛饭，堂屋里一刹时变得静悄悄的。

于衷瑟瑟缩缩也去排在后面。

李为和张文一直等大家都盛了饭，坐在桌子边去后，才端着碗去盛饭，但米饭不多了，他们盛的多是锅巴。

满屋子都是肉香、菜香、饭香。

油灯暗淡的光影里，有人大声说："李为和张文，一门心思为大家着想，不讲空话，只做实事，我建议就让他们做专职厨师，不要轮换了，于衷队长，哦，于衷书记，你以为如何？"

于衷正吃得津津有味，听到问话，忙停下筷子，说："大家都赞成，我也……没意见。不过……饭后我们还要认真学习、讨论一下毛主席的《反对自由主义》这篇文章。"

没人作声，只听见碗筷细碎的交响。

野　猪　林

一九七〇年的三九隆冬。

那是我当知青的第三个年头，因为平日爱写些小文章，便被抽调到公社的广播站当记者，写广播稿，报道“农业学大寨”“阶级斗争”“斗私批修”诸多方面的人和事。

农历的小年快到了，黄昏时，云阳公社的武装部部长艾任风头上扎着渗血的长条白布，跌跌撞撞从野猪林回来了。一进公社大院，他就大喊：“老子被铁钢强打惨了，这个目无领导的家伙，必须严惩！”

和艾部长同去同回的是党委办的一个小伙子，叫文胜，说：“这个铁钢强，霸蛮得很哩。”

铁钢强的妻子是公社的一名会计，听到“铁钢强”的名字，腆着一个大肚子，慌忙走上前，问：“艾部长，我男人打了你？”

“不是你男人还是谁！”

“他发疯了，怎么敢打艾部长。我先向你赔个不是，你大人大量，莫计较。”

艾任风冷冷一笑，说：“我马上去向书记汇报，让你的当家人去吃几年牢饭，真是翻天了！”

说完，昂起头走向书记的办公室。

野猪林在哪里？在湘东县云阳山邻近外县的地界，有一条狭长的十里山谷，人迹罕至，自生自灭着疏疏密密的马尾松，到处飘袅着松香的气味。松林里常有自由自在的野猪来光顾，所以叫野猪林。

几年前，公社办起一家作坊式的林化厂，以松脂为原料，生产松香、松节油。野猪林需要安排一个男子汉去当割脂人，吃住都在那里。出产松脂的地方有好几处，但野猪频繁出没的地方只有野猪林。到野猪林去割脂，路远地偏，不仅是寂寞独守，还随时有危险，没人愿意去。铁钢强是部队转业回家乡的，安排在公社武装部当干事。他长得武高武大，粗胳膊粗腿，在部队拼刺刀、实弹射击和格斗中都出过好成绩。当兵前，他割过松脂，熟悉这门技术，何况现在超额完成任务后还有粮食、茶油的补贴。他对艾任风说："我去。我当过兵，不怕野猪。野猪是灵泛角色，只要你不伤它，它也不会来伤你！"

在野猪林谷口一个陡峭的石丘上，公社拨款建了一栋石墙、木架、青瓦的房子，作为铁钢强的安身之处。从石丘底下到石屋前，修了一条长长的磴道，凿出一级一级的石阶，窄而陡，野猪绝对上不来。蹬道两旁间隔着竖起石桩，供人上下作扶手用。

武装部配给铁钢强一把大鸟铳，双管，挺沉；还有火药和铁粒子。几把割脂刀是请铁匠认真打造的，一尺多长，刀尖弯成直角，锋利耀目。

每月铁钢强回家一次，领取给养，也顺带和妻子团圆。

割松脂，其实就是放松脂油，是个苦活。先用刀尖在松树干上刻出一个大小适度的"V"字，每隔一天再在旧痕上加刻一次；在"V"字下端挂一个小铁桶，让渗出的松脂油流进桶里。小铁桶流满了，再用大铁桶收集起来，由公社派拖拉机运走。铁钢强会用刀，出手快，下力狠，游刃有余。

他的鸟铳只是用来防身，野猪虽多，他从不去主动出击。人问为什么？他说："我妈生前告诉我，野猪也是一条命。"听的人哈哈一笑："家养的猪肉，你怎么又吃？"他说："野猪驯养变成家猪，就是供人吃的，这是上天给它安排的命运。"

因为野猪林里没有种玉米、栽红薯，野猪在这里无非是吃草、追逐、玩耍，嗷嗷地叫得欢。铁钢强觉得它们很调皮，也很智慧。他在有闲时，爬到一棵有杈的树上，坐下来，看野猪怎么闹腾。野猪一出生，就喜欢在松树干上擦痒，擦得又重又快，枝叶沙啦啦响，很好听。看多了，他才明白野猪是让身上沾满松树的油脂，原本皮毛就厚，加上松脂的层层厚积，一般的鸟铳是打不透的。它们唯一害怕的是火，只要有一星火粘上皮毛，马上会烈腾腾地烧起来，那就必死无疑了。

因为铁钢强月月的割脂任务，都是超额完成，我去野猪林采访过他好几次，还和他同吃同住同劳动，称得上是亲见亲闻。我们很谈得来，彼此心气相通。他告诉我，他是遗腹子，母亲怀上他不久，父亲因病去世了，母亲生他养他，直到他长大成人，不知吃了多少苦，可惜在他十七岁时，母亲因劳累过度，有病又无钱去治，也撒手而去了。铁钢强说着说着就呜呜地哭起来。我很佩服铁钢强，做事有主见，又不怕吃苦，待人很亲和。他怎么会无缘无故殴打艾部长呢？

我和文胜关系不错，都是公社大院的年轻人。当夜，我去了文胜的单人宿舍，详详细细打探事发缘由。

文胜说："你知道吗？生长在松林里的野猪叫松香猪，肉里有松树的香味，味道鲜美极了。县里的头头忽然发话，要我们公社在小年前打两头野猪送去，以便在过小年那天，机关干部热热闹闹会餐。当然，主要的头头还可分些肉回家。艾部长领了这个任务，特别亢奋，他要展示他办事的能力。他向书记要了我陪同他去，还特意带上一把弩箭。"

我问："公社有的是民兵，怎么单挑了你？"

文胜神秘地笑了笑，说："我是党委办的，天天和书记在一起，问起艾部长的情况，我是最好的见证人。"

"他带弩箭做什么？"

"艾部长的爹曾经是个猎人，他家有这玩意儿。做什么？鸟铳打兔子打鸟打狐狸还行，打松林里的野猪没有威力，那就用弩箭射，箭头上扎上浸了油的棉团，点燃了，射到野猪身上，野猪往哪里跑？"

"这也太残酷了。"

"铁钢强也是这样说的。他对艾部长交代的任务，板着脸不哼也不哈。我们一连在野猪林里转了三天，居然就没看见野猪的影子。当夜，艾部长急红了眼，领着我去松林里胡乱丢了些玉米棒子。铁钢强说：'县里要野猪肉，是假公济私，还浪费这么多粮食，造孽！'艾部长骂他：'你这是什么觉悟？小心犯错误。'"

"后来怎么样？"

"第四天一早，终于在一个小土坡边，发现了一头很壮很高大的野猪，肚子鼓鼓的，在嚼咬玉米棒子。我们躲在几棵松树后。艾部长说：'老铁，开枪打它的头部，我再射弩箭。'铁钢强说：'这是头母猪，肚子里怀了孩子，它是饿狠了才来找食的。母猪肉，不好吃。'我知道他这是借口，野猪无论公母，肉都一律好吃。"

"怀了孩子的母猪，打死了几多可怜。"我说。

“铁钢强就是这个意思。艾部长气得口里冒烟，用打火机打着了火，点燃了箭头上的油棉团，从松树后闪出来，准备拉开弩射出去。就在这一刻，铁钢强也蹿上前，手抓鸟铳的枪管，抡起铳托砸在弩上，弩脱手飞起，再撞中艾部长的额头，鲜血马上涌了出来。当弩掉到地上，重重一响，那头野猪猛地抬头看了看我们，掉转头，发疯地跑了。”

我想起铁钢强之所以这样愤怒，是不是想起了他怀孕的妻子？

“艾部长痛得大喊大叫，他从没遭过这样大的罪呵。铁钢强是当过兵的，心硬，他迅速地从自己头上解下扎头的白布长巾，扎到艾部长的头上，淡淡一句：‘艾部长，让你破了点皮，见红了，对不住。’铁钢强这个祸闯大了，艾部长不会放过他……”文胜说完，长长地叹了一口气。

第二天早饭后，我听说书记派了两个民兵，都拿了梭镖，还带了绳索，指令由文胜带队，天一亮，到野猪林抓铁钢强去了。

我的心一下子悬了起来。我知道，两个民兵加上文胜，都不是铁钢强的对手，何况他手上还有一支鸟铳。如果铁钢强再犯傻，打伤打死了人，事情就会闹得更不可收拾。

按时间计算，文胜一行在当天黄昏应该回到公社，但没有回来。那个年代通讯十分不便，不知道到底发生了什么事。他们回来是第二天的午后，铁钢强并没有被五花大绑，而是谈笑自如地走进了公社大院。接着，铁钢强被关进了一间空房子坐禁闭。艾任风在关门后，还在门上加了一把大铜锁。

文胜悄悄地溜进我的办公室，小心地带拢门。我们在炭火边坐下来，喝茶聊天。他告诉我：昨天午前，他们到达野猪林，走进了铁钢强的石屋。没想到堂屋的小方桌上，摆好了一壶水酒、几大碗菜。火塘里的柴蔸子烧得正旺，金色的火苗跳得高高的。

铁钢强说：“我知道你们会来的，我估了估路程和你们走路的速度，会在这一刻到达。来一趟不容易，总得吃个饭吧。吃了饭，我跟你们走，但不能用绳子捆我。你们要动武，我也有言在先，莫怪我不客气！”

文胜忙说：“好的。恭敬不如从命，我们先吃饭吧，狗日的天太冷了。”

铁钢强说：“寒风吹不冷热心。”

文胜说，酒足饭饱后，铁钢强先洗好碗筷，浇熄了火塘，再锁好门。两个民兵一前一后夹着铁钢强，文胜走在最后面。他们踩着蹬道，一级一级往下走。离石丘下还有几步路时，一件意外的事发生了。在蹬道前，出现了一群大大小小的野猪，嘴边的獠牙弯而长，眼里射出凶光。铁钢强认出为首的是那头母野猪。看见他们来了，母野猪用前蹄跺地，仰起头来咆哮。其他的野猪也跟着跺地，一齐怒吼起来，真是天摇地动。

我问："这是为什么？"

文胜说："我哪里知道。铁钢强说：'他们大概知道我可能回不来了，拦着不让走哩。'走在前面的民兵拿着梭镖走上前，刚一伸出梭镖，就被母野猪咬住了，使劲一拖，便被夺走了，愤怒地扔到地上。几头公猪开始咬梭镖的木柄，让它断成几截。"

"那你们只能退回去了？"我问这话时，都惊出了一身汗。野猪的牙齿厉害，可以把人咬死。

"铁钢强说：'委屈各位在这里住一夜。落黑时，我煮一锅白菜，加点米，放几块腊肉骨头，倒进野猪林中的一个石窝窝里，表示我还会回来的。明早天不亮，我们再下山。"

我问："这样做，你们果然顺利下了山？"

"对。我们平平安安回来了。"

文胜的话，我是半信半疑，这是现代版的神话传说，属于《聊斋》之类的故事。昨天下午和整整一夜，他们四个人到底说了什么做了什么，外人一概不知。但我愿意相信，这是真的。

隔了两天，我又去问那两个民兵，他们的叙述和文胜如出一辙，这就奇巧了。

铁钢强被关了十天，他不肯写检查，材料纸上反复抄写的是毛主席的《卜算子·咏梅》：

风雨送春归，飞雪迎春到。已是悬崖百丈冰，犹有花枝俏。俏也不争春，只把春来报。待到山花烂漫时，她在丛中笑。

每顿送来的饭菜，他都吃得干干净净。

最终的结果，铁钢强没有受更严厉的处罚。因为他一口咬定，之所以情急之中砸了艾任风的弩，是怕带火的箭射中了野猪，烧着皮毛的野猪胡乱跑，会点燃地上的枯枝败叶，引发一场山火，那国家就损失大了。误伤了艾任风，是他的错，他愿意赔偿医疗费，当面道歉。

办案人员又找文胜调查，文胜说："是这个情况，我当时在场。"

于是，铁钢强恢复了自由。但他对书记说："我不想去野猪林了，我妻子快要生孩子了，我得陪在她身边。”

书记哈哈一笑，说：“那不行，野猪林的野猪和你亲，你还要去再接再厉多割松脂。关你几天，是为革命受点委屈，光荣。”

于是，铁钢强又去了野猪林。

艾任风望着他远去的背影，下意识地摸了摸额头，狠狠地说：“你把老子打了，居然还平安无事，呸！”

司 小 刃

十八岁的司小刃，做梦都没有想到，在他下乡当知青后，他爹的话应验了。不管他如何厌恶学过的这门手艺，最终还是成了一个剃头匠。

司家世代都操此业，司小刃的爹就是湘潭城最有名的理发店“日日新”的理发师，推、剃、剪、吹、洗，门门都有绝活。他爹说：“你将来还是要干这个营生的。我知道你的同学，平日里都叫你‘司剃头’，你很委屈。人家叫我‘司剃头’叫了几十年，我倒觉得很荣耀。这个世界离得了剃头的吗？”

司小刃从读初中开始，每夜做完作业，爹就让他练剃头的基本功：左手用兰花指捏着一把梳子，右手拿一根筷子当剃刀，站立着双臂悬空平端，在一个虚拟的“头”上划来划去，一站就是两个小时。爹拿一根长竹棍子坐在一边，他稍有懈怠，竹棍子的尖梢就会落到他的手臂上，痛得钻心。然后是让他拿真正的剃刀，刮葫芦皮萝卜皮芋头皮。到他读高中时，爹就拿自己的头和脸，让他练习手推剪、电推剪、剃刀、长柄剪、电吹风的操作。

“儿啊，剃头要‘轻磨、重荡、紧抓皮’，就是磨刀要轻，不让磨刀石伤了刃口；在荡刀布上荡刀要用力，刀才好用；左手要扒紧头皮和脸皮，刀才走得顺当。记住了？”

“记住了。”

“剃‘落气头’和‘满月头’，更要懂规矩，我会慢慢告诉你。”

一九七二年夏，司小刃高中毕业。那个年代最好的去处，是上山下乡到广阔天地去种田栽树。司小刃和五个同学被分配到离城有一百多里远的乌石山区杂木林场。这个林场，其实就是一个生产队的建制，稻田少，山田也不多，到处疯长着没有多大用途的杂木林子。

在司小刃的行囊里，日常用物之外，还有统一发放的《毛泽东选集》四大本。他爹特意用一块白布，包上两把剃刀、一把手推剪、一把长柄剪和两把木梳，再把白布包塞进一个旧帆布包里。

“爹，带这些玩意儿做什么？”

“得便时给同学和农民剃个头，不也是为人民服务吗？”

“怎么不带电推剪、电吹风？”

他爹一笑，说：“那是几个县交界的地方，偏僻得很，还没通电。就像城里破‘四旧’闹得轰轰烈烈，那里依旧古风留存一样。”

林场特意腾出一栋土砖青瓦的破旧老屋作知青屋，这就是他们的家。

他们很快就发现，村民们对于他们的到来并不怎么热情。刚来时的粮食和食油，是县里统一发放的，但少得可怜。这里看不到移山造田、战天斗地的火热场面，连用石灰水写的革命标语都很少出现在崖壁上、房墙上。有村民悄悄告诉他们，这里并不需要外来的人手，粮食原本就不够，只是上面有指示，不接受知识青年不行！

大家的心都冷了。

知青屋的负责人刘立新（原名刘富生，是下乡前特意改的），原本是有大志向的：带领大家向贫下中农学习，和他们一道艰苦奋斗学大寨，还要积极宣传毛泽东思想，破除农村的陈规陋习。而村民最感兴趣的是上面的救济粮、救济款能不能赶快拨下来，或者是偷偷去开一块自留地种菜，养点鸡、鸭去换现钱。

“立新，今晚还政治学习吗？”司小刃问。

“大家自学吧。”

“谁要剃头？正好晚上我闲得慌。”

刘立新说：“给我砍个头吧。”

“这个‘砍’字用得好。光头？平头？还是西式头？”

“不能叫西式头，应该叫小分头，就给我砍这个！”

“好嘞——”

在这块地方，村民们剃头，第一是到十里外的镇上去，那里有小理发店；第二是每十天有一次赶场，一般会有流动的剃头担子；第三是夹着工具包的剃头匠，说不定什么时候来走村串户。前一种理发店的收费，成人剃头两角一个，孩子剃头每个一角五。后两种的收费，便宜，分别为一角五和一角。

刘立新有一天对司小刃说：“场部让我通知你，你就别干农活了，当专职剃头匠，可为本场村民剃，也可为外人剃。都要收费，成人头收一角五、孩子头收一角。钱都要交场部，一块钱记十分工。你的农活我们帮你干了，照样给记七分。”

“我宁愿和大家在一起，出一天工拿七分，又快活又体面。这种零商游匠，城里早禁了。”

“这是穷乡僻壤，谁去管？再说，场里穷，想收点现钱。我恳请你不要推辞，大家都指望你哩。”

司小刃发现刘立新的眼里有了泪水。

“我们在这里要扎根到什么时候，天晓得。这个穷地方，粮不多，油不够，工分也不值钱。炒菜要买盐，点灯要买煤油，洗衣要买肥皂，坐长途汽车回家要买车票，总不能都问爹娘要吧？何况，我们都上有兄、姐下有弟、妹，家里也经济紧张。”

“我干就是。但我有个要求，场部我交钱所买的工分，都归属知青屋，因为你们替我干农活我已得了工分。我打听了，历年场里每十分工的工值只有六角钱，我不能交一块钱买十分工，只能交七角钱，让场部有点甜头就行了。”

“我……也是这样想的，只是怕你不同意。”

“我会去多剃头多赚钱，但所有的钱不能全用来买工分，要有余钱交知青屋做公用，包括我们回家的来去车票，都可报销。”

刘立新一愣，马上平静下来，说：“谢谢你想得这样周到，这叫穷则思变。只是大家要嘴严，不要对外声张。”

知青屋的生活变得有滋有味了。

司小刃剃头节余的现钱，可以在赶场时去买油买盐买菜，谁要回家可预支车票钱。暗地里大家说：“这是共产主义啊，有福同享，各尽所能。”

更有意思的，是司小刃收费也有变通，不愿交现钱剃头的，可以拿几个鸡蛋、鸭蛋，可以拿一包干鱼仔，可以拿几斤红薯、土豆或蔬菜。他提了回来，让大家改善改善伙食。

一眨眼就到了深秋。

忽有外村的年轻汉子，到知青屋来拜访“司剃头”，还提来一块猪肉、一条草鱼。请他明日上午去为他的孩子剃个“满月头”，但一切都要按老规矩来！

司小刃明白“老规矩”是什么意思，有些犹豫，说：“会不会被人斥为

‘四旧’？”

“司剃头，你放心来，没人敢难为你！我们村都姓李，我叫李大田，我爹是族人中辈分最高的。鱼、肉是见面礼，明日还要给一个红包封，里面会放十块钱，这是老规矩。”说完，大步流星地走了。

司小刃问刘立新：“去吗？”

“入乡随俗，去吧。刚才大家说晚饭没怎么吃饱，现在有鱼有肉了，索性再打个牙祭。”

大家立马欢声雷动。

第二天上午十点钟，司小刃赶到了这个村的这户人家。太阳光很亮，风凉凉的。一个竹篱小院里，摆上了十几张八仙桌，来喝满月酒的男女老少早坐好了。李大田快步迎上来，大声问：“司剃头，准备好了？”

“当然。”

“老规矩你都懂？”

“错不了。”

“请随我来。”

整个院子顿时肃静无声，所有的目光都投过来，看着李大田引领司剃头，从桌子与桌子之间穿过去，走向前面一栋砖木结构的大屋，再上三级台阶，站在厅堂关紧的门前。

司小刃清了清嗓子，有板有眼地数快板“道喜诀”：“遍地金黄是喜秋，欣逢满月好兆头。是男抱在龙交椅，是女抱在万花楼——”

里面传来孩子母亲的声音：“剃头的，我家的是男孩！”

司小刃连忙扯起嗓子喊：“是公子，快快抱在龙交椅。恭喜！恭喜！”

院子里掌声哗哗，高高低低地响起一片叫“好”声。

厅堂的门随即敞开，正中的一把老式围椅上，李大田的妻子抱着穿红衣红裤的孩子，面朝院子，坐得端方四正。

司小刃走过去，拱手道喜后，在桌子上放下帆布包，解开，摊平，把剃刀、梳子、手推剪一一摆好。

剃“满月头”又叫剃“胎头”，孩子的头骨软，又好动，下刀要特别小心，不能弄出刀口出血，主家会认为不吉利。司小刃是家传手艺，心不慌，手不抖，刀子的力度掌握得极好，一边剃头一边轻声哼唱童谣，逗得孩子一动也不动地望着他。剃刀先从头顶剃出一块光亮，再依次剃右剃左剃前，只留下脑后一撮胎发。这时，孩子的爹、爷爷、奶奶、叔叔、伯伯，都站在椅子四周了。

司小刃平端剃刀，大声问："留不留后？"

众人齐声说："请留后！"

司小刃马上说："留得青山水长流，代代子孙占鳌头！"然后，飞快地剃下孩子脑后的胎发，塞进李大田递过来的一个小红袋里。李大田系紧袋口，跑向内室，去放到孩子的枕头下，再赶快回到厅堂。

司小刃对大家拱拱手，说："吵闹主家了！"

李大田双手送上一个红包封，说："劳驾师傅了，谢谢。请入席喝杯酒，解解乏。"

司小刃接过红包封，塞到帆布包里。

孩子的爷爷也高兴地走过来，笑得红光满面，说："你的这一套老规矩，地道，比本地师傅更合格合式，到底是城里来的有文化的知识青年，了不起，让我们开眼了！"

司小刃突然觉得胸口发痛，像被人狠狠打了一拳。他赶快挎起帆布包，向四周拱了拱手，说："我还有急事，要赶回去，就不留下来喝酒了。抱歉抱歉！"

司小刃想找个僻静的地方，痛痛快快地大哭一场……

煤　球

在当下的城市，家家户户还有烧煤球的吗？没有。煮饭炒菜用的是煤气，寒冬腊月驱寒取暖用的是暖气片、空调。年轻人听到“煤球”一语，会问：“那是什么玩意儿？”

但在几十年前的古城湘潭，没有哪个家庭不烧乌黑发亮的煤球。而且是按计划供应，一户每月一百斤，一个人头再加三十斤。凡工作单位与煤、米、油、盐相关的人，往往倍受尊敬。

住在曲曲巷的谷梁丰，在街道办的一家光明煤球厂当工人。个子不高，但结实如石礅，胸肌隆凸，双臂粗壮；眉如毛刷，嘴阔如拳，一脸是笑，巷中男女老少见到他就抢先打招呼，他也会马上说一些关于煤球的消息。

“这一批新到的煤炭质量好，做的煤球当然不错。”

“谷师傅，我们马上去买，谢谢你。”

大家都称他“谷师傅”，只有同住一巷的公良灼，叫他“谷梁师傅”。人问何故？公良灼说：“他复姓谷梁，名丰，而不是单姓‘谷’。”

有好奇的人又去问谷梁丰，他说：“我家世代务农，我也没读过什么书。公先生是有学问的人，他说得应该没错。我最佩服公先生，肯帮忙，还不摆架子。”

公良灼在市图书馆工作，图书馆就设在雨湖公园，走出曲曲巷的巷尾，步行十几分钟就到了。老伴是个商场的会计，膝下无儿无女。他家有个小院子，是祖上留下来的，有花有草有树，还有一块用三合土夯成的空坪；房子也宽敞，书房、客厅、卧室、厨房、杂屋，一应俱全。

公良灼自称是“寒士”，但不是贫困的意思。他生下来就先天不足，瘦弱而且真元之气不充弥，一年四季都畏寒怕冷。三伏天，人家热得恨不能连皮都脱下来，他却要穿小夹袄；冬天呢，内衣上罩厚毛线衣、短棉袄，再加毛皮大衣，还要围上长围巾，戴上口罩和手套。他家除盛夏不烤火外，其他季节都得使用烧煤球取暖的铸铁炉子。他的书房门联，是自撰自书，篆字，古朴端庄，带点夫子自道的意味：“盛夏灼人犹怕冷；丰衣寒士不趋炎。”

公良灼的字是真正写得好，楷、行、草、篆、隶，各尽其妙。但他不写商店的招牌，也不让他的书件在字画店出购。唯一出现在公共场所的字，只有一幅丈二宣纸写毛泽东的《念奴娇•昆仑》，楷书，挂在图书馆一楼大厅正面的墙上。此词毛泽东写于一九三五年十月，公开发表在一九五七年一月号的《诗刊》上。馆长说：“请公良先生运笔，但没有润笔费。我相信你喜欢词中的‘太平世界，环球同此凉热’的句子，我们又何尝不希望，人与人之间‘同此凉热’？”公良灼说：“为你这几句话，我写。”

在这一刻，公良灼想起了为他上门做煤球的谷梁丰。他家做饭、烤火离不开煤球，煤球让他在寒冷中领受春温的恩惠。

巷中人家，常上门求公良灼写红双“喜”字，写“福”字，写对联，或者代写书信，他满面春风有求必应，费纸费墨费时间，求字者一句“多谢了”便是最好的报偿。邻里有老人去世，丧家也要请他用白纸写“恕报不周”四个大字，贴在大门边的墙上。他往往用隶书写，庄严、肃穆，还带点难言的衷曲。此语的意思是：请宽恕我们没有及时通知所有的亲戚朋友，有疏漏或不周全之处，多担待。

谷梁丰的父亲辞世时，就请公良灼写过这四个字。他的老家在遥远的乡下，那里还有几个远房戚旧。城里的按规矩都报了丧，远乡的没有。谁知快出殡时，远客得到消息，赶来挑理闹事。当他们看到“恕报不周”的白纸黑字时，赶快闭口收场。这让谷梁丰长长地嘘了一口气，总算化险为夷了。丧事完结，谷梁丰作古正经去了公良灼家，恭恭敬敬磕了三个头。

“公先生，谢谢你。我是个粗人，没习过字，你以后叫我专写这四个字吧。”

“行。其实，我更要感谢谷梁师傅。我家煤球用得多，计划指标不够。你就给我去买回煤炭末（一百斤指标买两百斤），去挖回黄土，然后在我家亲自做煤球。这比去煤球厂买煤球，数量多了，也实惠。”

每个月选一个晴日，又正好是星期天，谷梁丰都会去公良灼家做煤球。

公良灼夫妇比谷梁丰年长十多岁，面对着做煤球这样的体力活，没法子帮忙。谷梁丰也根本用不着老两口动手，说：“你们去休息，我一会儿就干好了。”

公良灼便让老伴去歇着，对谷梁丰说：“我可以为你沏茶、递烟、扯闲篇。别人说做煤球是体力活，对你来说，我看不但是技术活，还是艺术活。”

谷梁丰哈哈大笑，说：“公先生，你抬举我了。”

“来，先抽支烟。我想告诉你，我不姓公，是姓公良；你不姓谷，是姓谷梁。我们都是复姓。”

“哦。”

“你的老祖宗叫谷梁赤，是孔子的学生子夏的学生，写了《谷梁传》一书，为‘春秋五传’之一。我这个复姓公良，与周朝时的陈国同宗，都是舜帝的后裔。”

“公良先生这一说，我也是名门之后了。”

“对，因客观条件所限，你没有读书，但你懂得尊重文化，这就了不起。现在条件好了，要让后人多读书，哪个时代都需要读书人啊。”

“听公良先生说话，长见识。我该干活了！”

谷梁丰利索地脱掉鞋、袜，挽起裤管、袖口，扎紧腰带，提起自带的工具，大步走到空坪上。先用铁耙子将黄土和煤末，按比例和匀，再加适量的水，和成稠稠的煤泥。然后，像摊大饼一样，把所有的煤泥厚薄相等地摊成一大片。待稍干，他持一把像锄头似的弯嘴刀，在摊开的煤泥上纵横切割，那么长的刀切线，直如弦，切划出的每一个小方块，大小均等。

公良灼说：“你的手性好，假若是握毛笔写字，基本功早就练好了。不错！”

“我只要把‘恕报不周’四个字写好，就心满意足了。”

接着，谷梁丰用平头铲把所有的小方块，铲进一个宽大的箩筐里，有三百来斤重。再搬个圆形矮铁墩，置于箩筐下。

“公良先生，我开始摇煤球了。”

“都说你在煤球厂是顶尖高手，力气大，技术精。别人只能用小箩筐，不过五六十斤的样子。”

“一点不假！”

谷梁丰的两手分别抓住箩筐两边的提手，上下左右地摇动起来，快似旋风，重似崩石。小煤块在箩筐里哗哗哗地响着，如骤雨穿空、惊涛拍岸。在猛烈的摇动中，小煤块的棱角慢慢收拢，由方形逐渐变成圆形。

公良灼双眼盯着谷梁丰的形体：双脚站的是骑马桩，如铁爪抓地，纹丝不动；腰板微弯，双手如桨跌宕起伏；不一会儿，黑红的脸上汗水巴叉，呼吸却照样不急不滞。好手段！

公良灼说："摇圆了煤球，就行了。"

"不。在你这里摇，我要多摇半小时，煤球不但要圆要光亮，还要紧凑、结实，才经烧。"

摇好了煤球，谷梁丰双手端起箩筐，轻轻松松的。再很均匀地把煤球倒撒在空坪上，阳光下如一地的黑玉石，大小一致，抛撒出圆润的光晕，很好看。

"谷梁师傅，辛苦了。来，到我书房去喝茶、聊天。"

"不急，我先收拾工具回家洗澡、换衣，弄出个干净样子。晚上，我再来拜访，才对得起你一屋子的书香气。你曾告诉我，你每次看书时，都要先净手，再点燃一根线香哩。"

公良灼微微一笑，说："好，晚上我在书房等你。"

如果不是三伏天，公良灼的书房里，一定会燃着一炉用煤球烧得旺旺的火。金色的火苗子，透亮透亮的，像丝绸飘动，热力四射。

"这次我给你沏的是武夷山的大红袍，你看味道怎么样？"

"公良先生，你太客气了。你让我喝好茶，还告诉我茶的品类，居然有绿、红、白、黄、黑茶的区分。上次你让我喝的是西湖龙井，绿茶，金贵哩。"

他们聊天，很率意，很真纯。没有一个固定的题旨，但决不说东家长西家短的废话。然后，公良灼让谷梁丰磨浓一砚池的墨水，抻纸濡笔，示范着写"恕报不周"四个隶字，边写边讲解如何运笔，尔后再让谷梁丰临写数遍。

谷梁丰告别时，公良灼必说："这煤球多好，黑亮如玉，有形有色；还有好内质，火旺、耐烧，让我这畏寒之人身心俱暖。谢谢你——谷梁师傅。"

公良灼夫妇也常去叩访谷梁丰家，两家相距不远，慢慢走有十分钟就够了。谷梁丰上有老母，下有四个读小学和初中的孩子。他是煤球厂的工人，妻子是纸盒厂的临时工，工资都不高。

听见敲门声，谷梁夫妇连忙开门迎接。

"我们来看看你的母亲，看看孩子们。"

"真的受不起，你们太客气了。"

进屋后，公良灼夫妇先向谷梁丰的母亲请安，再问问孩子们的学习情况，然后坐下来喝茶、聊天。临别时，公良灼的夫人会从带来的大提袋里拿出送老人、孩子的水果、点心，还有一沓子书。公良灼抚着孩子的头，说："做完了作业，就读这些书，有童话、寓言，还有唐诗、宋词，要慢慢读，认真读。读书为什么？知耻、明理、养性、增智。将来，你们要争取去读大学，好不好？”

孩子们一齐回答：“谢谢爷爷、奶奶。”

日子在谷梁丰摇煤球的声音中，一个月又一个月飞逝而去。公良灼在煤球燃起的火光中，平平安安地走向衰老。

公良灼在一场大病后，溘然辞世，刚刚六十岁，时为一九六五年冬。

谷梁丰哭得很伤心。在操办丧事时，他用隶书在白纸上写了“恕报不周”四个隶字，贴在公良家门边的墙上。

看过这字的人都说：“不错，到底得过公良灼的耳提面命，神形酷似！”

灵堂里的棺材旁边，燃着一炉烧得红旺的煤球火，映着窗外飘飞的雪花。

公良夫人对谷梁丰说：“你和孩子们想要什么书，到他的书房里去挑选吧。临终前，他嘱我把所有的书，都捐给他工作过的图书馆。”

谷梁丰说：“谢谢。我们要读书，去图书馆借，公良先生早给我们办了借书证。”停了一会，他又说：“待晴天了，我还来你家做煤球！”

斑 头 雁

嵌在大西北荒野上的寒云湖，是无数水鸟种群的大本营。方圆百里烟波浩渺，点缀着几痕汀、洲、岛、屿，到处疯长着芦苇、水蓼、剪刀草、丝草和水杉。

水鸟有常居的，也有按季候迁徙的。沙鸥、苍鹭、白鹤、天鹅、野鸭、灰鹳、大雁……尤以大雁的种群最为兴旺，鸿雁、豆雁、白额雁、斑头雁，一大群一大群的，或飞或游或栖。大雁是候鸟，浅灰褐色的羽衣，缀着深色的斑纹，很漂亮。特别是斑头雁，头上的斑纹如戴了一顶黑条纹的帽子，显出一种调皮的意味。它们春夏两季在这里厮守，一入秋，天气渐凉，便结队南飞，一会儿是“人”字，一会儿是“一”字。到温暖的南方去，快活地游玩，尽情地品尝美味，销魂地交配；入春后带着乡愁匆匆归来，用草叶、树枝搭建起自家的窠巢，雌雁便开始履行神圣的使命：产卵、抱卵，让一只只小雁破壳而出。有了儿女，做父母的就带着它们游水、练飞、觅食。

满眼是水鸟的翅影，满耳是水鸟的鸣叫声。

楚雁飞有一句话常挂在嘴边：“这个鸟世界！”

是赞扬，还是嘲贬？谁知道呢。

楚雁飞是去年秋，与南飞雁逆向而行，从湖南衡阳回雁峰下的老家出发，千里迢迢应聘到寒云湖的护鸟队当专职的护鸟员，具体岗位是兰草湾的观测室。除了二十二岁的他，还有一个五十岁的班长吴远征，是一将一兵的独特格局。

吴远征的脸又黑又皱，是长年累月的湖风吹割所致；个子瘦小精干，行动却相当敏捷。他当护鸟员，不，还有一个不另拿工资、补贴的身份——“协警”，既要观测、保护鸟类的生态环境，还要严防偷猎者，屈指算来已经三十年了。楚雁飞觉得他的模样很老气，特别是“老”在头发上，一头白发夹杂着几绺青发，很像斑头雁的头饰。

第一次见面，吴远征笑着问："小楚，你是三湘林学院水鸟与环境保护专业的高才生，怎么选择来这里？"

楚雁飞优雅地打了个响指，说："吴班长，我的名字里有个'雁'字，老家的回雁峰是雁的终点和起点，杜甫说：'万里衡阳雁，今年又北归。'我读大学时，特别对大雁感兴趣，它的诚信守时让我钦佩。在学校我是一个诗社的社长，诗写得很婉约，我想效命于朔地，让诗添一派雄豪之气。于是，我来到雁群最密集的寒云湖。"

"好！这里虽是自然保护区，却不是对外开放的旅游风景区，生活又艰苦又寂寞。小楚，你有湖南人的狠劲和韧性，曾国藩的'扎硬寨、打死仗'就让我钦服。"

"您读过曾国藩的书？"

"得闲时，也看一看。"

秋去春来，几个月过去了。

来时，大雁南去，现在又纷纷北归。

楚雁飞真没想到日子有这样难熬。四周荒无人烟，给养靠队部用车从外地运来，常常吃不上蔬菜。特别是冬天，冰天雪地，奇冷，有电却没有空调。燃着一炉煤火，让人冷得直打哆嗦。日长如年，夜长亦如年。幸好有这位如父如兄的吴远征呵护他，让他在这座小小的砖瓦房里有了一点"家"的感觉。做饭、烧水，全是吴远征包揽了。他要去帮忙，吴远征说："你歇着。你来和我做伴，我心里很感激哩。"

楚雁飞真没想到工作有这么单调。每天吃过早饭，他跟着吴远征，轻手轻脚走过八百米的半地下长廊（为的是不惊扰水鸟们），来到湖边伪装好的监测室，轮流站在立着支架的高清摄像头前，对各种水鸟进行动态追踪，还要不时地做记录，看得眼睛发涩，站得双脚发麻。

楚雁飞想和吴远征说说话，吴远征摆摆手，说："鸟儿一听有人声，就飞远了。晚上回去，我们聊个痛快。"

"好……吧。"

楚雁飞没想到自己会在寒云湖过春节。

吴远征的家在本省一个偏僻的小县城，一年回去探一次亲，和久别的妻儿团聚。探亲往往选在春节前后这一段日子，队部会派一个人来临时顶替，可今年队部实在抽调不出人手来。吴远征二话不说，痛痛快快地答应留下来当值。

“小楚，你赶快整理行装，回老家去过年，你的爸爸妈妈望眼欲穿哩！”

楚雁飞摇摇头，说：“吴班长，我也想留下来和你做伴，在朔地过春节，我是第一回！”

“你是想多陪陪我，要不心里过意不去？”

“哪会呢？”

“也好。队部会送来肉食、蔬菜、酒水，我们一起过一个有纪念意义的春节。”

楚雁飞脸一热，他的心思瞒不过吴班长。

楚雁飞很奇怪，吴远征能在这里一待就是三十年。他能这样待下去吗？不能。坚守一个条件很差的环境，得有一种巨大的原动力，他没有。他想顶多再待些日子，辞职回老家衡阳去。

春节过去了，接着是立春，冰消了，雪化了。随着春天阳气不断上升，湖水绿，水鸟欢。

南去的大雁，一群一群回家了。没想到“倒春寒”说来就来了，一夜北风紧、雪花狂，到处银装素裹。

天刚蒙蒙亮，吴远征就叫醒了楚雁飞。

“小楚，昨天我们观察到湖边草丛里，有好多只斑头雁在孵化鸟蛋，温度这样低，别冻坏了它们。我们去湖边看看！”

楚雁飞痛苦地从梦中走出来，赶忙穿衣下床。

雪还在零星地下着，湖上、湖岸上，看不到一只飞翔的水鸟。

他们蹑手蹑脚来到湖边，察看一个一个斑头雁的窠巢，这一带是它们的领地。雌雁一动不动地在抱卵，那些卵保护在它们的肚腹下，输送着母爱的热度，任凭身上的雪花积了一层又一层。公雁也守在旁边，像忠诚的警卫员。

楚雁飞看见吴远征的眼里流出了泪水。

他们巡看了一遍，又悄悄回到小砖房。

“小楚，这些母亲即便冻死，也不会动一动，更不会飞离，因为它们为的是生命的传承，这就是信念。”

楚雁飞是第一次亲眼看到这种场面，半晌说不出话来。

四五周后，小雁叽叽喳喳来到人世。

楚雁飞站在高清摄像头前，观察当上妈妈的斑头雁，领着小雁初次下水。

接着，他看见母雁用坚硬的喙把自己身上的长羽，一根一根拔出来，扔在水面上。公雁在低空飞翔、盘旋，护卫着它们，嘎嘎地欢叫着。

他忍不住问吴远征："母雁拔掉自己的羽毛，这是为什么呢？我百思不得其解。"

这一次，吴远征没有制止他说话，小声地缓缓地作答："鸟类一看见天敌，会本能地起飞逃窜，丢下的幼崽定遭灾祸。斑头雁妈妈拔去长羽，为的是抑制自己畏怯的本能，当天敌来临，它不能起飞，只能全力去保护孩子，哪怕牺牲自己。等到小雁的翅膀长齐，母亲的毛羽也长成原样。于是又带着儿女们开始长途飞行。这是一种什么精神？这才叫伟大的坚守。"

楚雁飞只觉得浑身发热，动情地说："您说的，书上没有，是来自您长期的观测与体悟。所以，您从它们身上得到源源不断的原动力，才能一直坚守在寒云湖，茹辛含苦，不弃不离。"

"……是这个理。"

寒云湖早晚温差大，即便是春深时节，夜里依旧寒气逼人。

楚雁飞看了看壁上的挂钟，十一点了。他搓了搓手，说："吴班长，我们该睡了。"

吴远征支棱着耳朵，不作声，好像听到了什么动静。过了一会儿，说："湖边有盗贼。我听到了他们的脚步声，是两个人。"

"盗贼？他们来这里盗什么？"

"盗斑头雁！母雁和幼雁的翅羽还没长好，正栖息在窠巢里，每到这时候，有胆大的盗贼就来张网盗捕。然后卖给饭店酒楼，很赚钱的。"

楚雁飞说："我跟您一起去！这些王八蛋！"

"我一个人去就行了！小楚，你得守着这小砖房，守住这部直通队部值班室的电话，防止他们端了我们的老巢。你要关紧门，不是我回来，千万别打开。"

"您是爱护我，让我待在屋里安全。"

吴远征板起一张脸，拿了一支手电，取出一把短柄猎刀，匆匆扑进夜色里去了。

楚雁飞把所有的电灯都打开，又搬出一捆硬木柴架到门外的空坪里，浇上汽油，点燃了。木柴先是跳出几点小火苗，然后变成一大束火焰，噼噼啪啪地响，火光抛掷向空中，十分壮观。他相信很远的地方都能看见这个巨大的光环，对盗贼是一种威慑，对安歇的水鸟们是一种警示。

两个小时过去了。

当一个跌跌撞撞的人影从窗外飘过去，接着楚雁飞听到吴远征的敲门声和说话声，敲门声很轻，说话声很低。

“小楚……是我，我是老吴。”

楚雁飞打开门，借着灯光，他看见吴远征的额头上沁出鲜红的血。

“吴班长，您受伤了？”

“被他们挥舞的网杆打了一下，不要紧。我刚才警告他们：赶快离开，偷捕水鸟是犯法，想被抓进去吃牢饭吗？我手上的刀，也不是吃素的，想试试吗？”

“他们吓住了？”

“他们也带了刀，雪亮雪亮的，凶狠得很，不想轻易放弃这个捞钱的机会。我忽然发现小砖房那边闪射的火光，便说：你们以为我是一个人好对付，睁开狗眼看看，我的同事在身后呢，我只要一声喊，他们立马就赶过来了！他们先是强作镇定，然后一步一步后退，退到三十米开外，赶快逃跑了。小楚，你很会动脑子，怎么想到燃起一堆火？”

楚雁飞扶住他，喉头有些哽咽，说：“吴班长，快进屋，我给您的伤口上药、包扎。”

……

鸟世界在楚雁飞的眼里，变得越来越奇瑰和壮美。每晚回到小砖房，先和吴远征一起做饭、烧水、打扫卫生。然后，在昏暗的电灯光下，和吴远征谈他观察水鸟的体会，写他的《水鸟观察日记》。

“小楚，你不想回老家的回雁峰了？”

“如果回去，只是探看父母，然后会再回到这里来，像守信守时归来的雁。”

“你是独生子，父母亲同意吗？”

“他们尊重我的选择。我打电话告诉过他们，关于斑头雁和您的故事，他们很感谢您。还说他们外出旅游，特地买了两顶灰褐色带黑条纹的绒布鸭舌帽，很快会寄过来。”

“谢谢他们！我们一老一少戴上这种帽子，帅气哩。”

楚雁飞张开双臂，做飞翔状，还嘎嘎嘎地叫了几声。说：“您是老斑头雁，我是小斑头雁，我们永远在一起。”

书铺夜话

在潭州城的仿古商业街——金富街，拥有各种行当的诸多大小店铺，热闹得紧。但卖书的却只有一家，就是晋文凯经营的“读书种子书铺”。这名字很怪，有乡下进城的农民，以为是卖什么新品种的种子，常来咨询，令晋文凯啼笑皆非。即便是有些文化的人，也推测此名不过是寓意喜欢读书的年轻人，有如等待破土而出的种子。晋文凯常自叹：“人海茫茫，真正的读书人有几个？”

晋文凯年近半百，曾是一家特困企业的下岗职工，干的是电工，业余唯一的爱好是买书、读书，也写些旧体诗词自娱。于是，筹集资金开了个小书铺。他喜欢古人的一句话：“坐拥书城，不亚南面为王。”整日里与书为伴，此乐何及！后来有了古香古色的金富街，尽管租金不菲，他毅然把书铺迁到了这里。他认为只有书香，和这个氛围最相融合，此生不图大富大贵，能够稍有盈余以供简单的衣食，于心足矣。

书铺一开就是十多年，永远的平静和安稳。好在妻子供职的工厂效益还过得去，儿子也读完了大学的中文系，高高兴兴到外地的一家公司当文秘去了。

晋文凯中等个子，背有些微弯；面白无须，嘴角却笑意常在。一年四季，他的缀有几丛霜丝的头发，总是一丝不苟；上衣下裳绝对干干净净，一尘不染。妻子常善意地讥讽他：“你好像天天是去约会、赴宴。”他说：“书乃韵友，我岂能不正冠洁服以见？否则就是非礼了。”

在金富街，他的书铺开门虽不算最早，但关门绝对是最晚。他生怕有的买书人，白天忙于工作，回家后还要处理家务，真的要出来买书已是九时过后了，他不能冷了爱书人的心。

三九隆冬，朔风高一声低一声地嗥叫，雪花儿零零散散地飘飞。到晚上九点半钟，金富街已经寂寂无人，所有的店铺都关门了，街灯冷冷地眨着眼。

书铺里灯光明亮，除了晋文凯，就只有他的一条影子了。门是开着的，厚实的棉帘垂在门后，把里面空调的热气牢牢挡住。屋里还备有烤火的炭盆和供踏脚用的炭盆架，炭盆中心有一个半圆的玻璃罩子，罩子里面立着几盏火苗状的红灯，一闪一闪，像火苗跳跃。这是晋文凯自制的烤火器，要的就是这种“围炉向火”的意味。

这风雪夜，谁来光顾书铺？他早就该回家了，但坚守似乎成了他的习惯。何况，这书铺也开不了多少日子了。金富街的租金都将提高一倍，书铺从每月租金三千元变为六千元，除去水、电等各项开支，只能是月月亏损。他已在网上悲怆地发了一篇小文：《再见了，我的读书种子书铺》，并称再次打折将所存之书抛售。

他木木地坐在炭盆前，不时地把手抚在炭盆的玻璃罩上，有光而无热，冰凉冰凉的。他知道，是他的心冷意凉。他忽然听见有脚步响到门前来了，接着棉门帘被小心地掀开，声音很柔很轻。

进来的是一个四十岁出头的中年人，穿着灰色长呢大衣，苗条个子，圆脸，大眼、高鼻梁，头发上缀着雪花。

在晋文凯的记忆中，没见过这个人。他立马起身，上前去迎接。

“你是晋文凯先生吧？这么晚来打扰，请海涵。”

“欢迎欢迎。踏雪前来只为选书，可见是个雅人。怎么称呼？”

“我姓秦。刚开完会，有点空闲了，特来书铺叩访。”

“秦先生，你随意看吧，我来为你沏茶。我不抽烟，没备这东西。如果你是抽烟的，就抽吧。”

“谢谢。我虽是抽烟的，也决不能抽。古代的藏书楼，是绝对禁止火神光顾的。”

“秦先生之言，甚确！”

屋里很暖和，秦先生头发上的雪花融化了，变成小水珠，亮晶晶的。

秦先生走到书柜前，认真地看起来，不时地把选出的书放在柜旁的矮几上。

晋文凯对柜上的书太熟悉了，什么书放在什么位置他一清二楚。秦先生每抽出一本书，他心里就可以叫出书名来。他发现来人选的多是文史类、诗词类的书：《中国史学入门》《晚清二十年》《民国纪事本末》《曾国藩日记类抄》《荆楚文化》《历代笔记概述》《历史的反光镜》《被流放的爱国者》《新编唐诗三百首》《散宜生诗全编》《启功韵语》……竟有五十余本。

晋文凯走过去，要替秦先生把书搬到结算台上去。秦先生说："自己买书自己搬，岂能劳动你晋老板？那我就不是个爱书的人了。"

"呵，好的。你选的书够多了，歇口气，喝喝茶吧。"

"好。"

他们在炭盆边坐下来。

秦先生小口地啜着茶，眼睛看着炭盆，说："虽非真正的火苗，却让人感到热力四射，联想在心理上起了作用。"

"对。"

"晋老板，你这书铺的名字有意思，有典可查呵。"

"典出何处？"晋文凯笑眯眯地问。

"'读书种子'一语，最早应见于宋朝人罗大经《鹤林玉露》卷十一：'周益公言：'汉二献皆好书，而其传国皆最远。士大夫家，其可使读书种子衰息乎？'另一位宋朝人周密在《齐东野语》中，也说过类似的话：'山谷云：'士大夫子弟，不可令读书种子断绝，有才气者出，便当名世矣。'不知对不对？"

晋文凯忽然站起来，恭恭敬敬地向秦先生鞠了一躬，然后才坐下，激动地说："你读书很多，令我佩服！'读书种子'者，指世代相传的读书人，如种子相传，衍生不息。"

"晋老板开书铺，希望传播书香，也是'读书种子'无疑。"

"唉——"晋文凯忍不住长叹一声。

"晋老板为何叹气呢？若不忌讳，我愿闻其详。"

"秦先生，我这书铺开不下去了。金富街的租金要上涨一倍，其他街市的租金也会提高呵，受冲击最大的只有私营书铺。"

"这是为什么呢？"

"吃的、穿的、用的、玩的东西，可以随行就市，你涨租金，他涨物价，人们视为合情合理。而书铺就不同了，毕竟不像生活物资人人所需，原本真正爱书的人就不多，能涨价吗？你涨价他不问津，你奈他何？况且现在网上购书打折很厉害，谁还来书铺购书？国营书店有发行学生课本的专利权，旱涝保收，可以安然度日。"

"这是实话。我去过国营书店，他们一般不进有学术价值的书，真正的好书反而在私营书铺可以找到。”

“对呀。一个城市必须有大量的真格儿的读书人，书香才是一个城市的名片。倘若为数众多的私营书铺倒闭，人们无处可以觅书，也就说明这个城市文化品位的低下，即使经济繁荣也不会长久。”

“晋老板，这是至理名言，你可有良策？”

“不怕你笑话，我以为还得政府出面来扶植。”

“怎么个扶植法？”

“凡私营书铺，租赁的是公家的房屋，租金应维持原状，不得任意上涨。租赁的是私人房屋，上涨的租金部分由政府补助发予。此外，在税收方面，也要给一些优惠政策。”

秦先生猛喝了一口茶，说：“你考虑得很周到也很合理，了不起。”

“秦先生，水又开了，我们再沏杯茶，好好喝几口。‘寒夜客来茶当酒，小炉汤沸火初红。’唐人诗句正如今夜实景。萍水相逢，今夜一别，也许日后再难聚首。”

“晋老板，你不要太悲观了。”

“是呵，是呵。”

秦先生指着他选出的那一大沓书，说：“这些书我家中都有，也读了，很好。我买了是为送给身边的人，让他们也浸润书香。《曾国藩日记类抄》中有‘壬寅十一月’一则，谈到读书与修身相结合的人，才能成为最好的种子，原文为：‘谷之坚实也，乃所以为始播之种子也。’”

晋文凯连连点头，说：“你的记忆力太好了。接下来的话是：‘此中不满腔生意，若万物皆资始于我心声，不可为之至静之境也。’不知对否？”

秦先生哈哈一笑，说：“一字不差！你年长于我，记忆力却如此之好，佩服。来，碰个杯。”

两只瓷茶杯，轻轻一碰，在这万籁俱静的夜晚，声音格外清脆。

壁上挂钟的时针分针秒针，重叠在“12”字上，子夜了。

晋文凯忽静神细听，说:“有脚步声朝书铺而来,还有来访书的吗？怪事。”

秦先生说：“是我的一个友人来了。”

话音未落，棉门帘“哗”的掀开了，一个平头小伙子雷急火急地蹿了进来。他自感动作太大，立马停住脚步，不好意思地笑了笑，再缓缓地走到秦先生面前，小声说：“市长，该回去了，刚接到电话，你桌上的一份材料，还得批复哩。”

声音虽小，晋文凯却听清楚了，来人是市长！早几天的市报上，登了一条消息，说新来的市长叫秦子新，他就是？但他没有问。

“晋老板，这是小刘，请算一算书款。我声明一下：你网上的文章说再次打折，我不认可，就按先前的价码计算。因为，这书铺你还得办下去，让我们大家来给力吧。”

“秦先生，你客气了。要发票吗？”

“不要。”

小刘问：“这是给我们选的书？这么多！”

秦先生说：“没错！你们几个年轻人该好好读些书，不要没事就上网玩游戏。”

所有的书装进了两个大塑料袋，晋文凯交到秦先生手里。秦先生转手又交给小刘，说：“书的主人是小刘他们，让他提着，掂一掂文化的分量。晋老板，你以为如何？”

晋文凯说：“我为你这句话，要点个赞。”

“晋老板，请你相信，我还会再来，你的书铺一定会‘我自岿然不动’！”

“秦先生，谢谢。来时请先言语一声，我要扫榻以迎。”

“一言为定。”

“军中无戏言。”

一行三人走出店堂，走出棉门帘，站到风刮雪扬的台阶上。

秦先生说：“晋老板，我发烟瘾了，现在我可以抽一支吧？”

“悉听尊便。”

“你也来一支？”

“免了。”

秦先生点着烟，狠狠地吸了两口后，说：“晋老板，就此告别，多多保重。徐志摩在《再别康桥》诗中说：‘挥一挥手，不带走一片云彩。’我活剥为：‘挥一挥手，带走几缕书香。’再见！”

“再见！”

秦先生和小刘走下台阶，融到风雪中去了。

晋文凯久久地望着他们的背影，渐行渐远。

在金富街的那一端，停着一辆小车。

晋文凯的双眼湿了，那是泪……

三天后，金富街管理委员会负责人专程来到书铺，喜气盈盈地通知晋文凯，租金还是“外甥打灯笼——照舅（旧)”!

“全市的私营书铺都这样吗？”

“市政府下了文件，这还有假？秦市长特意交代，让我们一定要当面向你传达。还说，他跟很多朋友宣传，要买好书，多去私营书铺。在最近的一次干部大会上，他希望诸位多去书铺，少去酒楼！”

晋文凯大声说：“这才叫‘读书种子’永不衰息哩！”

“什么？‘读书种子’？你这里又不是农产品商店。”

来人一边嘟哝，一边向书铺外走去。

萃 芳 楼

潭州城的金富街上，大大小小的酒楼饭店有十几家，堪称此中翘楚的，是萃芳楼。

老板姓宗，名宪食，字近庖，字来自“君子远庖厨”的古语，但反其意而用之，声称亲近庖厨的不一定不是君子。

他个子高瘦，眼亮而带笑意，说话语速慢，声音很好听。因仿古街有穿旧时衣装的规矩，他喜欢穿对襟的唐装，上面绣的大团花，乍一看，真不像是个操刀舞勺的大师傅。别人执掌酒楼饭店，只动口不动手，他不下厨手发痒心也发痒。他的酒楼最为人称道的是以鱼翅为主菜的宴席，叫作鱼翅席，明码标价，贵！但选料严、制作精，物有所值。有身份的人请客，喜欢到这里来。鱼翅的菜品很丰富，如黄焖鱼翅、鸡茸鱼翅、蟹黄鱼翅、奶汤鱼翅、组庵玉结鱼翅等，都是宗宪食领着几个厨师，或亲手烹制，或监制，人送他一个外号：鱼翅宗。

萃芳楼收费贵，但不是巧取豪夺、欺蒙拐骗，既合情又合理。宗宪食信奉“君子爱财，取之有道”的法则。何况，他对公益事业、爱心赞助之类活动，出手慷慨。又爱结交朋友，特别是对那些有真本事的文化人，心怀敬重。酒楼共三层，不设雅座，每层的厅堂里只摆四张桌子，每桌配十二把椅子；四壁书画都是名流的手笔，让人共享眼福和口福。到这里来吃鱼翅席必先预订，想随到随吃是不行的，烹制这道菜要有足够的时间。

“萃芳楼”的门匾，原是宗宪食自书的。数年前，结识本地的书画界巨擘楚伯鸿后，乃请他重写，并请名刻工镌刻，然后挂到门楣上的。这三个字写的是秦汉简书，古拙浑厚，气势雄劲。

楚伯鸿和宗宪食年纪相仿，能画能书，画的题材主要是古典仕女，或工

（笔）或写（意），誉声远播。他字随缘，却自号“楚美人”。他画过《西厢记》《牡丹亭》《红楼梦》《聊斋志异》等名著中的众多美女，还有神话传说中的女性，如嫦娥、织女、神女、红线女，印成专集和单张年画，广为流传。他是典型的南人北相，体量高大，浓眉大眼，鼻梁高俊，下巴上蓄着一把美髯，想不到却有一怀怜香惜玉之情。

旧匾撤换、新匾重挂之日，宗宪食亲自驾车去书画院，把楚伯鸿接来观赏。楚伯鸿站在大门外，远看近看了一阵，笑着说：“很好！近庖兄，不过你这是喜新厌旧呵。”

宗宪食说：“别人我岂肯抑让？面对随缘兄，我不能不拜服！上楼喝酒去，我备了一道祖庵玉结鱼翅，请你品尝！”

“哈哈。我平生最喜欢吃的就是鱼翅，知我者，近庖兄也。”

楚伯鸿自称有“三健”：健谈、健步、健食，即谈风健爽、足力健行、能吃也讲究吃。菜品中最酷好的是鱼翅，而且一次要吃一大份。他喜欢到翠芳楼宴请朋友，要的是鱼翅席，不过主菜鱼翅必备两份，一份大家吃，一份由他独享，如秋风扫落叶，令人称奇。

何谓鱼翅？它是用大型或中型鲨鱼的背鳍、胸鳍和尾鳍干制而成，我国沿海地区均有出产。鲨鱼在古籍中称作“鲛鱼”。

谈起鱼翅，楚伯鸿如数家珍。他说：“清人王士雄在《随息居饮食谱》中，称它‘煨肉味佳，滋阴补血’，是‘甚利虚劳’的好东西，我焉能不朵颐大快！”

宗宪食问：“随缘兄，我做的祖庵玉结鱼翅，还过得去吧？”

“近庖兄，这是妙手天成！主料是水发玉结鱼翅，配料是干贝、小母鸡、猪肘肉，调料是料酒、盐、味精、鸡汤、鸡油、胡椒粉、葱、姜。鱼翅用白稀布包好，和配料一起入砂锅，先旺火后小火，得四五个小时，火候恰到好处。吃时，取出鱼翅装盘，撇出所有配料，再浇上浓汁，淋上鸡油，妙不可言。”

“有随缘兄如此知味，我知足了。”

他们真正订交，是在十多年前，萃芳楼当时还开在城西的望衡亭畔，没有搬到金富街来。

那一年，湘西的一个县暴雨成灾，全省各地纷纷捐钱捐物，场景十分感人。书画院的专业书画家楚伯鸿拿出平生出过画册、印过单张年画的得意原作五十张义卖，并声明将所得款项全部捐献灾区。为了让画尽快出手，他平常每平尺的润格为一万元，此次一律减半，四尺整宣（八个平方尺）只卖四万元。卖画现场设在雨湖公园的游乐场，由书画院的同人操办，楚伯鸿也到场亮相。

宗宪食是个雅人，爱读书，亦好收藏字画。那一天他因顾客多，忙得无法抽身。到黄昏时，才驾着车去了雨湖公园。他把小车远远地停好，然后步行走进娱乐场。他觉得应该如此，这是对文化人的一种尊重。观看的人已不多了，还有十张画没有卖掉，工作人员正准备检场。楚伯鸿坐在一边，脸色很不平展。

宗宪食忍不住喊了一声："且慢！"边说边走到挂画的木架前，一张一张看过去，都是精品啊，居然还剩了下来。心想：有钱买得起画的人应该不少，可他们缺少爱心也缺少独到的眼力。

一个工作人员走过来，说："先生如要买，还可再打九折。"

宗宪食大声说："这些都是楚先生的传世之作，为了捐助灾区，他有仁心爱心，已是忍痛割爱了，怎么还打折？十张画我全要了。"说毕，掏出一张支票，填好四十万元的数字，再签上名。

围看的人鼓起掌来。

楚伯鸿看在眼里听在耳里，让他精神一振，这才是知音呵，蓦地离座快步走过来，说："我楚伯鸿谢谢先生的慷慨捐资。请问先生尊姓大名？"

"楚先生客气了！我这不叫捐资，是用低价买到名作，很沾光了。我叫宗宪食，在望衡亭畔开一爿酒楼为活。这是我的名片。"

"宗先生，明日上午我定来贵处拜访。我今夜要为你精心作一画，以便面呈表示谢忱！"

当夜十二点，楚伯鸿画好了一张《晴雯补裘图》，是大写意的画法，自感不俗。他很兴奋，按名片上的手机号码，打给了宗宪食。

"宗先生，我的画作好了，明日上午送来。我想跟你说几句话，你来买画之前，我很难过，因我的爱心受到了冷落，我的画如此贱价都卖不完，这脸面丢大了。是你救场，让我顿感温馨。哦，打扰你的休息了。"

"楚先生，我没有休息。我早就知道，你最喜欢吃鱼翅，是真正的吃家。明日，我要做一道黄焖鱼翅请你品尝，今夜在用冷水、热水发泡鱼翅，再熬出一罐鸡、鸭、干贝、火腿汤作配料用哩。"

"谢谢，谢谢，我此刻就嘴角流涎了。哈哈哈哈……"

自此，他们成了好朋友，再不客套地互称“楚先生”“宗先生”，而是称弟称兄。楚伯鸿还有个要求，他爱吃鱼翅，或独个儿来或宴请友人，必须让他实付款项，不可打折，否则他就不来了。宗宪食说“行。我照办就是。”

后来，萃芳楼从望衡亭畔搬到了金富街，楚伯鸿也追着鱼翅的香气，兴致勃勃地紧随而来。

他们对对方的胸襟、技艺，都充满好奇心和景仰情。楚伯鸿曾在萃芳楼的厨房认真地观看宗宪食如何置办鱼翅席，觉得他就是一个艺术大师，调理着色、香、味、形，无不苦心孤诣。宗宪食也常到楚伯鸿的画室做客，看他如何勾线如何染色如何泼墨，当有奇妙效果出现时，会忍不住轻喊一声“好”。

有一个夜晚，楚伯鸿在灯下画一幅《三峡神女图》，上半部是神女凌空而飞，下半部则是高峡、江水、船帆。因是大写意，他腕底生风，色墨酣畅。不料运笔时得意忘形，手肘将放在案上的一大杯绿茶碰倒，茶水泼到画的下半部上，三分之二的地方被茶水浸绿。楚伯鸿惊呼一声：“这张画只能报废了！”

坐在案边的宗宪食说：“我看未必。待绿茶水干后，那些洇痕水迹，定如浓浓淡淡的雾霭水气，其流动之态定是用笔难以表现出来的。”

楚伯鸿再细看，捋髯一笑，说：“近庖兄果然独具只眼！”

每年的“三节”（春节、端午节、中秋节）前，宗宪食必去楚府送一盆美味的鱼翅。楚伯鸿执意要付款，宗宪食嘴角泛出冷笑，说：“你每年都要送一两张画给我，是不是提醒我也该付款？”

楚伯鸿忙说：“得罪得罪！我收下就是，你这是遵照古风：来而不往非礼也。”

岁月如流水，快疾无声。

萃芳楼的生意突然冷淡下来了。

中央下达了禁止公款请吃请喝的文件，即便有必请的公宴，也规定了主人、陪人的数目以及订餐的标准。一般来说只在本单位的食堂用餐，违令者，处分决不姑息。一桌鱼翅席，少说三千元，多的上万元，谁敢去闯“红灯”？私人请客，除了财大气粗的老板和具有充足财力的人物才到萃芳楼来。何况眼下提倡节俭之风，郊外的农家乐价廉物美，倒是顾客盈门。

宗宪食真的发愁了，愁得眉头打结。不是因酒楼进项减少，而是这门烹制鱼翅的手艺被世人疏远！他最想与之倾谈的是楚伯鸿，可他应邀到欧洲搞个人美展去了，为期一个月，只能等他回来再说，真是千呼万唤不出来呵。

枫红菊黄时候，楚伯鸿自海外翩然归来。宗宪食特制鱼翅，备上烫热的黄酒，为楚伯鸿洗尘。就他们两个人相对而坐，四面清寂。

宗宪食与楚伯鸿酒过三巡，迫不及待地说起他的困境。他说："随缘兄，你是见过大世面的，我该怎么办？"

楚伯鸿微微一笑，说："近庖兄，有道是与时俱进，鱼翅席并无大错，只是——情势如此，得放下架子，面向大众。"

"萃芳楼素以经营高档鱼翅席闻名遐迩，我想放下架子，也得有个台阶可下，维持一点脸面，不致让人感到突兀，要顺理成章，自然而然，不是慌不择路，你说是吧？"

楚伯鸿莞尔一笑，说："兄之处境，我早知矣。我从欧洲办美展回来，卖画不少，收获颇丰，我要趁此机会感谢我的师长、同事、朋友，我想在萃芳楼设宴，三层楼按常例只可共摆十二桌，不够，得每层楼摆六桌，共要十八桌！"

宗宪食精神一振，问："都是鱼翅席？"

"不，都是平常的湘菜，鱼翅这道菜必须取消，上的是红烧肉、爆炒肥肠、快炒腰花、莲子羹、臭豆腐、豆豉蒸鱼、茶油寒菌、辣子鲤鱼块、快熘冬瓜……每桌在千元之下。酒，我自备。"

宗宪食睁大了一双眼，十分不解。他觉得一向出手大方的楚伯鸿，怎么抠门了？

楚伯鸿说："近庖兄，你要说什么，我从你的眼睛里读出来了。我要告诉世人，萃芳楼不但可以烹制鱼翅那样的高档宴席，还可烹制人人可以享受的平常饭菜。而且用平常的食材做出真正的美味，你的萃芳楼有这个本事。我也算是个名人吧，在此设宴，就有名人效应，谁能小看我？谁又敢小看萃芳楼？我是为兄做一广告。何况，我要介绍国外对中国画艺的理解与欢迎，宴会即是一个具有学术意味的盛会。我已通知本地报社和电视台的朋友，来现场采访，且要多拍些贵楼的外景、内景、宴会照片。"

宗宪食立刻明白了是怎么一回事，感激地说："随缘兄准备了一个让我堂皇而下的台阶，让本楼的饭食走向大众化而不遭人非议，真是匠心独运，我……还能说什么呢？谢谢了。"

楚伯鸿说："吃鱼翅并无过错，我及其他人还是要吃的嘛。花的是自己的钱，别人无可置喙。不过，我想吃鱼翅时会预先禀告，到正常开餐之后，客人走了，留下一座清静的楼，我再来享用，如何？”

宗宪食说：“悉听尊便。”

……

萃芳楼的生意，无声无响地又红火起来了。宗宪食暗想：随缘兄真是懂得古训：人不可俗，不可不随俗。正如他的仕女图，雅亦喜，俗亦喜。他的厨艺也应如此，既可阳春白雪，又可下里巴人。

每当楚伯鸿翩然而至时，潮水般的客人正好散尽了。

热腾腾的一大盆鱼翅摆上来了，黄酒也烫热了。

楚伯鸿是一路步行而来的，他说可以让肠胃有更多的容量。

笑吟吟的宗宪食，一定会陪坐在侧。

“近庖兄，怎么只摆一副杯、碗、筷，你就这么干干净净地坐着，不陪我喝几杯酒？”

于是，他高声喊道：“给你们老板也备一副杯、碗、筷，这才叫主客俱欢！”

“不好意思，还是算我请客吧。”宗宪食说。

“咗！什么话？我请你作陪，好不好？”

宗宪食只好说：“此刻你是主我是客，就客随主便吧。”

“对。来，先干三杯！”

“遵命。”

百年老锅

在湘潭的仿古一条街——金富街，开镥锅铺的鲁焰明与开酱羊肉店的戈晓声，关系十分亲善。大家常把他们相提并论，称为“鲁、戈”，谐音就是“镥、锅”。这既是他们的姓氏，又有他们所操职业的特征。

金富街古香古色，是十年前由市政府出资建造的，所有店铺经营的项目，都与传统的食品、日用品、文房用品和其他消费有关，即便是工匠技艺，概与“时尚”无关，比如修理汽车、电脑、电视、游戏机的行当，都不在此落户。

鲁焰明五十有五了，大脸膛，连鬓胡，个子粗壮，手脚也粗壮，说话像响雷。他开的“鲁氏镥锅铺”（在湖南方言中，镥锅就是补锅），很不起眼地嵌在街西头，门脸窄，堂屋小，楼上则是仓库与卧室。堂屋即工作间，摆着小火炉、小风箱、坩埚、小铁勺、铁钳、刮刀、锉刀、三足铁架、废铁、小矮桌和几把凳子，里里外外就他一个人——还有火光中映出的一条身影。儿子鲁焱三十岁出头了，成了家，生了一个孩子，他不愿意继承父亲为人修补破锅的手艺，而是在郊外开了一个私营铁锅制造厂，手下有几十号人马，产品销量大，进钱如流水。

鲁焱常劝说父亲，别干这又脏又苦还不赚钱的营生，眼下家家户户虽用铁锅，破了就扔，有谁还去用补好的锅？那多没脸面。他若是闲得慌，可随时到他的厂里去遛遛腿！

鲁焰明粗眉一竖，眼珠子鼓暴起来，吼道：“屁话！这条街上有多少熬糖，炒瓜子、花生、红薯片、小花片，烧制猪蹄、卤肘子、五香排骨、酱羊肉的老铁锅，都是上年岁的宝贝，破了能丢吗？没有老锅就出不了美味。特别是戈家的那口百年老锅，破了就要找我来镥。正如湘潭土话所说的‘一个寻锅镥，一个要镥锅’，谁也离不开谁。为了他们，我愿意待在这里！再说，我们相处多少年了，一见面，说起话来合味。”

儿子小心地说：“爹，我说错了，只要你快活就好。”

“这就对了。你看看铺面两边的那副我拟的对联，说的就是我的心里话：家传良艺寻锅镥；君欲镥锅上门来。”

“爹的古文根底好，我比不上。”

鲁焰明禁不住哈哈大笑。

有事没事，喜欢来镥锅铺探看鲁焰明的，是戈晓声。

戈晓声比鲁焰明大三岁，五十有八了。他的“老戈酱羊肉店”开在金富街的中段，两开门脸，铺面宽阔，曲尺形的柜台乌黑闪亮。站柜台的是他的儿子戈锐和儿媳，他与几个伙计在后院的工作间，亲操宰羊、切肉、烹制、调料等工序。戈家制作酱羊肉，已经好几代了。戈晓声出生前一年，他家的店铺就公私合营了，父亲成了一家肉食加工厂的工人，祖传的手艺没法子弄了。一直等到戈晓声高中毕业，他父亲便在家中悄悄教他如何制作酱羊肉。那时候找工作难，戈晓声就闲在家里琢磨、操练这门功夫。到“文化大革命”寿终正寝，接着是拨乱反正、改革开放。于是，戈家寻出好好收藏的老锅，挂起老牌子，酱羊肉店一下子就起死回生，一经问世便声名大振。店子先开在城中别处，而后再迁到了金富街。

戈家的酱羊肉，其一是选料精，采购的是北方西口的大白羊，再关在本地的乡下饲养一段日子，制作时只取羊的前半截，其余的则转卖给饭店、酒楼。其二是调料的配方独特，以丁香、砂仁、桂皮、大料等为主，外加酱、盐、香油等调味，肉质不仅香、绵、有嚼头，还有开胸理气、增进食欲等药用功效，可做零食，可佐酒，可下饭。其三是包装古朴、卫生，都是用干荷叶以盛。还有两个更重要的缘由，首先是烹制的大铁锅，是家传的百年老货，不管你怎么洗涮一净，仍可见上面油脂闪亮；不管用清水煮多少次，煮开的水面都飘着油花；用它煮出的羊肉味道透鲜，仿佛百年美味都渗透在肉里。还有就是神奇的老汤，每次制作酱羊肉都要留几勺浓郁的汤汁，放入蓄放老汤的陶坛里，下次开锅煮时，再从陶坛中舀几勺老汤放入锅中，于是多少年来老汤不断不竭，永具名牌的风味。

戈家的酱羊肉，每日限售二百斤，每斤六十元，不涨价，也不跌价。午夜后开始制作，天亮后开始上柜发售，近午即告罄。戈锋曾想再扩大经营规模，戈晓声说：“我家只一口百年老锅，一天就能烹制这么多！”

外地到金富街的人，都想去“老戈酱羊肉店”，问店在哪儿，有人立刻用手一指，说：“那儿！大门对联写的是：一品美味；百年老锅。”

戈晓声最看重的是传家宝百年老锅，生铁铸的，敞口，直径四尺，深浅合度，四方有耳。开锅前，他必在厨房案子上的香炉里点燃三根高香；煮完了肉，必命人将锅洗个干净，再小心地盖上大锅盖。原先很厚的锅壁，在年长日久烈火的烧灼下渐渐地薄了、脆了，时不时会漏出一个洞、裂开一道缝。于是，赶忙让人抬到“鲁氏锔锅铺”去，请鲁焰明去锔锅——补漏焊缝，铁锅上留下了许多补过后的“疤痕”，一块一块的，像和尚的百衲衣。

要补锅的时候，戈晓声必亲自到场，表示一种礼节。

“鲁兄，又要麻烦你了，海涵。请抽烟。”

鲁焰明接过递来的香烟，说：“戈兄，你太客气了。我是锔锅匠，做的是分内事。我给你泡杯龙井茶，儿子才送过来的。”

“谢谢。我天天担心呵，这锅还能用多久？”

“你放心。哪里破了，我就补哪里，手上的功夫，我还是有把握的！”

“有你这句话，我就睡得着觉了。呵呀呀，这龙井不错，是明前茶，还都是一叶一芽的，叫‘一旗一枪’，几千元一斤哩。鲁焱是个孝顺孩子。”

“再孝顺也让我生气，他就不学锔锅！我说莫小看了这门手艺，当年花鼓戏《补锅》写的就是我们这一行，不是演进了中南海吗？还是戈锐听话，硬生生就接了你的班，这才是家门有幸。”

“一代人有一代人的想法，勉强不得。”

“那倒也是。”

鲁焰明坐在小板凳上，用夹钳往风火炉里架好煤块，再有力地拉动风箱，不一会儿，红、黄、蓝的火苗子直往上蹿，火光映得他的脸膛熠熠生辉。他把烧铁水的坩埚置于炉火上，再从一个小木箱里抓出一把铁碎片，丢进坩埚里。

“戈兄，这是上年岁的老锅碎片，用它烧化成铁水，来补你家的老锅，这才叫因材而用。”

“装裱行修补古画，必用古代的纸和绢，达到修旧如旧的效果。兄锔锅也遵照此理，最见匠心，对吗？”

“对，你很有器识。”

坩埚里的铁水沸腾起来了。

鲁焰明把百年老锅搁到三足铁架上。他右手用铁钳夹起一只小铁勺，从坩埚中舀出一勺铁水；左手则托着一块隔热的石棉布垫，布垫上放着一层炭灰。他飞快地把铁水倒在左手托着的布垫上，并马上把铁水塞入锅下的破洞处；丢开铁钳的右手，迅速握起一个用石棉布卷成的长圆筒，从上面压住透过漏洞的那团铁水，上下一使劲，让铁水均匀地漫满破洞。待铁水冷却，那个破洞也就焊牢了。

“鲁兄，你手到病除！那边的一个洞就大多了。”戈晓声说。

“那就得连补四到五次。”

“辛苦，辛苦。”

“不。油烟中分明闻见酱羊肉香，让人满口生津，是享受。”

当几处漏洞、裂缝补好后，戈晓声又递烟过去，说：“歇口气，你也是五十好几的人了。”

鲁焰明摆摆手，大声说：“手性，心性都顺了，我要一口气干完，停不得！”他边说边用锋利的小铲刀，把铁水焊处凸起的“疤痕”铲平，再用锉刀细细锉光，最后又用金刚砂纸认真打磨一遍。他舒了一口长气，说：“好了！可以歇下来和戈兄促膝谈心了！”

戈晓声打手机叫店里来人，以便把百年老锅抬回去。没有闲杂人在旁边，他好和鲁焰明开怀畅谈。

“鲁兄，我是俗人办俗事，该付工钱了。”

“好。补一处十元，共五处，计五十元。”

“有一处你补了四次啊。”

“我也是一口价，就只要五十元！”

“鲁兄，我沾光了。”

“笑话，我不是也赚了快乐吗？”

“我知道你开这个铺子，除付房租费、水电费、税费外，就余不了几个钱，你是真正的不赚钱赚吆喝。”

“戈兄，就为了这条街上的这些老锅，就为了这些坚守老行当、老手艺的人，我愿意干这行！”

“鲁兄，中央电视台有一档节目叫《大国工匠》，你难道不是？”

“过奖了，我只是小街工匠。戈兄更是我的表率，你每天只卖两百斤酱羊肉，多一两都不行，为的是保证质量，这才是传统的儒商之风！”

“惭愧，惭愧！”

这么多年来，鲁焰明就很少去戈晓声的店子回访，想吃酱羊肉，由儿子鲁焱去买；想聊天吧，他知道戈晓声耐不住会来这里。

有一次，戈晓声委婉地问这是为什么？

鲁焰明说：“你的店子大，人多势众，我远不如你。古人说：‘贵可访贱，见仁者之心；贱访贵，则显献媚之态。’请海涵。”

“鲁兄，这是什么屁话，我贵了吗？”

春去秋来。丹桂飘香中，还有半个月就是中秋节了，金富街的所有店铺都忙碌起来了。

这天夜晚，华灯初上。戈晓声忽然打电话给鲁焰明，说请他到酱羊肉店来，有要事相商。数步之遥，打什么电话呢？而且戈晓声的口气里透出难抑的焦灼，鲁焰明知道肯定是出什么事了，便急急地赶了过去。那句“贱访贵，则显献媚之态”的古语，在此刻丢到九霄云外去了。

酱羊肉店的门早关了。门后应早有人等候，没等鲁焰明举手敲门，门开了。开门的是戈锋，亲热地说：“鲁叔叔，我爹在后院等着。我把鲁焱也叫来了。”他边说边把店门带关了，还上了栓。

“鲁焱怎么也来了呢？”鲁焰明心里大惑不解。

在后院的一间休息室里，小方桌上摆着酒和菜，在场的只有鲁、戈两对父子，共四个男人。

戈晓声的脸色很沮丧，大家刚坐下，他就急急地说：“鲁兄，可不得了，下午我不在店里，戈锋夫妇去搬动老锅时，儿媳脚一滑，跌倒了，老锅摔到地上，破得不成样子了。人背时，喝口水都呛喉咙！”

鲁焰明说：“不过是锅破了，我是锔锅匠，我来锔就是，你急什么？”

戈锋用手指了指墙角的一堆碎片，说：“烧了好多年的锅，太脆太薄，又曾补过无数次，一落地就碎得体无完肤。鲁叔叔，这还能补吗？”

鲁焰明一看，倒吸了一口冷气，少说也有上百成千块大小不同的碎片，纵有鬼斧神工也难恢复原样。他摇摇头，再摇摇头。

戈晓声说：“没有百年老锅，酱羊肉就少了成色，这店子还怎么开得下去？天哪，天哪。”

鲁焱问：“爹，你不是说只要是破锅就可以补吗？”

鲁焰明拉长了脸，冷冷地说：“你如果能把大块小块拼放好，我可以来试试。”

鲁焱一吐舌头，说：“我不能，大概别的人也不能。”

鲁焰明对戈锋说：“你年轻，肯定有想法，你说说看。”

戈锋说：“我想，这锅即便今天不破碎，将来有一天也会破碎，有什么可悲叹的？鲁焱是铸造铁锅的行家里手，就请他按原规格铸一口锅，酱羊肉照样做，店子照样开！”

戈晓声一拍桌子，说：“用这样的新锅制作酱羊肉，还是那个味道吗？我宁肯关门大吉，也不用这样的新锅！”

戈锋说：“爹，你听我说，莫发脾气好不好？我们家的用料，选用西口大白羊不会变，是不是？”

“是。”

“调料的配方也不会变，对吗？”

“当然。”

“那一坛老汤还在，没馊没坏，这是最关键的，对不对？”

“没错。”

“那么，就算换口新锅，味道也许差点儿，但依旧很传统很正宗，人们吃得出来吗？换新锅的事只要保密，谁不认我家的这块老招牌呢？”

鲁焱说：“铸锅的事，小菜一碟！我包了。”

戈晓声猛地端起酒杯，仰脖一口干尽，再把杯子重重放下，眼里涌出了泪水，说：“戈锋的话也许在理，但店门两边的对联是：‘一品美味；百年老锅。’百年老锅没有了，大家看重的就是这玩意，再做酱羊肉，不是骗人吗？我心上的这道坎怎么跨得过去！”

鲁焰明掏出香烟，递给戈晓声一支，自己嘴上也叼了一支，打着火，狠狠地吸了一口。

戈晓声也点燃了香烟，问道：“鲁兄，你见多识广，想个两全其美的法子吧。”

“就不知戈兄肯不肯听啊。”

“听、听、听！”

“来，我们碰个杯，再干一杯酒。”

“要得。”

“戈兄，你记不记得我补这口百年老锅时，坩埚里融化的是我收藏的老锅碎片？”

“记得，记得。”

“你还夸我这就像装裱匠修补古画，要用古纸古绢，以便修旧如旧。”

“是啊，是啊。”

“刚才，戈锋和鲁焱说到铸造新锅，突然让我有了灵感。就让鲁焱去铸锅，原料是这口百年老锅的碎片，还有我的仓库里历年收集的许多老锅残片，当然还可以加少量的新金属，用专门的炉子烧炼、熔化，再用新制的与百年老锅相同规格的沙模浇铸出来。这口新锅用的主要是老锅的原料，年代和质地摆在那里，真实可信，也就是说它的魂还在那里，只是铸造的工艺和时间是新的、现代的而已。”

戈锋兴奋起来，拍手大声说：“这叫传统的根本还在，又融入了现代的元素，与时俱进，好得很！”

戈晓声横了儿子一眼，说：“我让你说话了吗？”

戈锋说：“爹，对不起，你说。”

“鲁兄呀，这个主意……好，我们现在都是用这种观念在做事，日新而日日新。”

“戈兄，你同意了？”

“嗯。”

“今夜良辰美景，我们哥俩要喝个痛快。鲁焱、戈锋，你们就不能休息了，抓紧去备料、制模、铸锅吧。”

戈锋问父亲：“店子要关门两天，用什么理由出个告示？”

戈晓声说：“这也要我教吗，就说正在研制新的调料配方，休业两日再开门迎客！铸锅之事，你们要守口如瓶！”

戈锋、鲁焱齐声回答：“是！”

两个年轻人飞快地走了。

半轮明月升上中天，院子里灯光与月光交织在一起，花影、树影飘落一地。秋风飒飒，凉意满襟。

戈晓声说：“我们一手提壶，一手持杯，到院子里去行吟饮酒，如何？”

“风雅之至！学一学李太白，但不是‘月下独酌’，是月下双酌！不是‘对影成三人’，是对影成六人！哈哈。”

“哈哈。鲁兄，到院子里去！‘我歌月徘徊，我舞影零乱’。”

赌　债

姜进和耿丰进城打工五年了。

他们的老家，在湘东县一个偏远乡镇的寒岭村。离他们打工的湘中地区潭州市，起码有五百里之遥。寒岭村那地方山高林密，气候偏寒，一年只能种一季水稻，蔬菜、水果品种也不多，穷得很出名。二三十户人家，分散住在山上、山下、谷中、溪边，打个照面都不容易。

在寒岭村，姜家和耿家关系很好。因为姜进和耿丰在镇上的小学、中学读书时，是同桌的同学。高中毕业，都没有考上大学，一同丧气地回村务农，然后在父母的催促下，结婚生子。

姜进长得粗壮，是个下力的好坯子，人也忠厚，不太爱说话，没事时喜欢找些经济、营销、管理方面的书来读。耿丰长得文秀一些，能说会道，对于种田得不到丰厚的回报，满腹都是怨言，于是学会了开拖拉机，并租了一辆，为乡镇和周围村子的店铺、农家运货、送货，赚的是现钱。在人们的眼里，耿丰比姜进聪明，有出息。耿丰也非常认可这种说法，姜进除了能出死力气，还会做什么！

耿丰白天跑运输，晚上回家。吃过饭，最想做的事，是打麻将。可邀齐一桌牌友不容易，这里不通电话，得一家一家去叫，真正开始“雀战”已是九点来钟了，玩不了三个小时便到子夜，明天各自还要干活，只好作鸟兽散。对于有牌瘾的耿丰，太痛苦了。

时光如流水，不知不觉姜进和耿丰都三十岁了。“而立”之年，他们“立”起来了吗？没有！巧合的是，他们的生日是同年同月同一天，两家聚到一块儿同庆同贺，酒喝到微醺时，两人居然吐出共同的心愿：进城打工去！

耿丰问：“你想去城里做什么行当？”

姜进说：“我想去搞物流，就是为城里人托运各种东西到外地去，眼下红火得很。我有个远房的表哥在潭州开了家‘顺达’物流公司，邀我去帮着管理。你呢？”

耿丰说：“我考了小车驾驶证，到城里先去出租车公司任聘开车，等赚了钱，我再买一台车，挂靠一家公司交点管理费，其余的钱归我所有！”

“你会开车，到我表哥那里去打工吧。”

耿丰哈哈一笑，说：“让你来管理我？我能矮你一截吗？不！我们各干各的，‘出水才见两腿泥’哩。”

姜进说：“这也好，互相有个照应。”

在潭州城的这五个年头，他们很少见面，只是彼此打打电话、说说近况，因为都很忙。即便是过春节，他们也不一定都回老家。

耿丰真的觉得城里比乡下好。开的是公司的车，每天的任务指标是一个班（八小时）上交四百元现钱外，多余的归自己（每天都可得一百元左右），除去租房、吃饭、抽烟的开支，每月最少剩下四千元，给家里寄一千元，还有三千元可以自由支配。傍晚交了班（他做的都是白班），草草吃个“盖码饭”，租住地附近有好几家麻将馆，麻将桌成排列阵，都是自动洗牌的，过瘾。人又很容易凑齐，相逢一笑即成朋友，“放炮”“啄鸟”“自摸”“天胡”“地胡”“杠上花”……规矩、赌额由四个牌友商定。耿丰每夜都要玩到凌晨一两点，才满足地回去睡觉。

姜进先是在表哥手下做一般的管理人员，工作细致、扎实，没出过什么纰漏；继而任命为副总经理，分管收货、发货这一大块，业务量年年增长，营业额节节上升。因为表哥抽身要去开发房地产的业务，就让姜进当上了物流公司的总经理，大权独揽，八面来风。

春末的一个夜晚，姜进给耿丰打手机。当时耿丰正在牌桌上，手气不佳，已经输掉五百多元钱了。他不耐烦地问：“哪位？找我有什么事？”

姜进说：“我的声音你都听不出来了，贵人多忘事呵，看样子你顺风顺水，过得很滋润。”

“滋润个屁！今晚连连‘放炮’，没抓到一手好牌。”

“耽误你一下。你父亲给我写了封信，说有几个月没收到你的钱了，你没寄吧？他写信给你，也不见你回复，怎么回事啊？”

“我……忙。没寄钱是……准备回家时，一起带回去……都存着哩。”

“那就好。耿丰，我听说你打牌输多赢少，别迷恋这玩意儿了。”

“你在调查我？我拿自己的钱打牌，谁管得了？”说完，耿丰很生气地把电话挂了。

耿丰照旧白天上班，晚上玩牌。他曾梦想自己能买车，却总是存不住钱。他渴望打牌的手气好起来，不但把输了的钱赢回来，最好还能大发几把，不是买一台车，而是买好几台车，自己开一个出租车公司，那才叫出人头地。

当他下班后又走进麻将馆的大门，便有并不熟悉的人热情地招呼他入座，牌桌上三方有人，就缺他这一“角”。那三个人都是初入道的，抓牌、出牌笨手笨脚，思路也不清晰。此中的一个大胡子，还常出错牌。耿丰心里暗笑，他碰到财神爷了。

一连几个晚上，都是原班人马，耿丰的运气不错，想要什么牌就来什么牌，总是满载而归。俗话说“风水轮流转”，果真不假。他决定明晚与他们相聚时，提议打大牌，放一“炮”就付一百元，“清一色”“一条龙”“天胡”“地胡”等项再翻倍……

又是暮色四合时。耿丰和新结识的三个牌友不期而至。当耿丰提出新的赌法时，三个人先是面面相觑，迟迟不说话。耿丰说：“什么男子汉？这点钱都拿不出，或许，是我‘走麦城’呢？”

那三个人只好答应了。

仿佛是耿丰出言不吉，他真的“走麦城”了，到九点时，他把才发的工资和另外带来的钱，一共是六千元，全输了。

一个牌友说：“继续战斗吗？”

耿丰说：“当然！”

“你没钱了吧？”

“我家里……还有！你们中谁可以先借给我？”

大胡子很仗义，悄声说：“我借给你一万。不过，口说无凭，你得写个借据，三天之内必须还，这叫先小人后君子。”

“行。”耿丰急于扳本，答得很干脆。

借来的一万元很快输光，耿丰说：“再借一万！”

到快天亮时，耿丰一直翻不了身，一共借了十万——写了十张一万元的借据。

大胡子恶狠狠地说：“三天后，你必须还清。不要妄想逃跑，你老家在寒岭村我也知道。别连累你的父母妻儿！”

耿丰垂下了头，说：“我明白。”

回到出租房，他气得捶胸顿足，然后泪流满面。十万元赌债，只限三天还清，他到哪里去找钱？第二天早晨，七点钟的时候，他给出租车公司的调度室打了个电话，说他病了，头疼得厉害，没法子开车，请假一天。

有生以来，耿丰第一次着急上火了。十万元，这个数字太大了，向谁去借？谁会相信他有偿还能力？城里没有他的亲戚，只有一个让他得罪了的同学和老乡姜进。他就不明白，曾在好些方面比他逊色的姜进，如今却鸟枪换炮成了一个人物。想来想去，也只能去向姜进告贷了。哪怕遭到白眼受到叱骂，都得忍着。这三个人应该是一伙的，为他下了套，先输后赢，痛痛快快地“宰”肥羊。那个大胡子更不好惹，如不还钱，他是什么缺德事都干得出来的！江湖险恶，牌场也险恶。

耿丰第一次付钱打的，去了姜进的“顺达”物流公司。

在装饰豪华的办公室里，姜进不冷不热地接待了耿丰。

“耿丰，什么风把你吹来了？”

“姜总，我……打牌输了钱，有难处了。”

“你说过，拿自己的钱打牌，谁也管不了。”

耿丰突然抽了自己几个耳光，说：“我这张臭嘴，冲撞老同学了。你大人大量，莫记小人过。”

姜进冷冷一笑，说：“你说吧，有什么难处了？”

“请借我十万块钱还赌债，要不，我只有死路一条！”

“十万？我私人没有，只能挪用公款借给你。可我怎么才能监管你顺利归还呢？你一旦赖账，我表哥当然不会放过我，得想个好办法。”

“姜总，你怎么安排都行，我都听你的。”

姜进皱着眉头想了好一阵，说：“你看这样行不行？你只能到这里来打工，开车在本地送货，每月工资四千元。公司有宿舍，给你一个单间，不要租金。但是……每月只发你伙食费和零用钱一千元，由财务室给你家里寄一千元，其余的两千元还债，什么时候还完了，再发全工资。你同意吗？”

“同意。谢谢、谢谢！”

“不过，这件事我……得请示我表哥，他如果不同意，我也没办法。”

“姜总，请你多多美言。”

“你去人事部办个手续，明天正式上班。”

“好。”

耿丰总算平安地渡过了难关，对姜进的慷慨相助，他十分铭感，下定决心要好好工作以为报答。打牌赌钱，害己害家，他绝对不能再犯了。他听从姜进的劝告，下班后闲着没事，就到公司的阅览室看看报、读读书，尤其是与物流有关的消息和文章，还在本子上抄录下来。

物流公司每月都评“红旗手”。耿丰不但提早上班、推迟下班，而且送货安全、准时、态度好，深受客户欢迎，因此月月都荣获“红旗手”的称号。

那个和他打过牌的大胡子，几次夜里打电话来，话语亲和得让人骨头发酥，约耿丰去切磋牌艺。

耿丰说：“还想让我再给你写借据吗？”

“不对，也许是我给你写借据。”

“这种昧心钱，我不稀罕。请不要再打电话来骚扰，我没时间。”

十个月飞快地过去了。

飘飘洒洒的漫天雪花中，春节即将来临。

姜进忽然在一家酒店的雅间，叫上酒、菜，请耿丰赴宴。

酒过三巡。

姜进说：“公司春节放假七天，我驾车，我们一起回寒岭村去。”

耿丰说：“我今年不回去。我报了名，留下来值班。”

“是手头上没钱，羞于见家人？每月你家里不是都收到了一千元吗？”

“我还有别的事，姜总……”

姜进打断他的话，说：“这不是工作时间，请叫我姜进，要不就太生分了。”

“是。姜进。我想利用这几天，搞一个新的物流方案。以前，我们只搞城市的物流，附近几个县的乡镇，鞭长莫及。其实，可以把当地有运载工具的农民组织起来，货车、摩托车、拖拉机都行，我们把货送到县城，由他们再转送到乡镇、村、组的各家各户，分段结算费用。这个业务量很大，我们必须去打理。”

“好。耿丰，你比我想得远。不过，回到老家，同样可以搞这个方案。父母妻儿盼你回去，吃个团圆饭，可说是望眼欲穿。”

“那倒是的。”

“我已向表哥请示，他同意你的借款可以暂时‘挂’在账上，不必急着还。因此，十个月扣除的两万元，全数还给你。此外，因你工作成绩突出，从我总经理基金中拿出六千元奖励你。”

“这个奖励太重了，我只做了应该做的事，受之有愧。”

“耿丰，莫推辞了，别人不会眼红的。你可以高高兴兴回家过年，是不是？你点点数，这是二万六千元，请收下。”

这个夜晚，耿丰翻来覆去睡不着。思绪万千，他得好好地梳理梳理：借公家的十万元钱，怎么可以“挂”在账上，不要急着还呢？没听说过姜进有什么“总经理基金”呵，而且可以不经领导班子讨论，就奖励他六千元。想到“六千元”这个数字，突然记起他和大胡及另外两个牌友，在最后一晚的“雀战”中，他先是输光了六千元，然后才开始借债的。又记起大胡子后来的几次打电话邀他打牌，都被他拒绝。有一次正好碰见姜进，无意中姜进说了一句话：“你很有定力，能抵住诱惑，再不染指赌事，难得。”姜进怎么知道有人给他打了邀赌的电话，逼债时大胡子又怎么知道他的老家是寒岭村？

耿丰心里蓦然一亮。他猜测是姜进要把他拉出好赌的烂泥坑，设了个更大的局，让他改邪归正。当然是好意，但用的却是见不得人的江湖手段。因此，他明白这件事既不能去问姜进，更不能对外人说，就把这事烂在肚子里，当作什么也不知道，今后引以为戒，脚踏实地好好做人。

壁上的挂钟，洪亮地敲了十二下，子夜了。

他再没有睡意了，翻身下床，拧亮书桌上的台灯，拿出那份关于乡村物流的新方案，仔细地修改起来……

昆 曲 梦

在古城湘楚市，穆云天和姚紫红是曲友，是雨湖曲社的骨干分子。他们年纪相仿，既郎才女貌又郎貌女才，各有各的专业，却有相同的业余爱好，理应成为天造地合的一对，却没有！

人们觉得很奇怪。

曲社中吹笛的冯一管，久历江湖，是湘昆剧团的专业笛师，常来为这些昆曲票友拍曲。他淡然一笑，说："他们最喜欢唱《牡丹亭》的'游园''惊梦''拾画叫画'，他们只能生活在美丽的梦中。一成家，衣、食、住、行、生孩子的事，俗何以堪！"

雨湖曲社只是一个称谓，不是什么正规的组织。一群爱好昆曲的票友，常在雨湖相聚，故得此名。雨湖是城中的一个公园，有绿柳湖波、长堤小桥、楼台亭阁、花圃林径，倒是与昆曲的绮丽缠绵十分合拍。

穆云天与姚紫红，在不同的大学不同的系毕业后，一个供职于社科院的古典文学研究所，一个效力于博物馆的古器鉴定部。到1959年，他们因参加雨湖曲社才蓦然相识，已是二十六七岁的人了。他们的业余兴趣是唱昆曲，而且最喜欢唱《牡丹亭》，如痴如醉。那个年代他们迟迟不成婚，双方的老人急得如火如燎，他们却置之不理。人世间有杜丽娘、柳梦梅那样的人吗？一开口就是油盐柴米、工资、提拔之类的俗事，成了家更会俗上加俗，他们宁可生活在自己营造的一个梦里，自思自叹。

第一次在曲社见面，穆云天问姚紫红："我不能直呼你的名呵，你可有字？"

姚紫红很感动，不直呼同辈之名的老规矩，他居然懂得，便说："我字昼眠。"

"哦，典出《牡丹亭·惊梦》中杜母的念白'我儿原来昼眠在此'，看样子你是个喜欢做‘白日梦’的人。我呢，字闲寻。”

“也是从此折‘是答儿闲寻遍’的唱词中撷出来的，你是个为梦而闲寻遍的角色。真好。”

那是个春天星期日的午后，冯一管正好剧团没有演出任务，来为票友凑兴。他问：“二位可否唱上一段？”

“行！”两人异口同声答应了。

笛声袅袅而起，姚紫红独唱（《牡丹亭》“游园”一折中原是杜丽娘与丫鬟春香同唱）“皂罗袍”一曲：“原来姹紫嫣红开遍，似这般都付与断井残垣。良辰美景奈何天，便赏心乐事谁家院？朝飞暮卷，云霞翠轩，雨丝风片，烟波画船，锦屏人忒看的这韶光贱！”

冯一管带头叫了一声“好”，众人纷纷应和。

穆云天选了此剧“惊梦”一折中柳梦梅所唱的“山桃红”一曲：“则为你如花美眷，似水流年，是答儿闲寻遍？在幽闺自怜。”接下来是念白：“姐姐，和你那答儿讲话去。”

没想到姚紫红不由自主，代剧中的杜丽娘念白：“哪里去？”

穆云天先念白“哪！”再唱：“转过这芍药栏前，紧靠着湖山石边。和你把领扣儿松，衣带宽，袖梢儿揾着牙儿苫也，则待你忍耐温存一晌眠。”

接着，是柳梦梅和杜丽娘的同唱，在戏中那个美丽的梦中。穆云天、姚紫红不由自主地入了戏，眼神痴迷相对，齐声唱道：“是哪处曾相见？相看俨然，早难道好处相逢无一言。”

众人鼓掌，连声叫道：“好！真好！”

冯一管说：“合尺寸，有情境，天衣无缝！”

穆云天、姚紫红在掌声和喝彩声中，似乎真的从一个梦中走出来，变得清醒了，把对视的目光赶忙移开，脸颊泛红。

夕阳西下时，曲社的活动结束了。穆云天、姚紫红彼此挥挥手，各自回家去。

在冯一管眼里，两个背影一南一北渐行渐远。他忽然惋惜地叹了口长气。

曲社的活动，半个月才有一次，穆云天与姚紫红从不缺席，来了就唱《牡丹亭》。其实，他们还能唱别的曲目，也常在自家练习，但从不在曲社唱。在业余，他们读过不少昆曲的剧本、曲本，以及关于昆曲艺术的书。他们总是守望在一个古典的梦中，决不让世俗的生活玷染。他们常说的话是：在物质横陈的世界里，不能疏离古雅的氛围，不能失去一种悲悯的情怀和从容做梦的心境。

平日里，他们也通通电话，但见面只是在曲社，除了唱曲、谈曲之外，他们没有兴趣涉及另外的话题。这样的日子，他们觉得很惬意，也很满足。

“文革”说来就来了。

知识分子成堆的地方，更是闹得鸡飞狗跳。

穆云天和姚紫红虽家庭出身不好，但不是什么“学术权威”，故没受到什么吓人的冲击。痛苦的是曲社没有了，不能自由自在地唱曲了，他和她也没有了见面叙谈的正当理由。他们都曾有过“约会”的想法，干脆挑明了，把感情往深里发展，但立马否定了。他们不愿陷于那种过于实际、过于世俗的现实中，一个人爱怎么做梦就怎么做梦，梦是对自己精神世界的一种开掘，这就很好。

一九六九年冬，湘楚市文化界有些名声的人物，都下放到了远郊外茅山冲的五七干校。然后，校方又按照花名册，将他们分配到不同的大队、小队和组，去种稻、种菜、喂猪、牧羊、养鸡、养鸭。除了劳动，自然还会有触及灵魂的政治学习、自我检查、大批判，为的是让这些“臭老九”，真正地从身心上，铲除封、资、修的恶劣影响。

穆云天、姚紫红、冯一管，还有其他单位的十几个人，分配在牧羊小队。

姚紫红悄声对穆云天说：“也许，我们还可以拍曲，做让人心动的昆曲梦。”

穆云天说：“笛师也有，真好。”

站在他们背后的冯一管，说：“我来时，领导特意交代我不能带笛子，唉。”

所有的人在校部食堂吃过晚饭，天就黑了。朔风阵阵，雪花飞扬。按规定，他们必须当夜赶回不同方位的各自的驻地。牧羊小队的驻地在茅山冲的青草坡，那里有一排土坯茅屋，和几个关羊的大圈棚，离场部约距十里。

场部的灯火渐渐远了，身上的寒气渐渐重了。因各自扛着、挑着、提着行李，路又高低不平，走了不到一半的路程，便都气喘吁吁、大汗淋漓。于是，大家坐下来歇憩。

穆云天放下行李，站起来，忽然情不自禁地亮了几个身段，长叹一声，唱起了昆曲《夜奔》中林冲唱的曲牌“雁儿落带得胜令”的前几句：“望家乡，去路遥，想母亲，将谁靠。俺这里吉凶未可知，他那里生死应难料。呀，唬得俺汗津津，身上似汤浇，急煎熬，心内似火烧。”

姚紫红脆亮地叫了一声“好”。

冯一管说：“不错。你将‘想母妻’变成了‘想母亲’，因为你还未有家室，只有一个老母在家，怎不让你牵挂？但还是少唱为妙，昆曲是受批判的，免得有麻烦。曲社早没有了，湘昆剧团早不演戏了，我的几支好笛子闲着生尘了。天太冷，快走吧！”

于是，大家打起精神继续赶路。

穆云天说：“昼眠，你的大提袋给我吧，我还有一只手闲着哩。”

“闲寻，谢谢。《夜奔》你唱得很少。”

“我也不知道今夜怎么会唱这一段，大概是触景生情。我爱唱的还是《牡丹亭》中的柳梦梅。”

“我也是。杜丽娘的白日梦，别有系人心处。”

“以后，我们有的是时间切磋。”

“是呀，这一下来，等于充军，谁知道有多久？”

第二天下午，校方的军代表突然来到牧羊小队的驻地，当众批评了穆云天昨夜唱的《夜奔》，是发泄对五·七干校的不满；还有冯一管、姚紫红的话，是煽风点火；并严令以后不准唱这种封建文化的破玩意儿。最后还强调说：“你们中就有觉悟高的同志，随时会向校方反映情况！”

昆曲不能唱了，天天是牧羊、割草，学《毛泽东选集》《人民日报》社论，开批判他人和自我检查的会。

姚紫红总会想起《红楼梦》中林黛玉的两句诗：“一年三百六十日，风刀霜剑严相逼。”

春天了，到处芳草萋萋、野花盛开。

冯一管背地里叮嘱穆云天和姚紫红，队里有人偷偷地监视着，他们不要随意谈昆曲、唱昆曲；也不要近距离接触，免得被人说成搞不正当的串联活动。“我是为昆曲吹了几十年笛子的笛师，现在只能在心里唱谱，唉，苦哇——苦哇。”

不能谈昆曲，更不能唱昆曲，三十五六岁的穆云天、姚紫红，觉得这日子太难熬了。

姚紫红在一个夜晚，熄灯的钟声响过后，躺在床上翻来覆去睡不着，突然想出了一个过昆曲瘾的法子：她可以和穆云天互相设谜、猜谜呵，谜面和谜底必须与昆曲的剧名、曲牌、词句有关。她躲在被子里，揌亮手电，用笔在小纸片上写下几个谜面：“寻子”“洋娃娃”“三千宠爱在一身”，各打昆曲剧名一个。剧名她当然知道是《访鼠》《番儿》《独占》，只是没有写出来。

这一夜，姚紫红睡得很香。

第二天放羊时，小队的人分散在各个地段。穆云天坐在不远处的一棵老槐树下，闭目沉思。

姚紫红装着闲游的样子，经过穆云天身边时，轻声说："给！"随即把一个纸团子丢在他脚边，然后飞快地走了。

穆云天拾起纸团子，小心地展开，看了又看，不由得微微一笑。他随身带着钢笔，寻出一个小纸片，把谜底一一写下。纸的最下边，写了一句话："明天我制几个谜让你猜。"他把小纸片也揉成一个纸团子，塞在口袋里。

中午在食堂吃饭时，穆云天把纸团子悄悄地递给了姚紫红。

吃过午饭，按规定是没有休息的，大家又回到放羊的地方。

姚紫红坐在一块石头边，悄悄展开纸团子，谜底都是对的，她笑了，举起一只手，朝不远处的穆云天挥了又挥。

这长长的一天，忽然变短了，昆曲的旋律萦绕着谜面、谜底，韵味悠悠。

当晚是政治学习。穆云天稳稳地坐着，主持人读中央文件的声音和别人发言的声音，他置若罔闻。他想着姚紫红出的谜面和他答的谜底，实在是妙不可言，十二生肖中"子"为鼠，"寻子"即为《十五贯》中况锺探访娄阿鼠的一折，名叫《访鼠》；"番"即古代所称的番邦，"洋娃娃"的谜底便是剧名《番儿》了；"三千宠爱在一身"典出白居易《长恨歌》，称杨贵妃"后宫佳丽三千人，三千宠爱在一身"。不是剧名《独占》吗？他得想几个绝妙的谜面，让姚紫红费神去猜。他决定取昆曲中的唱词和念白作谜面，谜底为曲牌名。

坐在穆云天旁边的冯一管五十岁出头了，胡子巴拉的也懒得去收拾，用手肘碰了碰他，让他别分神，别胡思乱想。穆云天忙点了点头。

散会后，洗漱罢，穆云天在黑暗中躺在床上苦苦思索起来。到子夜时，终于有了眉目，忙躲进被子里，摁着手电写好。第一个谜面为"行来旖旎身不定"，是《亭会》中的句子，谜底是曲牌《步步娇》；第二个谜面是"别了他，常挂心"，为《琴桃》中的句子，谜底是曲牌《意难忘》；第三个谜面是"和尚我的爹爹"，即《下山》中的句子，谜底是曲牌《秃厮儿》。他真想高声念白"喜煞我也"，但忍住了。于是，一闭眼，立刻有了轻微的鼾声。

第二天一早，大雨潇潇，无法出去放羊。羊关在圈棚里，丢些备用的青草即可。不要出工，但必须坐在各自的宿舍里读《毛泽东选集》。

穆云天着急了，他得把谜面送给姚紫红呵。他要出门时，与他同室的冯一管问："你去哪里？"

"坐久了，到走廊上活动一下身子。"

他脚步匆匆去了姚紫红的宿舍，敲开门后，径直走了进去。和姚紫红同住一室的，是一位戴眼镜的年过四十叫洪英的女同志，原是文化局政工科的负责人。

洪英警觉地问道："不是安排自学吗？你怎么闲游乱逛到这里来了？"

穆云天说："我写了份心得体会，交姚老师慢慢看。我是阶级敌人吗？我马上就走，你放心。"

他把小纸片交给姚紫红后，什么话也没说，一转身走了。

日子在穆云天、姚紫红的制谜、猜谜中，像梦一样地过去了。三个月来，他们各自留下了对方的一大沓小纸片，那是一个个梦的记录，十分珍贵地藏在各自的行李箱里。

有一天下工后，穆云天和姚紫红发现他们的那一叠小纸片不见了。他们明白，一定是有人向校部告密，怀疑他们在搞什么不正当的活动，所以被"抄家"。那些小纸片上的文字，准是被当作了罪证。看情势，劫难是躲不过了。

他们很快被叫到了校部，分开隔离反省。他们在专案组人员讯问时，虽不在一起，事前并没有商量，回答却是惊人的一致："我们都是无家无室的单身男女，不能恋爱吗？我们连手都没有拉过一下，有什么不正当吗？"

折腾了一段日子，所有罪状都落不到实处，只能说明他们迷恋腐朽的封建文化，用马列主义、毛泽东思想改造灵魂不够，与"反动"二字还沾不上边。最终的处理结果，是把穆云天调出牧羊小队，到种田大队去干更笨重的农活。

穆云天离开牧羊小队时，向大家一一告辞。

冯一管说："你身子瘦弱，多加注意吧。"

姚紫红替穆云天提着一个网兜，满脸惆怅，眼圈发红，大大方方地去送行，送了很长的一段路。

望着他们的背影，洪英鼻子里"哼"了一声，说："瞧这一男一女，好像是生离死别。"

走到没人的地方，姚紫红说："只可惜那些小纸片被没收了。"

穆云天说："我们心里的底稿，能没收吗？"

"哦，我们回去后，凭记忆可以重新抄写出来。"

“对。然后，我们再互换，留一个不老的念想。”

“好。闲寻兄，种田大队的农活累人，你要多多保重。”

“我会的，谢谢昼眠的关心。”

姚紫红忽然停下脚步，目光闪闪，说：“在人们的印象中，我们已是一对恋人，可……我们却不是。我们害怕恋爱、害怕成家，渴望用高雅、古典的梦想，去摆脱世俗的羁绊，能做到吗？很难很难。因为世俗的力量太大了。”

穆云天说：“昼眠，我们何必枉担虚名，结婚吧，以俗情入世，不失为一种选择。清代左宗棠有句名言：‘人不可俗，不可不随俗。’我们可以做得到！”

“好吧。过段日子，我们就登记去，五七干校总不能不让我们结婚吧。再说……我们心中有对方，已经多少年了。”

他们的眼里忽然涌出了泪水。

“昼眠，我们可以做梦，也可以梦醒；有高怀，也有俗情，人奈我何？”

姚紫红点头称“是”，忽然想起《牡丹亭》“惊梦”一折中杜丽娘的念白，便脱口而出：“那生素昧平生，因何到此？”

穆云天在此时，立刻想起了剧中的柳梦梅的对话，连忙念道：“姐姐，咱一片闲情，爱煞你哩！”

……

几个月后，他们向校方递交了申请结婚的报告，经批准后，再去办好了有关手续，领回了大红封皮的结婚证。没有举行什么仪式，没有操办婚宴，只是送了些喜糖给周围的人吃。

姚紫红请同室的洪英吃糖时，洪英冷言冷语地说：“有情人终成眷属，我祝贺你。”

姚紫红笑吟吟地说：“再不成眷属，鬼都怀疑我们有不正当的男女关系。行李箱会被窥视、告密、抄检，岂不冤哉枉也。”

洪英气白了一张脸，大声说：“你说谁？你说谁？”

姚紫红缓缓地说：“我点了你的大名吗？真个是做贼心虚了。”

“你……你，我不能跟你住在一块了！”

“哦，忘记告诉你了，因我们夫妻都在干校，领导说会另外安排你的房子，这儿是我们的新房了！”

洪英气急败坏地冲出了屋子。

姚紫红仰天大笑，笑着笑着，忽地变成了呜呜的哭声……

文华斋轶闻

在二十世纪五十年代，古城湘潭最大最有名气的国营书画店文华斋有几个负责搬运、守仓库、打扫卫生、烧水做饭的勤杂工，周宽海就是此中之一。不过，他的主要职责是接待、陪伴应邀来文华斋写字画画的名流，烧烧水，沏沏茶，陪着聊聊天。因为他年纪大，又与名人素有交道，他知道谁写字作画喜欢用什么类型的宣纸，或生宣或熟宣或净皮或“双合纸”，用什么类型的毛笔和墨；而且熟知他们喜欢喝什么茶，绿茶、红茶、黑茶、黄茶、花茶，他会因人而异，绝不会弄错。这个活计尽管有人眼红，但非他莫属。

一九五三年，文华斋盛情邀请周宽海到店里来供职时，他已经五十有六了。是正式职工指标，用的却是勤杂工的名义。

周宽海生得矮矮瘦瘦，下巴上蓄着一撮短须，高鼻、亮眼，满脸带笑，一身上下干干净净，一抬手一举足，氤氲出稳重而谦和的潜质。新中国成立前他一直供职于古玩店，擅长看玉石、文房用具，尤其对明、清字画眼力独到，无论名头大、小人物的作品，一过眼便知真伪。但他有个怪脾气，决不应聘去当什么大掌柜、二掌柜，他只靠技术吃饭，但东家必须尊重他，否则，他一昂头就会拂袖而去。

新中国成立了，湘潭的不少古玩店都关门大吉，那年月谁还有心情去玩古玩？于是周宽海失业了，年纪大，公家单位不好安置他，幸好他没有儿女，老两口还有些积蓄，聊可度日。没想到文华斋的经理张哲夫三番五次上门请他去“帮衬”，态度极为诚恳，说这是正式职工的指标，但名义上是以“勤杂工”特招，有些委屈先生，请不要介意。

周宽海说：“张经理看得起我，什么名义并不重要。贵店主要经营当代名人字画，我能去干什么？”

张哲夫说：“请兄接待他们！我们决定开拓业务，请他们上门来写字画画，该收藏的收藏，该出售的出售，待人接物没个行家里手不行。马上就要请公孙杵先生来了，谁都知道，他和你最心气相投！”

“好。这个活我还干得了！”

文华斋开在城中最热闹的平政街上，前为门脸后为院。门脸很古雅，店堂很宽敞，四壁挂满了标价出售的当代名人字画，后面是个小套院，前院为办公室、装裱车间、仓库、小餐厅，后院为素净的画室、接待室和作休息用的客房。

几天后，公孙杵被接到了文华斋。

公孙杵，字针度，名与字，是“铁杵磨成针”和“金针度人”两个典故的组合。他比周宽海小了十几岁，面白无须，体量硕大，说话快疾，行走如风。他自称此生有“三健”，即健谈、健步、健饭。所谓健饭，是他爱吃、能吃、讲究吃。

周宽海在店门口迎接公孙杵，说：“针度兄，劳大驾屈尊小店，请！”

“周兄，你客气了。”因周宽海没有字，直呼其名又有违礼数，故称“周兄”。

说说笑笑，他们走进了后院的一间画室。

周宽海说：“针度兄，你喜欢喝红茶，已专备安徽‘祁红’，你喜欢用刚开的水沏茶，我马上就烧水，请稍候。”

“知我者，周兄也。”

两人隔案而坐，待喝过头一遍茶，公孙杵说：“我淘了两幅清代字画，笔墨还不错，只花了些小钱，借周兄法眼一观。”他解开带来的布包袱，从中取出两轴画，慢慢展开在画案上。

第一幅是署名“云樵”的山水画《溪山烟云图》。

“周兄，此画落款只有字号‘云樵’，却无姓名，而清代有此字号者达十五人之多，是谁的手笔呢？”

周宽海扫了一下画面，说：“针度兄，此画应是南京姓潘名涧字云樵的作品。”

“何以见得？”

“此公作画，喜用‘米点山水’，画中山峰用浑圆凝重的横点错落排列，连点成线，以点为皴，干湿兼用，辅以渲染，表现云雾微茫的山林景色。”

“周兄高见。第二幅是清代名臣彭玉麟的纸本《墨梅图》，你看如何？”

周宽海瞟了一眼，说：“是赝品。”

“呵？我看笔墨功夫不错呀。”

“这点不假。但张之洞评价彭玉麟笔下之梅为‘倔强’，有刚正之气，而此画之梅太纤秀、妩丽，应是出自女性画家之手。也许……我看走眼了？”

“不！周兄言之凿凿，是我买了打眼货。”

于是，两人相对一笑。

公孙柞的花鸟、山水都画得不错，人物也画，但不轻易示人。他对自己的作品要求苛刻，即便一画完成，有细部不如意者，即揉成团丢入废纸篓，再启笔重画。

常被请到文华斋写字作画的，本地名人不过十来人，不但供应食宿，而且按字画尺寸当场付款。其他人的作品，采取的是寄卖形式，卖走了再结算。那时名人的画价，水墨画每平尺十到十五元，上色的每平尺二十元，大幅的画和整本的册页，超不过二百元。

公孙柞是湘潭一所工艺美术学院的教授，原本家境就好，加上又有工资又有卖画的收入，故他花钱大方，日子过得很滋润。他不愿在文华斋吃饭，喜欢自个儿掏钱去上馆子，每次去必叫上周宽海作陪，还得邀一邀张哲夫。

张哲夫总是说：“针度兄，我有些杂事缠身，周先生陪你吧。”

“我理解。张经理是领导，怕人说闲话，我就不难为你了。哈哈。”

“谢谢。”

“周兄，今天中午，我们到洞庭春饭馆去吃鱼翅，那里厨师的手艺，绝了！”

公孙柞白天在文华斋作画，晚上也不在这里留宿。一到黄昏，他便如一缕云飘然而去。

待公孙柞走了，周宽海往往要收拾一下画室再下班，扫扫地，洗洗墨砚、色碟，清理废纸篓。他把公孙柞揉成团的废画，小心地在画案上展开、抹平，看了又看，觉得就这样作废，太可惜了。然后，他将画坏的地方裁去，留下可取的部分，不就变成了另一幅画吗？

过些日子，正好得闲了，周宽海会把这几张画带上，去公孙柞家拜访，顺便请他补个题识、铃上印章。周宽海做勤杂工的工资，每月不到四十元，老伴又没有工作，他把这些画找人卖了，可补贴家用。

公孙柞明白老友的难处，每次题过字、铃过印后，都会说：“周兄，你裁剪得法，硬是把我的废画救活了，并能存之于世，谢谢了。”

“针度兄客气了，我得谢谢你哩。”

逢年过节，公孙柞会精心画一张小画，送给周宽海，表示对他在文华斋热心接待的谢意。

还有其他经常来文华斋的书画家，对待周宽海也是这样。

周宽海曾把这事明明白白地告诉了经理张哲夫。张哲夫说："这没有什么不妥，其一，你是从废品中捡出的东西，你不捡，也就丢弃了；其二，这是你们之间的情谊所致，你为他们义务鉴定明、清字画，他们题个款、送张小画，属于礼尚往来，让人羡慕啊。"

一九五七年，公孙柞在学院发言不慎，被戴上了右派分子的帽子。他没有半点悔意，还不断写信向上级申诉，于是被开除了教职。

这一年，周宽海也满了一个花甲，该退休了。张哲夫找他谈话，说他如果还愿意上班，店里可以聘请他，再另外发一份工资。周宽海摇摇头，又摇摇头，说："张兄，凭我与你的交情，我应该再干几年。但是，你为我已招惹了许多议论，我不能再连累你了。此外，针度兄现在没工作了，他历来花费大，又不喜欢存钱，日子怎么过？他素来不与社会打过多的交道，且又傲气，他的画得有人买，我想退了休，好去替他做点儿事。"

张哲夫说："好，这是君子所为。再说文华斋毕竟是个大店子，时有人来求买针度兄的画，而他的画店里虽有，上级指令要封存入库。如有人要买他的画，我让他们来找你，好吗？"

"我代针度兄谢谢你了。"

入冬了，大雪飘飘，朔风怒号，寒气砭骨。

有一天，公孙柞忽然出现在文华斋的店堂里，带来了一大捆用布包着的字画，恳请收购。

文华斋虽以经营当代名人字画为主，古代字画也附带收购和出售。

站柜台的店员，赶忙去办公室报告了经理张哲夫。张哲夫又去请周宽海，看字画他是内行，最好是劝公孙柞不要卖掉这些好东西，因为当时的古字画价格贱得吓人。

周宽海说："他来卖藏品，肯定是等钱用。我去看真假，怎么说话？"

"周兄，人家来了，不收不见肯定会伤老友的心。这样吧，我一张张看字画，你只管点头和摇头，摇头不算点头算，然后由我来说，好不好？"

"行……吧。"

果然都是好字画，除明代的几张外，都是清代的，有三十来张。明代的有唐寅、徐渭、董其昌的，清代的有八大山人、石涛、“扬州八怪”、改琦、费丹旭、吴昌硕、任伯年的。

周宽海先拿过一支鸡毛掸子，为公孙柞拂去头上和衣服上的雪花。

公孙柞快人快语：“二位久违了。我在外地工作的儿子要结婚了，这小子说什么都不缺，我信吗？我得把这些玩意儿换成钱寄去，做爹的不能少这个气势。”

周宽海说：“难为针度兄了。”

于是，张哲夫一张张地看过去，周宽海对凡是可称为精品力作的，都是摇头，点头的也就二十来张。

公孙柞脸红了，急急地说：“周兄，那些都是赝品？”

周宽海认真地点点头。

公孙柞叹了口长气，说：“只能这样了。”

二十张古字画，卖了不到两千元钱。

公孙柞拿了钱和剩下的字画，怅然而去。

张哲夫说：“我虽眼拙，但可确定那些字画皆是真迹，周兄怎么就摇头否定？”

“张兄，都是好东西，我要让它们出不了手。针度兄得留着，那是他的命，一旦失去了，他会悔死了的。”

“可他等钱用啊。”

“我有办法。”

过了几天，周宽海亲自去公孙柞家，把他请到洞庭春饭庄的一个雅间里，点了鱼翅、团鱼、红烧肘子、爆炒肥肠、回锅肉、蟹黄蛋、三鲜汤等菜品，都是公孙柞爱吃的，再要了一瓶“莲花白”酒。

周宽海说：“针度兄，先什么也别说，我们先干三杯，好吗？”

“谢周兄。”

三杯酒干完，周宽海从口袋里掏出一个大红纸包封，鼓鼓囊囊的，说：“公子大婚在即，我这做伯伯的，理当致以贺仪，这是两千元，请收下。”

公孙柞连连推让，最终不得不收下来，然后说：“这礼太重了、太重了。我冒昧问兄，你哪来这么多钱？”

“难道我就没有积蓄？”

“呵，得罪了，得罪了。”

周宽海当然没有这么多积蓄，他是把家中所藏的一些上等玉石，变卖后换成了这些钱。

公孙柞说：“借周兄的酒，我敬你一杯，谢谢你的盛情，干！”

“干！”

“周兄，我那没卖出的十张画，真是赝品吗？”

“是这几位大师的扛鼎之作，绝对不能出手，留着有个念想。钱，总可以想办法的。”

公孙柞的眼圈湿了，说：“周兄，你的心意我明白了。可是日子还长啊，我现在如唐人骆宾王诗所称：‘西陆蝉声唱，南冠客思深。’除了画画，我还能做什么？”

“什么也不要想，话也少跟别人说，就待在家里好好地画画。我出身好，认识的人多，又有退休工资，可以逍遥自在，没人为难我。你的画，我会去悄悄找人销售，请放心。不过我有言在先，我不是掮客，所有画款都要完璧归赵，我分文不取！”

“这……怎么……好？”

“就这样约定了。针度兄，干一杯！”

“干！”

饭庄的院子里，并排立着两株铁干虬枝的老梅，猩红的梅花开得正闹，风雪里飘着带苦味的香气。

三 梅 堂

古城湘潭的雨湖边，排列着一片一片的旧式民居，也就有了一条一条的深巷。在文昌巷的中段，有一个幽静的小院叫辜家院，又名三梅堂。户主姓辜名帆远字碧空，典出唐诗“孤帆远影碧空尽”。他是湘楚大学哲学系的教授，主讲和研究中国哲学史。

无妻室儿女的辜帆远，怎么可以一个人住一个院子呢？因为这是他家的祖业，本人又不是剥削者，在新中国的政令中，这房产不属改造之列。他喜欢一个人形影相吊，独来独往，决不肯招租给他人居住。巷中人家称辜家院为“孤家院”，他偶尔闻说，淡然一笑：“我原本是孤家寡人啊。”

辜家院真的很美，向南而设的黑漆铜环院门一打开，即是一道影壁，但这影壁不是砖砌石叠的，而是一道刷了绿漆的木栅栏，上面爬满了牵牛花的藤蔓叶，红、蓝、白、紫的喇叭状花朵开得又拥挤、又热闹，似可闻吹奏出的脆亮声音。正北房和东、西厢房各有四间，三排平房前各有一株上百年的老梅，铁干虬枝，历尽沧桑，特别是到了冬天，三株梅树各领风骚，分别开着红、白、绿的花朵，故此院名三梅堂。院中还有一个宽大的亭子，亭中备有木桌、圈椅。亭子周围，错落立着高高低低的花凳，上搁一盆盆的玉簪花、海棠花、月月红、兰草、雁来红、菊花……各个节令都有花可看。

侍弄花草，打扫庭院，当然也包括偶尔洗洗衣裳、做做饭菜，辜帆远皆自己料理。

他与巷中人碰见了，谦和地打打招呼，从不去串门，也从不邀请他们到自家来，极有分寸地保持一种亲而不疏、疏而不亲的关系。当然，老朋友除外，比如傅西楼、李云城。

辜帆远很喜欢这个院子，到学校去上完了课，会马上回到这里，如旧鸟思巢。没课的日子，他就在家备课、看书、写文章。家传和自购的累累有近五万册，中文、外文的都有，皆是好书，此中还有不少宋版、明版书，尤为珍贵。他被同道盛赞的著作是《中国哲学史论》，书中的评说老庄哲学的“道法自然”，有独特见地，它将“自然”与“自然界”严格区分，老庄所说的“自然”指的是“无为”与“真”，与之相对的是“人为”与“伪”；他称所谓“极高明而道中庸”，即平日庸行庸德与常人酷似，但心襟豁朗、洒脱，境界弥高，虽道中庸而有极高明的一面。

在心静意闲时，他总会想起年轻时的恋人江一苇，美而不艳，多才而内秀，曾在湘楚大学外语系教法语。他们恋爱时，江一苇可以一边读他艰深的哲学论文，一边顺捷地用法语译出并朗读，令他佩服不已。待到可以谈婚论嫁时，江一苇因到湘江游泳不幸溺亡。从此，江一苇就永恒地定格在他的心中，无人可以取代她，而且觉得江一苇还好好地活在人世。有人劝他：“如果你们结婚了，她故去而你不再娶，犹可理解。可你们只是恋过爱，何必执着若此！”他坦然地说：“恋爱是一个过程，恋爱的结局或结婚或不结婚，不过是恋爱全过程中的一个阶段；恋爱的对象，应是恋爱者精神与感情的创造物，是高尚、纯洁而不可随意移换的，因此我不能移情别恋。”

江一苇生前很欣赏他整洁、文雅、彬彬有礼的绅士风度，因此直至如今，他的西式头绝对一丝不苟，西装、衬衣、领带、皮鞋仍是一尘不染。连手指甲也是勤剪，剪好后必用小锉刀磨光，似怕不经意间划伤了对方的细肤。

每到大雪纷飞、梅花绽放时，他会把傅西楼、李云城请到院里来赏梅，然后打电话让饭馆送来几道好菜。在四壁书画的餐厅里，三只酒杯斟满了本地有名的“莲花白”酒。

辜帆远说：“今天是一苇的生日，我专门给她留了一个座位，摆上碗、筷、杯。我烦请二位来为她贺寿。”

傅西楼说：“我们很荣幸！”

李云城说：“你能这样记挂一苇，她是幸福的。”

“来，我们先敬一苇一杯，她就喜欢这份热闹。他知道我有好友相伴，一定很高兴。干！”

“干！”

“干！”

……

他们三个人，年纪不相上下，职业虽异，但心性相同：好读书，腹笥丰厚；在专业上各有精进，自成格局；又都有业余爱好，喜吟诗词，爱好收藏。但他们对世事领悟通透，工作认真决不张扬，与人相处谦和低抑，而且在单位尽量做到语不及政治、人事和家长里短，让人无隙可乘。因此，他们在漫长的岁月里，可说是有惊无险。

傅西楼，字雁回，名和字出自宋词里的“雁字回首，月满西楼”。他长得高高瘦瘦，说话语速快，性子也直。他在三湘美术出版社当编辑，连环图和大写意人物画都画得很出色。他的衣服、裤子上，永恒地沾着斑斑点点的颜色和墨迹，脏乎乎的，也从不在意，什么地方都敢去，潇洒如魏晋人物。

业余，傅西楼喜欢收藏古印和封泥，每个藏品用小匣装好，竟有三百余匣，小匣又分放在几个樟木箱中。古印当然珍贵，但封泥则为稀罕之物。在纸张面世之前的春秋战国、秦、西汉，封缄公文、书信，在竹简、木简外再加一个刻有横槽的木检（封泥盒），用绳索将木检捆扎起来，于横槽内捺上一块湿泥，将绳结盖住，再用玺印压出印文；或在装简牍的囊口上，用绳扎住而加印封缄，以免被私拆。这片有印文的泥块，名叫封泥，又叫抑埴。

李云城，字大荒，名和字亦有出处，古诗中就有“城上高云接大荒”一句。他个子矮胖，脸上肉嘟嘟的，鼻梁上架一副宽玳瑁边近视眼镜，走路慢吞吞的，手势轻悄也没有大幅度的动作。他自称因供职于文物局所辖的艺术研究所，干的是鉴定古画的工作，不轻手轻脚不行。业余喜欢收藏字画，见了好东西，不惜大把地花钱，有时把一个月的工资都花光。

李云城悟性很好，又见多识广，如果稍下力气习字习画，一定会有造化。但他严守古训“鉴者不写，写者不鉴”，操练的是眼力和学养。

傅西楼、李云城常在星期天上午，来辜家院做客。或在辜帆远的书房，或在院中的亭子里，喝茶聊天。红泥火炉、紫陶茶壶、白瓷盖碗，氤氲出很古典的氛围。谈读书、谈字画、谈古印与封泥，趣味良多。

辜帆远说：“雁回、大荒二兄，我祖上将此院取名为三梅堂，院里有三棵梅树，亭中恰有好友三人！”

傅西楼说：“碧空兄，我不敢忝列此中。”

李云城也说：“抬举我了。”

到中午时，辜帆远或在自家做几个拿手好菜，或请他们去下馆子，好好地喝一场酒。然后，揖手而别。

有一次喝到微醺时，辜帆远说：“有酒不能无诗，我们来联句吧，每人两句，我来开头、结尾。请听：寂寞文昌巷，水云近雨湖。”

傅西楼接句快捷：“休言孤家院，梅影月下疏。”

李云城吟道：“三友辜傅李，千言茶酒书。”

辜帆远说：“你再吟两句，傅兄接你，我好收尾。”

于是，李云城又吟：“字画香如故，封泥贵似珠。”

傅西楼一昂首，接了下去：“登高防落帽，从容赋归图。”

辜帆远说：“迎风落帽是古典中的雅事，你另有新意，好。我收尾两句是：相知如我辈，到老不嗟吁！”

傅西楼说：“好！这首五言古风十二句，我回去后要抄在日记里。”

“此诗的题旨，是表述我们对中国传统文化的挚爱，明心见性！”李云城显得有些激动。

日子疾如流水，转眼到了一九六五年，他们都是五十五岁上下的人了，明明白白地进入了老境。

一个初夏日的上午十时，傅西楼、李云城结伴来到辜家院门口。因先有电话预约，不用敲门，门便小心地打开，辜帆远一直在门后候着哩。客人进门后，他马上把门关了。

三人走进亭子里，坐下来，香茶早已备好，放在桌子上。

李云城说：“几日前我购到当代大画家黄宾虹的一幅山水画《枯木竹石图》，请二位看看。公家的那个书画店店主，说顾客日渐稀少，所以价格便宜。”

傅西楼说：“一个熟人出让我十片封泥，我也带来了，让你们掌掌眼，看成色如何。”

辜帆远小声说：“我该祝贺你们。”

傅西楼把封泥摆在石桌上。

孤帆远说：“请大荒兄先过眼，这玩意儿我不内行。”

李云城从口袋里掏出放大镜，先是细看封泥正反两面，再把封泥放到鼻尖去嗅，然后说：“雁回兄，你买了打眼货。”

“不可能，不可能！这个熟人是多年收藏这玩意儿的，他陆续出让藏品，是因为单位领导老找他谈话，说他玩物丧志。”

“他收进时就不是真懂，你一见是圈内人，也没有认真看。”

“请大荒兄示教。”

“雁回兄，这是百分之百的伪作！它是先用仿雕的古印钤在湿泥巴上，再用火去烧烤泥巴，然后埋在撒了一层石灰与铜绿的土坑里以去火气，每隔一段日子往坑上浇尿，一年后再出坑晾晒，故细闻有淡淡的尿臊气，此其一。其二，仿雕的印文，远不如原印古拙；其三，从封泥背面看，没有留下绳结痕和板痕。以此三条去鉴定封泥真假，绝对错不了！”

傅西楼心服口服，长叹一声：“半个月工资丢了！”

李云城说：“我的话给你添堵了，对不起。不过，你有稿费，怕什么。”

傅西楼说：“你让我长了见识，这个钱花得值。”

李云城看过封泥，忙将带来的一轴画徐徐展开，请辜帆远、傅西楼欣赏。

傅西楼扫了几眼说：“大荒兄，这张《枯木竹石图》，是真的。”

“何以见得？”

“因为树下石旁那几个苔点，只有黄宾虹用的是渍墨法，一个苔点点下去，总是淹润不干，待洇开后，中间出现一个黑心，效果非常好。”

“对，此方家之语。碧空兄，你看呢？”

辜帆远说：“黄宾虹主张看画主要看气色，近看笔墨灵活，远观气韵生动。我家也有几幅他的山水作品，与此画气色是基本相同的。”

李云城说：“你说得太好了。今中午必须由我在饭馆请客，因为我得了真品！”

辜帆远说：“还是别在那些地方抛头露面，寒舍食材、菜料皆已备好，让我下厨小试锋芒，如何？”

李云城说：“你想得很周到，多谢提醒。”

傅西楼说：“我们社的政治学习多起来了，我做到：不迟到、不溜号、少说话。”

辜帆远说：“对。这不是只为了保护自己，我们也是一个文化载体，所以说是保护文化。”

一年过去了。

一九六六年初夏，“文革”拉开了序幕。“造反有理”的口号声，随处皆可听到，如怒浪拍天，气势夺人。工人、农民在各自的单位和地区闹腾，学生则停课走出校门，在社会上纵横驰骋。小学生成了红小兵，中学生和大学生叫红卫兵，在“破四旧”的呼喊声中，开始对“地（主）、富（农）、反（革命）、坏（分子）、右（派）”，及一些所谓的反动学术权威、走资本主义道路的当权派，进行揪斗、游街和抄家。

辜帆远自谓不是此中人物，但他毕竟还是有些名声的大学教授，又出身不好，一旦被抄家，那些古版、珍版书立即会被付之一炬，化作一堆灰烬，那才是令人痛心疾首的事。他吃不下、睡不安，日夜苦思冥想，终于眼前一亮，好像有了点眉目。他打电话约傅西楼、李云城来商量，时间是子夜，并说院门是虚掩的，不必敲门，推开悄然而入即可；他在门后等候，会很快把门关上闩牢。

那个夜晚很热很闷，在子夜时催下了一场暴雨，哗哗哗地响得天惊地颤。

傅西楼和李云城，各撑一把油纸伞，湿着半边身子，走进了辜家院。辜帆远关门、闩门的声音很轻，他说："真应了古人的一句诗：'最难风雨故人来。'请到我的书房去吧。"

待二人在书房坐下，喝过一杯茶后，辜帆远说："我请二位来，有重要的事禀告。"

"出什么事了，接兄电话，吓了我一跳。"

"是呀，快说。"

辜帆远问："你们不担心红卫兵抄家？"

"我的字画，有元、明、清的多幅，是一生的积累，怎不担惊受怕？贵校考古系的红卫兵，已进驻文物局，闹得正凶。还有前来军管的解放军战士，他们的任务是保护博物馆。"

"我的古印、封泥——特别是春秋战国、秦、西汉的封泥，若被无知者毁去，则如历史被撕去几页，罪不可赦。"

"我找你们来，就为这件事。幻想红卫兵不来抄家，难！看这架势，我们祸不可避。等他们来抄家了，再想办法，那更是愚蠢之举。"

傅西楼说："我们可把藏品运往乡下的亲戚家去，请他们保管。"

"对呀。"李云城说。

辜帆远摇了摇头，说："假若运送时被人发现了呢？还得罪加一等。假若在乡下保管不善呢？更让人痛惜。"

"怎么办？"

"你是不是有好法子了？"

辜帆远说："被动不如主动，我们请他们来抄家。大荒兄是文物局的，由你去和进驻贵局的红卫兵小将以及军代表联系，说明这些文物的价值，请他们把这些‘四旧’的玩意儿拿走，封存到博物馆的仓库里去，以便随时拿出来作批判之用。”

“就这么拱手相送？”傅西楼说。

“我怎么舍得呵！”李云城长叹一声。

“与其被毁，不如还让它们留在人世，你们想想可有道理？这种主动，叫‘自我革命’，一定会得到他们的支持。不过，我们要开好清单，一式两份，一份给他们，一份自留，双方都签个字。”

傅西楼突然一拍大腿，说：“我理解兄的意思了，好！”

李云城说：“一旦世道清平，落实政策，我们便可以出示清单，按图索骥。”

“对！”

快天亮时，风停雨住。

傅西楼、李云城揖别辜帆远，悄无声息地走了。

三天后的下午，辜家院来了十几个红卫兵和一个军人。他们对辜帆远很客气，表扬他对“文革”态度积极，对红卫兵小将的革命行动大力支持，是真正转变了臭知识分子的顽固立场。

一个红卫兵的小头目，问：“辜老师，你要交出的书呢？”

“我都用大纸箱装好了，分放在几个书房里。每个纸箱编了号，标明了内装书的册数。”

“你做得很好。”

“这是一式两份的清单，请你代表文物局签个字，表示我的书已经交出去了。”

“行。两台大卡车停在巷子外面，我们会把书扛去。你年纪大了，不必费力了。”

“谢谢。”

傅西楼、李云城也享受到了同等待遇。

他们的书籍、字画、古印、封泥全部入了库，并贴上了封条。

辜帆远的心真正落下来了，在这些纸箱中，有一箱法文原版精装书，是女友江一苇生前寄放在他这里的，它们可以安然无恙地度过这一场毁灭文化的劫难了。

隔了些日子，三个人又在辜家院相聚。

上午十点钟的时候，他们已坐在餐桌边了。因为辜帆远早就把菜烹制好了，并摆上了桌。一瓶存了十年的茅台酒，分别倒在三只大玻璃杯里。

仿佛早就约好，傅西楼、李云城反客为主，端起酒杯站了起来，说："我们先敬碧空兄！"

辜帆远连忙站起来，问："这是为什么？"

傅西楼说："谢谢你的锦囊妙计，让这些好东西不受伤害。"

李云城说："你有哲学家的头脑，你比我们看世事明晰，你是人不可俗、不可不随俗的表率！"

"你们言重了。干一大口吧！"

"好！我们各干一大口！"

窗外，梅树的枝叶间，传来清亮的蝉鸣声：知——了，知——了……

四郎探母

潇湘京剧院院长楚汉生，这些日子愁得眉毛都打了结。不是演出剧目跟不上市场，不是票房收入少，不是部下对他有什么非议，相反，一切都顺顺畅畅，好得让他睡不着觉。可有两个当红演员——女老生铁小秋、男旦丁文春，怎么就不能男欢女爱喜结连理呢？两个人都分别有意无意地向他表示，不想在这里唱戏了。院里当然还有其他的名角，但女老生、男旦毕竟稀罕，而且一个是余（叔岩）派老生，一个是张（君秋）派花旦，功底扎实，技艺精纯，又特别得人缘，铁杆粉丝无不闻风而至。

楚汉生岂能让他们轻易甩袖而去？

丁文春三十二岁，铁小秋只比他小一岁，按现在的说法，都属于剩男剩女。他们原本供职于外省的两个京剧团，因在表演上广受关注，与京剧界的其他青年才俊一道，被选送到北京戏曲学院的研究生班深造。毕业时，楚汉生进京招聘演员，通过老朋友的荐介，相中了丁文春和铁小秋。楚汉生至今还记得他们初次见面的情景，他为他的机智、果断而得意。

他首先热情地介绍湘潭人如何对京剧痴迷，光票友团体就达上百个，大街小巷一不留神就会听到有人叫板起唱；说到潇湘京剧院的历史渊源，以及文化局各界领导对剧院的关爱；再亮出对他们的优厚条件，而且是领导特批的，一人给一套房子，只收一半款项，其余的由院里付。然后他又说：“两位还有什么要求？尽管提！”

正是初秋，铁小秋穿着白底绣红芙蓉花的短袖旗袍，瓜子脸上化淡妆，足蹬红高跟皮凉鞋，上下都俏丽，却攻的是老生行当。而丁文春身材略显粗实，但眉眼俊俏，穿着半旧不新的西装，抬手举足之间没有半丝女儿之气。

铁小秋细眉一挑，含笑转脸问丁文春：“师哥，你呢？”

丁文春说："楚院长实诚、爽快，我愿意来。小秋，你呢？"

"师哥来，我也——来。"铁小秋的眼波里，含情脉脉。

丁文春低声说："楚院长，我和小秋的房子隔得远吗？"

楚汉生微微一笑，说："保证都在一个社区一幢楼一个单元！"

一眨眼，三年过去了。

潇湘京剧院因有铁小秋、丁文春的加盟，越来越红火了，不但在本地、本省很叫座，而且常应邀到外省的大城市演出，观者如潮。在本市评定的"德艺双馨十大青年文艺杰出人物"中，铁小秋、丁文春双双入选。

在他们同台演出的剧目中，不管谁主角谁配角，既各领风骚，又互相帮衬，全剧演得风生水起，喝彩声不绝于耳。《玉堂春》中，丁文春饰苏三，铁小秋饰王金龙；《武家坡》中，铁小秋饰薛平贵，丁文春饰王宝钏；《游龙戏凤》中，铁小秋饰正德皇帝，丁文春饰李凤姐……可在平时的生活中，他们却黏不到一块儿，彬彬有礼却各行其是，各有各的主见，谁也不肯将就谁。虽住在同一幢楼同一个单元，不过是楼上楼下之隔，竟没有两心相许。

社区里有一个不错的食堂，他们都是单身，自然可图简便到那里去用餐。铁小秋却爱去下馆子，哪个馆子有名肴名馔，她就往哪里去。

"文春，我做东，去香竹园吃油烹竹虫。"

"谢谢。太费时间，我到食堂去吃，你也去食堂尝尝吧。"

"不去！拜拜。"

铁小秋人长得漂亮，且特别注重服饰的时尚、新奇，衣、裙、裤、鞋都很讲究。没戏的时候，她热情邀请丁文春陪同去逛商场、商店。

"文春，陪我去吧。你也太不讲究衣着了，让我帮你参谋参谋，置办一套合适的西装？"

"没这个心思，对不起。我得上书店去，看有什么合适的书没有。"

"好嘞，俗人不扰雅人的兴。我——走啦。"

铁小秋说"走"字时故意拖音，还回头望了他一眼。丁文春依旧不动心，她昂首一笑，甩一甩精致的手提包，咚咚咚地走了。

楚汉生断断续续听他们和别人说起这些事，急得直搓手。当初两人都愿意来湘潭，应该是彼此都有好感，方能结伴而行。真正长期厮守在一起，各有各的性情和爱好，自尊得近乎固执，不分开才是怪事。他有责任把他们捏拢，要让他们感到谁也离不开谁，而且还要让他们看不出是他的着意调度与安排。

楚汉生常自比是《刘备招亲》中的乔玄乔阁老，千方百计要把这两人的姻缘撮合。老伴也是个热心人，干的是后台的“检箱”。她说：“没事时，邀他们来家里吃饭，我的手艺还不错，你打下手，让他们在客厅里单独说说话。”

“好。”

楚汉生儿子一家都在外地，家里就两个老人，加上铁小秋和丁文春，又热闹又亲和。二老知道两个年轻人的口味，都会仔细地照顾到。

“小秋，这是你喜欢吃的油烹竹虫和干炸鲜虾。文春，这是你喜欢吃的汽锅肉丸、白菜豆腐汤。”

“谢谢。”

“谢谢。”

楚汉生说：“谢什么呀，把名角都请来了，我们多有面子。”

铁小秋、丁文春坐不住了，这话里有话，该有什么地方不检点，摆名角架子了？

楚汉生一笑，说：“你们多心了是不是？你们啥都好呵。社区的人见过我儿子、儿媳的少，老问我是不是小两口调回湘潭了，常回家看望老人，孝道。”

“二老就是我们的爹妈哩。”

“我们就滥竽充数吧，但愿你们结秦晋之好，我们又多了一个儿子一个儿媳，真是幸事，大幸事！”

铁小秋、丁文春的脸顿时红了。

有一天，楚汉生对丁文春说：“小秋是个爱美的女孩子，喜欢美衣饰你应该理解。你喜欢读书，可以影响她呵。比如论析郝派艺术的书，你买来送给她，行不行？”

“应该。”

几天后，丁文春在一家旧书店寻到一本《余叔岩表演艺术》，是一九九〇年中国戏剧出版社出版的。当他犹犹豫豫递给铁小秋时，铁小秋双眼一亮，说：“这本书我想了多少年了，师哥，你怎么记起了这件事？”

“我哪里记得。”

“楚院长告诉了你西装的尺码，说你托我买咖啡色的，我看……还是红色的好，配上白衬衫、黑领带，精神！你不喜欢逛商店，我去。”

“麻烦了。”说完，丁文春愣住了，楚院长是问过他的西装尺码，可他并没托楚院长传话给小秋代买西装呵。他随即说："小秋，我也跟着去学点见识。"

"不必，你的时间金贵！"

一句话，呛得丁文春手足无措。

这两个人哪，真是钉子碰上了铁，谁也不让谁。

楚汉生在院务会议上，忽然提出要上演老剧目《四郎探母》，丁文春饰杨延辉，铁小秋饰铁镜公主。

剧情是：杨四郎杨延辉在宋、辽金沙滩一战中，被辽军掳去，改名木易，被萧太后招为驸马，与铁镜公主结婚。十五年后，四郎闻六郎挂帅领兵前来，老母佘太君也随军押运粮草，不觉思亲心切。但两国战事紧张，四郎无计过关见母，十分愁闷。公主问明隐情，帮他盗取令箭，使他趁黑夜混出关去，而后与家人相见，再洒泪而别。

此戏最精彩的是《坐宫》一折中的对口"快板"，饰杨延辉的老生与饰铁镜公主的旦角可说是平分秋色，在行腔上，字头齐字尾互相咬着唱，行话叫"对啃"。何况这次演出是女老生和男旦同台，铁小秋是余派传人，余派唱对口"快板"如行云流水，很少有坐尺寸（放慢速度）的时候；而张派旦角旋律要复杂一些，又必须跟上生角的速度，唱快了给人紧赶急行的感觉，唱慢了又显得困窘拖拉。一般来说，宽容的生角在对唱"快板"时，一段结束了，会有意将速度放慢一下，让旦角容易接上，但那是因为旦角事前谦虚地跟生角打了招呼，请其关照。

丁文春会向铁小秋打招呼吗？不会！

那么，铁小秋会主动关照丁文春吗？也不会！

操琴的大老李，私下里很担忧，对楚汉生说："您去调和调和吧，'对啃'别出什么差错，弄得一方不愉快，就糟了。"

楚汉生说："让他们使劲儿'啃'，说不定越'啃'越亲密。他们都是名角，能应付——这个场面，戏迷要看的就是这一出！"

果然，海报一贴出去，轰动了湘潭城，票一下子就抢光了。

秋风飒飒，华灯初上，观众早早地入了场，静候在座位上。

幕布徐徐拉开，音乐声中，铁小秋扮演的杨延辉上场了，亮相、引子、自报家门，叫"好"声便纷沓而至。接着是那段脍炙人口的"杨延辉坐宫院自思自叹"，正宗的余派唱法，听得观众如醉如痴，掌声炸场。接着，是丁文春扮演的铁镜公主，先幕后"搭架子"，爽脆一声京白："丫鬟，带路啊！”再登场亮相，唱四句“摇板”，唱得圆活大方，一团喜气，立刻赢得满堂喝彩声。

女老生儒雅、庄重，充满男儿的英雄气象；而男旦眉眼清丽，顾盼生姿，无一毫须眉做派。

站在侧幕边的楚汉生，虽脸色平和，却是提心吊胆。他知道这是背水一战，戏中夫妇的情深意长可引发演员的奇妙回应，把那一份自矜破掉，真正变得声气相通。或许呢，不欢而散，各走一方。

台上一个高潮接一个高潮，杨延辉表世家，“导板”“原板”再转快板。铁小秋唱得真好，立音峻峭，擞音潇洒，遏云绕梁，推波助澜，妙不可言。

大老李的京胡拉得荡气回肠，洋洋自得。他不必为丁文春担心了，这小伙子的脑子好使。早几天，丁文春和他倾心交谈了一次，因为对口“快板”唱的是情绪，应在语调上下功夫，就不必在旋律上玩花样了，可以把行腔简化；再在运气上多琢磨，什么地方偷气，什么地方缓气，什么地方加重音量，什么地方悠着点，都要紧贴唱词的语气变化。大老李连连点头。他们又试拉试唱一遍，果然效果极好。

“您别告诉小秋。”

“为什么？”

“我们不是‘对啃’吗？观众盯的就是这个！”

“呵……好。”

台上的杨延辉再“叫板”：“公主啊！”场面起“闪锤”，因为“叫板”的语调里有尺寸，“闪锤”是顺着这个尺寸走的，速度立刻催上去了。

杨延辉（唱）：我和你夫妻恩爱不浅，
贤公主又何必礼仪太谦，
杨延辉有一日愁眉得展，
誓不忘贤公主恩重如山。
铁镜公主（唱）：说什么夫妻恩爱不浅，
我与你配夫妻千里姻缘。
为什么终日里愁眉不展，
你有什么心腹事只管明言。
杨延辉（唱）：非是我这几日愁眉不展，
有一桩心腹事不敢明言。

萧天佐摆天门两国交战，
老娘亲押粮草来到北番。
我有心去宋营见母一面，
怎奈我身在番不能出关。
铁镜公主（唱）：你那里休得要巧言舌辩，
你要见高堂母我不阻拦。
杨延辉（唱）：公主虽然不阻拦，
无有令箭怎能过关？
铁镜公主（唱）：有心赐你金批箭，
怕你一去就不回还。
杨延辉（唱）：公主赐我金批箭，
见母一面我即刻还。
铁镜公主（唱）：宋营离此路途远，
一夜之间你怎能回还？
杨延辉（唱）：宋营虽然路途远，
快马加鞭一夜还。
铁镜公主（唱）：适才叫咱盟誓愿，
你对苍天表一番。
杨延辉（唱）：公主叫我盟誓愿，
双膝跪在地平川，
我若探母不回转……
铁镜公主（白）：怎么样？
杨延辉（白）：罢！
（唱）：黄沙盖脸尸骨不全。
铁镜公主（白）：言重了！
（唱）一见驸马盟誓愿，
咱家才把心放宽。
你到后宫乔改扮，
盗来令箭也好出关。
杨延辉（唱）：一见公主盗令箭，
不由本宫喜心间。

扭转头来叫小番，

备爷的千里战马扣连环，

驸马爷过关。

这一大段对口“快板”，全场静如远古，观众都屏住了呼吸，谁也不鼓掌不叫“好”，生怕漏听了哪一个细微处。直到它完结，观众齐刷刷站了起来，拼命地鼓掌尽情地叫“好”，到底是名角，绝了！

楚汉生一直站在侧幕边，这两个小家伙的“对啃”，让他吓出了一身冷汗。铁小秋唱的速度比他预想的还要快，简直是间不容发；丁文春岂肯低她一头，紧贴快赶，咬字准，发音清，气口巧，板槽稳，完美得无可挑剔。大老李的京胡也拉得太好了，堪称炉火纯青！

大老李脸上笑得很灿烂。

楚汉生朝大老李竖起了大拇指，再双手抱拳表示谢意。

楚汉生悬着的心，真正落下来了。这戏不但得到了观众的激赏，而且台上的两个小家伙，真正地进入了他们平日里彼此渴望却又故意排斥的情境，他从唱词唱腔中听出了他们的互为钦服和亲近，台上是戏，心意却真，借戏中人物把衷曲表达得痛快淋漓。“这出戏，我安排得太对了。”他不由得在心底暗暗对自己赞叹不已。

《四郎探母》全剧演完，已是晚上十点钟了。

后台很忙碌。楚汉生目光四处扫射，看老伴及另外几个人“检箱”——收拾衣、衫、袍、裙、盔、甲及其他道具，看演员们嬉笑着卸妆，看后勤人员打扫舞台、后台……但他的目光，时不时地瞄着铁小秋和丁文春，“戏”还没完呢，且看他们有什么语言、行动。

卸罢妆的铁小秋，穿上了高领、长袖、紫色金花的旗袍，灿然一个娇弱女子。

丁文春则是红西装上衣，笔挺黑裤，白衬衫，黑领带，分明是一个阳刚气十足的男儿。

铁小秋主动走到丁文春面前，说：“师哥，你今晚的表演不俗。请原谅我的唐突！”

“不。有小秋的引领，我才步步紧跟。我听过唱片，你与余叔岩老先生声腔毕肖。”

“过奖，过奖。我们——不吃院里安排的夜宵了？”

“不吃了，任君安排。”

“这就好。我们上城东的得意楼，去吃‘脑髓卷’？白糖、猪油为馅，为湘潭的传统小吃。再请教你怎样简化旋律，怎么运气、换气。行吗？”

“行。我还要请教你怎么暗里加速，把唱腔处理得快而从容的法子。”

“那就走？”

“走，您在前，我随后。”

大老李见二人要单独行动，欲上前阻拦，楚汉生一把拉住他，低声说：“您由着他们吧，别搅了局。要谈伴奏，明儿白天有的是时间。”

大老李笑了，说：“还是院长明察秋毫。他们成了？”

“成了！”

“什么时候办喜事呢？”

“我着什么急！他们水到渠成了，得找我，单位总得张罗一下吧。”

“呵呀呀，我真是杞人忧天。”

楚汉生仰天打了几个哈哈，然后大声说：“大伙今晚辛苦了，每人的夜宵——双份！”

失 空 斩

古城湘潭痴迷京剧的人太多了，很多企事业单位、街道、社区，都有自动组合的票友团体，得闲了便不召而至，在锣鼓京胡声中，可劲唱几段，过过戏瘾。还有好些个自立门户的票友剧团，不但有“名票”，而且戏服、行头齐整，又有文场、武场的乐队，可以作古正经地排出剧目，然后临时租剧场义务演出一场两场，很让人羡慕。

行家认为，只有化了妆穿上戏服，到舞台上去唱、做、念、打，才算是真正唱戏。

湘潭最著名的票友京剧团叫吉顺京剧团，隶属于私营企业家协会，所有演职人员来自私企的老板和他们的员工。出资最多的是步青云，同时他又是专攻谭派老生的“名票”，故团长的这把交椅非他莫属。

步青云正当盛年，但已拥有本市最大的几家连锁百货超市，还在省会长沙和临近的几个城市获得市场的相当份额，年销售总额已过五亿元人民币。

他很有钱，是地地道道的大款，德行也不错，常为一些公益事业进行慷慨捐助。他很看重吉顺京剧团，逢年过节到市委、市政府的大礼堂慰问演出，或者租下剧场为广大市民义演，赢得了很好的口碑。他很有管理才能，各大商场的经理都是他精心挑选的能人，皆能独当一面。作为董事长的他，完全可以举重若轻，乐得逍遥自在，把很多的精力放在学戏上。他拜的老师是本市潇湘京剧院院长楚汉生，一晃就是十几年，专攻谭派老生。楚汉生出名很早，又与北京的谭门后裔来往密切，是名正言顺的文武老生，会唱的谭派戏多矣。

步青云在乡间有一个很大的庭院，一年四季花事不断。房子也很多，专门设有练功房、排练厅（厅很大，设有舞台，可作演出之用），备有戏服、行头、道具。还有一个专为他拉琴的琴师张四，原是退休的梨园中人，什么时候想唱了，随叫随到。

这日子过得真是舒坦。

又到了“双休日”的星期天上午，九点钟一分不差，步青云派车接来的楚汉生，已经走进了排练厅。早已迎候在门口的步青云拱手相迎，说：“楚老师，辛苦了。”

“应该，应该。”

楚汉生坐下，喝过茶，便开始讲《失空斩》。

“《失街亭》《空城计》《斩马谡》，诸葛亮的戏分重。青云，你的嗓音有点窄，但有微型扩音器护驾，唱……不会有大问题。但神情与做，就得下功夫了。”

“是。老师。”

“比如《失街亭》中，诸葛亮在探子‘三报’中的表演，十分重要。诸葛亮看地图的焦灼，调遣赵云的紧张，探子‘一报’后的镇定与‘二报’后的悔恨，要层次分明，有声有色。当探子‘三报’：‘司马大兵离西城不远！’诸葛亮半立半坐地斜着身子指探子喊声：‘再探！’目光要锐利，脸上肌肉的伸缩为的是表现心头的焦急，这才能让观众叫‘好’。”

楚汉生边说边示范，声情并茂。

“好！”步青云激动得手舞足蹈。

很快就到了正午。

“老师。不能再让您肚子里唱空城计了，该去餐厅吃饭了，家厨今儿定有出色的表现。”

“好的。”

“哦。老师，听说你们在排新戏《将相和》？”

“对。”

“我赞助十万。好吗？”

“怎么又想起赞助了？”

“你们要进省城去参加大赛了，服饰、行头得添置，我该出点微力。”

“那就谢谢了。”

“老师，您见外了，跟学生还客气什么！”

步青云四十岁的生日快到了。“男进女满”，其实是满三十九进四十。亲友都主张他大摆寿宴，好好地热闹一番。他说：“不。光吃吃喝喝的，有什么意思？我想在家里搞个堂会，吃过晚宴后，演《失空斩》，我主演诸葛亮，配角呢，全请名角。来吃饭、看戏的，除家人之外，只请企业界的头面人物。”

大家说：“这才是风雅之举。”

楚汉生忽然接到电话，说请他到城中最有名的洞庭春酒楼赴宴。还说他最要好的朋友蒋子辰也会从长沙接来聚会。蒋子辰是省城一家京剧院的院长，是唱花脸的名角。

华灯初上。在一间雅座，大圆桌上菜品豪奢，主客尽情飞觞。除楚汉生、蒋子辰外，还有步青云的琴师张四，其余的都是企业界的大款。

个子不高的步青云站起来举杯敬酒，笑眯眯地说：“我的生日快到了，想办个堂会讨个欢喜，特向各位请教，演什么剧目为好？”说完他一口干尽杯中酒，从容地坐下。

张四摸摸下巴上的胡子，似乎思索了好一阵，才缓缓说：“青云拿手的是《失空斩》，饰诸葛亮一角最有心得，何况他又是楚老板的弟子，有能人掌舵哩。”

大家都说这剧目选得好。有人说：“青云对楚院长最是尊重，早些日子又为新戏赞助十万，出手大方。楚院长，是吧？”

楚汉生说：“一点不假。”

张四说：“楚老板，我敬您一杯，名师出高徒呵。青云担纲《失空斩》，假如您能捧场，合作演个王平，那就更得彩了。”

大家的目光一齐投向楚汉生。步青云一言不发，只是微笑着望着老师。

楚汉生一下子愣住了，立马又悟出了此中的奥妙，这个局是步青云精心设置的。尽管步青云是他的学生，且侍师恭谦有礼，但学生先天条件一般，嗓音窄不说，台步、身段到底缺乏扎实的幼功，玩玩票可以，反正不是专业演员。他可以教戏，但要登台为学生当配角，就有些胡闹了，不是师道尊严放不下架子，而是把戏糟践了，对不起梨园这个行当。但他不能说出口，步青云对京剧事业多有支持，他不能扫学生的脸。

楚汉生笑了几声，说：“我演王平，好说。”他把脸忽地转向蒋子辰，说：“我的师哥是架子花脸中的大腕，您如果来演马谡，那说是锦上添花了。”

楚汉生是巧妙地“以退为进”，只要蒋子辰不答应，他也就万事大吉了。

张四眨眨眼，赶忙接过话头：“蒋老板，早几天我陪青云去长沙专程拜府，您的热情接待，我们十分感激哩。您上次说到换幕布、侧幕的事，青云正在办，放心。楚老板希望您饰马谡，要不，他就打退堂鼓了。”

张四真会说话，这是一箭双雕哇。

蒋子辰端杯喝下一大口酒，爽快地说：“我应了。其他演员呢？乐队呢？”

到这时候，步青云才谦和地对楚汉生说：“老师，饰赵云、马岱的角儿，还有龙套和乐队，请你的京剧院安排，好吗？该多少费用，都由我照付。”

楚汉生这才知道步青云的“套”编得很结实很周全，他不能不钻。于是，扬扬手，很大度地说：“行！”

步青云再一次站起来，说：“谢谢两位老师的抬举，我先干为敬！”

一转眼就立冬了。而步青云的寿诞也翩然而至。步家庭院的里里外外，张灯结彩，笑语纷沓。隆重的晚宴过后，大家都去了早已摆好座位的小剧场（即排练厅）。正前方的舞台虽不大，但很豪华，红绒金边大幕上，贴着一个很大的金纸“寿”字。除步府的客人之外，所请的企业界朋友也不多，但报社、电视台记者倒来了不少。

张四管理着场务，额头上的汗珠闪闪发亮。

锣鼓声、京胡声蓦地响起来。

楚汉生在心里浩叹一声：“我们这些角儿真丢分，好在台上台下都明白是怎么一回事，管他主角是谁，我们得演出水平，别让人把京剧小瞧了。”

《失空斩》的第一场《失街亭》，四将起霸，台下所有人的眼睛都瞪大了。

头一位出场的是赵云，第二位出场的是马岱，都是潇湘京剧院的演员，赢得一片叫“好”声。第三位出场的是楚汉生饰的王平，扮相儒雅而有神采，起霸、亮相，然后拉开身段，一举手一投足，都忒好看，掌声立刻炸场。第四位出场的是蒋子辰饰的马谡，虽然只是半霸，却急如雷雨，骤似闪电，八面威风；尤其一声“协力同心保华裔”，更是韵味深长、声震屋瓦。

“好！”

“好呵！好！”

接着，步青云饰的诸葛亮出场了。亮相得彩，念引子得彩，唱“西皮原板”的那一段“两国交锋龙虎多”，虽然嗓音窄，有些费力，也同样得彩。观众能不感谢步青云吗？没有他的张罗，哪有这么多名角荟萃，同台献艺！他们要看的是名角，不是步青云。

戏演到马谡、王平在山头一场，蓦地掀起一个高潮。蒋子辰把马谡的骄矜刻画入骨，而楚汉生饰的王平，既表现出知兵的见解，却又不失副将身份。两个人盖口严密，边念边做，连说带比画，神情和身段极为精妙。

看戏的已经置剧情而不顾了，诸葛亮似乎不是主角，主角是王平、马谡及其他人。但步青云以为是他的表现出色，要不怎么会有这样多的掌声和叫“好”声呢？他今晚是真正地火了一把，这些名角都给他配戏，不能不说是他人生的华彩乐章。值了！

在《斩马谡》一场中，龙套“喔”了两次喊堂威之时，马谡和诸葛亮要做身段使像儿。蒋子辰体量高大，可以用高架儿也可以用矮架儿，但为了突出个子不高的步青云，他用的是矮架儿，这是为了剧情也为了人情的捧场。

已下场的楚汉生，站在侧幕边，钦佩地喃喃自语：“师哥有戏德！”

演出结束，掌声雷动，久久不散。

张四忽然站到台前，大声说：“夜宵备好了，步青云老板请大家去餐厅喝酒、喝茶、聊天！”

第二天，本地的报纸和电视台，对这场演出进行了热情的报道。特别是报纸，不但有文字，还配上了步青云饰诸葛亮的大幅剧照。新闻报道的题目十分扎眼：“步青云饰诸葛亮满堂喝彩，众名角友情配演推波助澜”。

在步青云的连锁百货超市，橱窗里嵌着他的大幅剧照，电视机里播放着那一晚他现场演出的实况录像，于是闻名而来的顾客如大江涌潮，人气比以前更旺了。

楚汉生的老伴常要去超市买东西，每次回家，就要说：“汉生，是你们把青云捧红了！”

“不。是把他的超市捧红了！”

连 环 套

深秋时节，刚过不惑之年的京城名武生百里浪翩然南下，来到了湘江之畔的古城湘潭，热情的主人安排他下榻于莲荷宾馆。

湘潭的“皮黄欣赏周”即将拉开序幕。百里浪应潇湘京剧院院长楚汉生之邀，前来参加《连环套》二本的演出，饰演黄天霸一角。

百里浪出身于京剧世家，爷爷、父亲都曾是武生行当的中坚人物。他五岁开始学戏，然后入戏曲学校的少青班，再读戏曲学院的表演系，毕业后便成了专业演员。他身材好，扮相俊俏，唱、做、念、打皆有过人之处，十八岁即名声远播。常演的剧目有《连环套》二本、《挑滑车》《铁笼山》《恶虎村》《落马湖》《武松打店》《狮子楼》等，尤以《连环套》二本的黄天霸最为人称道。粉墨登台，一眨眼二十多个年头过去了。

他一直遵循父嘱决不“走穴”，除了京剧院正常演出或参加公益活动之外，便是认真读书、练功、“磨”戏。他的口头禅是：“我不为钱忙，只为戏忙。”

可这回他怎么到湘潭来“走穴”了？他说这次是例外，其一是领导与领导之间打的交道，算是出公差，他理应服从；其二与他配戏饰窦尔敦的鄂鸿声，和他年纪相仿，也是个名净（花脸），他们还没有同台演出过，正好向人家请教哩。因此这不是“走穴”，是名正言顺的“搭班”。

《连环套》按传统的演法，分头本、二本。头本包括《坐寨》《盗马》两折，是以窦尔敦为主的净角戏。二本包括《拜山》《盗钩》，虽是武生黄天霸与净角窦尔敦的对手戏，但黄天霸是主角，特别是《拜山》一折，最见两人的功夫。

门铃急促地响了起来。

百里浪赶快去打开了门，进来的是楚汉生。

楚汉生原是唱老生的，年近六十，眼下主要精力放在院务上。

“百里先生，昨夜睡得可好？”

“非常好。明日要演出，我该和鄂老板对对戏，免得台上出错。”

“是呵，是呵。”楚汉生尴尬地搓着手，面有难色。

百里浪让楚汉生坐下，为他沏上一杯茶，笑着说：“有什么难处，您说。我是客，保证听从调遣。”

楚汉生叹了口长气，慢慢地说起来。

原来是本院的鄂鸿声突然病了，说是寒腿痛得厉害，上不了台。

“百里先生，这不是拆我的台吗？早不病晚不病，偏偏您一来，他就病了。海报早贴出去了，报纸上也早打了广告。急火攻心，叫我怎么办？”

“你们有过节儿？”

“没有，平时我们关系挺好的……就为这一次选拔副院长，大伙说他心眼小，太计较，没通过。”

百里浪眉毛一扬，说：“大概还有不想和我配戏的缘由。唉，戏比天大，我们不能冷了观众的心。院里还有其他唱花脸的吗？”

“您是京城名角，总得有旗鼓相当的角儿和您同台献艺，要不就委屈您了。”

百里浪头一昂，脆亮地说：“救场如救火，过得去就行。我就不相信我撑不起这个场子！您说，谁可以顶这个角？”

“鄂老板的徒弟金震云。他是省戏校科班出身，后又拜鄂老板为师，三十岁出头，功底不错，只是还没有唱红。因为大戏有老师挡着，他只能演些搭头戏，正憋着一口气哩。”

百里浪说：“就是金震云了。快叫他来，我们先对对戏。”

楚汉生说：“他正在楼下大厅里候着，我打手机叫他上来。”

“楚院长，佩服，佩服。您都安排好了，我还说什么？哈哈。”

百里浪的爷爷、父亲，师法的都是杨派武生，他也是。杨派武生是杨月楼、杨小楼创立的，虽然他已故于一九三八年，但杨派传人甚多，所以其技艺经久不衰。有京剧名角百里浪担纲演出的《连环套》二本，湘潭的戏迷欢喜若狂，不但座位全满，还卖了不少站票。更让百里浪欣慰的是，鄂鸿声的弟子金震云确是块好料，走的是当年著名净角郝寿臣的路子，一招一式，行腔念白，形神俱备，而且懂礼性、识规矩。当第一次对戏见面时，没等楚汉生介绍，金震云就赶紧上前，恭敬地站在百里浪面前深鞠一躬，大声说："我叫金震云，请百里老师多多教诲。能给您配戏，我三生有幸。"

第一晚的演出，果然珠联璧合，盛况空前。特别是在《拜山》一段对口时，饰黄天霸的百里浪与饰窦尔敦的金震云，你一句我一句，针锋相对，天衣无缝。观众简直疯了，给两人一个"好"接一个"好"。

待全剧演完，谢幕三次，观众才恋恋不舍散去。

在后台，楚汉生对百里浪说："百里先生，您铆足劲了，真过瘾！"

"谢谢。我还要谢谢小金，明晚我们就这样演！"

金震云的目光一挑，笑着说："这样的好机会，我得抓住，我也该扬眉吐气了。"然后，朝百里浪拱拱手，瓮声瓮气地说："就不陪您吃夜宵了。我去看看鄂老师，听听他的意见，他准看了电视直播。"

百里浪点点头，说："尊师重道，好。请代我向他问好。"

"谢谢您啦——"金震云的尾音拉得很长。

第二晚依旧是百里浪与金震云的《连环套》二本。

穿戴罢，化妆毕，两人在后台候场。百里浪两眼不停地看着金震云：外穿蓝地金绣的开氅，内衬一件红褶子；头上蓝扎巾，扎巾外套大额子，额子上戴雉尾双翎；下身着红彩裤，足蹬黑厚底靴。雄壮、威风！但他发现，金震云双眼朝天，连出于礼貌，目光偶尔和他对视一下都没有，怪！

开台锣鼓热热闹闹地响起来。幕布拉开了。第一折是《拜山》。

有了昨夜的成功演出，有了今天报纸、电视台、电台的可劲渲染，剧场里的人气更旺了。叫"好"声一阵接一阵，差点把屋顶掀翻。

又到了《拜山》精彩处，黄天霸随窦尔敦进入山寨大厅，两人的对口剑拔弩张，气氛紧张极了。

百里浪敏感地发觉，金震云今晚演的窦尔敦比昨晚还要精彩，而且有一种不可抑止的激情，力图冲破配戏的规矩，要与他的主角戏比个高低。他马上想到了是否鄂鸿声对弟子有什么暗示，或者是金震云急于一炮走红的渴望。但为了戏的完整，他不能不分外用心。

戏中的黄霸天"叫头"后说："窦寨主！但不知当初怎样与我父结仇，请寨主你细说一遍，你若说得情实理顺，俺便替父认罪。你若说得情虚理亏，姓窦的呀！怎称这'侠义'二字。"

这一段念白义正词严，遏云绕梁，赢得掌声如潮。

接下来是窦尔敦的一大段对白，按剧情的要求，配角要的“好”不能超过主角。但金震云似乎管不了这些，念白中又是用复沓音又是用炸音，让观众连连叫“好”。到了最后一句“天霸呵！天霸！你也难逃公道”时，先起“叫头”，再大力发挥，要把“难逃公道”刻意念出，为的是得个满堂彩。

这样的场面百里浪见惯不惊，他必须警示一下金震云，这是置剧情而不顾的自炫。当金震云的“难逃”二字拖腔尚未拖完之际，百里浪抢先把“尺寸”接过去，精妙地进行更大的发挥。

观众镇住了，然后爆发出一片叫“好”声，为百里浪的高超技艺而惊倒……

落幕后，卸了妆的百里浪，只和楚汉生打了声招呼，就回宾馆去了。

楚汉生对金震云说：“你呀，你呀，叫我说什么好呢。”

金震云低着头，说：“我不该听了鄂老师的吩咐，我马上去向百里先生道歉。我浑呀。”

……

那个晚上，金震云如何向百里浪道歉，百里浪又和他说了些什么，外人不得而知。但第三晚，仍是他俩同台演出《连环套》二本。而且，“皮黄欣赏周”结束后，又应观众要求，再加演了三晚的《连环套》二本。

百里浪依依不舍地揖别湘潭，回北京去了。

以后呢，金震云成了潇湘京剧院的当家花脸，并有机会出演重头花脸戏，常演的剧目有《连环套》的一本、二本，还有《捉放曹》《除三害》《伐齐东》，都是郝派的名剧。他的老师鄂鸿声，则申请调到外省的一个京剧院去了。

金震云每隔一段日子，就要打电话向北京的百里浪问好和请教，谢谢这位萍水相逢的老师，让他走上了一条好好做人好好唱戏的正道。

苍山烟雨图

今夜月圆，转朱阁，低绮户，照无眠。

满院子的木芙蓉，在清爽的秋风里，簌簌作响。

向来心宽体胖、气定神闲的申屠实，居然临近子夜，还无半点睡意。他呆坐在书房的长案前，死死地盯着一小块宣纸和一根五两重的金条。小块宣纸上钤着一方朱文印，印文是五个篆字："皇甫丰珍藏"。印的一侧，用小楷写了一行字："北京清秘阁八宝印泥。皇甫丰命笔于一九四三年秋。"

申屠实狠狠地揪了揪下巴上的一绺花白胡子，说："怎么会在这个地方出错？这个皇甫丰是个人精！"

湘中名邑湘潭，既是历史悠久的文化古城，又是全国著名的药材、谷米、湘莲等物的商贸重镇。自古及今，文化名流多，有钱有闲的人亦多。于是，经营古董生意和收藏古董，成为一道不衰的风景，举凡青铜器、金银器、瓷器、玉器、漆具、字画、古书、杂项……各有各的经营者和收藏群。申屠实是以经营字画为主项的古董商，皇甫丰是酷好字画收藏的大佬，所以两人多有来往。

皇甫丰年届不惑，父亲是本地最有实力的粮商，生意做得风生水起。皇甫丰读过私塾也上过洋学堂，在辅助父亲的生意之余，喜欢写字画画，尤痴迷于字画的收藏。他的藏品不少，只要是好玩意儿，就舍得出大价钱。他在家中欣赏字画时，必在香炉里焚香，必净手再戴上白绢手套，必站立着躬腰俯看案上展开的字画。他说这是对古贤的一种恭敬，也表示自己并非胸无点墨的粗俗之辈。他的父亲虽痛惜钱财，但面对独生子的执拗，也只能背后跌足叹息。

两天前的午后，申屠实打电话约皇甫丰来家，看他新收的一幅黄公望的《苍山烟雨图》，并说让皇甫丰先过眼，还有人等着要看哩。

黄公望与吴镇、倪赞、王蒙史称"元四家"，他曾得到赵孟頫指点，专攻山水，多表现常熟虞山、浙江富春山一带风景，取法荆浩、董源诸家，再加以融汇贯通，用水墨和浅绛设色作画，苍润浑厚，格调高雅逸远，最有名的作品为《富春山居图卷》。

皇甫丰一听有黄公望的真迹，又经申屠实法眼鉴定过，喜不自禁，只问："底价多少？你报个数！"

"五两黄金！"

"好。"

皇甫丰雷急火急地来了，戴上白绢手套，弓腰俯看案上展开的《苍山烟雨图》，每个细部都看个清楚，然后从口袋里掏出金条，往案上一搁，打着哈哈把画拎走了。

想不到今夜皇甫丰又翩然而至！

"皇甫小友，电话也不打一个，说来就来了，未能远迎，恕罪恕罪。"

"你家院里的木芙蓉，开得正闹，花有别名为'拒霜'，抵拒寒霜却不拒人，笑脸相迎我这不速之客。"

"你是贵客，快请坐，我叫人沏茶来。"

"我还有事，不坐了。上次你卖给我的《苍山烟雨图》，请再给我弄一张来，我还是付五两黄金。"说毕，皇甫丰从口袋里掏出一个白纸包，轻轻解开宣纸，露出一根金条，再一起放到八仙桌上。然后，他朝申屠实抱拳揖别，飘然而去……

申屠实家确有《苍山烟雨图》的真迹，但从未对人说过。他找外地的临写高手依原图另作一幅，再经水渍、烟熏、生霉等手段处理，确认无误了，才将赝品卖给了皇甫丰。没想到皇甫丰拿回家后，居然从印泥上看出了破绽！这个作伪高手怎么会用"八宝印泥"去钤印呢，黄公望是明代人，而"八宝印泥"是清代才面世并传到如今的。研发出"八宝印泥"的有两处，一是清康熙年间福建漳州的丽华斋；二是北京的清秘阁。清秘阁所制印泥的八宝为珍珠、红宝石、红珊瑚、朱砂、朱磦、冰片、麝香、赤金，调和印泥用的是蓖麻油，再加入几味中药进行熬制。皇甫丰在包金条的宣纸上，不但盖了印，还特别说明是"北京清秘阁八宝印泥"。但皇甫丰不说破是申屠实造了假画出售，也不会对外人言及此事，这是好德行，否则申屠实就没法在本地安身立命了。皇甫丰再次登门留下五两黄金，表明他志在必得黄公望的真迹，申屠实不能不忍痛割爱。

鸡叫三更时，申屠实决定过几天后，亲自把《苍山烟雨图》送到皇甫丰家去……

几个月过去了。

蓄着仁丹胡的“富士山洋行”经理藤田一郎，抱着一个大包袱，走进了平政街的“古真斋”，申屠实赶忙从柜台里面走出来迎接。

“藤田先生光临敝店，欢迎欢迎，请到会客室歇歇脚。”

“申屠兄，客气了。我新近收了几件古字画，据说也是从贵店流转出去的，请你瞧一瞧。”

“好的，好的。你抬举我了。”

他们坐在会客室里，品过头泡茶，申屠实开始看藤田一郎带来的字画，第一幅展开的竟是《苍山烟雨图》。

“藤田先生，这些年你买了不少好东西啊。”

“惭愧惭愧。我也是受东京一家博物馆的委托，帮他们收购古字画，我们大日本帝国对各国的文化大大地关注，我是不敢有辱使命的。这幅黄公望的，给皇甫丰先生讲了多少好话，他才肯出手，还有好几幅也是从他那儿买来的。”

藤田一郎来湘潭开洋行，已有五六个年头了。洋行里什么东西都卖，品种杂乱，可看出他的心思并不在此，倒是常在古玩圈里转，见到好玩意儿眼睛就发绿，恨不得通通收入囊中。古董商和收藏家都心照不宣，高品位的古玩决不让藤田沾边，可皇甫丰怎么忘记这个规矩了？他将来会被众人鄙薄和唾骂！

当申屠实细看《苍山烟雨图》时，不由得暗吃一惊，这正是他出手卖给皇甫丰的那幅赝品！又看了明、清几位书画大家董其昌、八大山人、石涛、扬州八怪的作品，真迹是由他出手卖给皇甫丰的，但这些都是赝品，不知是找的何方高人临写和作伪的，太像了，一般的俗眼岂能辨出真伪？要命的是皇甫丰称这些真迹都来自他这里，他能说是假的吗？藤田是有背景的，那样会让皇甫丰遭逢不测。他只能说这些皆为真品、上品、绝品，那么他和皇甫丰都将变成众矢之的，斥为见利忘义的小人。

“这幅黄公望的，我花了十五两黄金，值不值？”

申屠实说：“当然值。其他的你不用报价了，都值，你的眼力太好了。”

藤田嗬嗬地笑起来：“我要告诉世人，皇甫丰先生和你是我大大的好朋友。”

申屠实也笑了。这皇甫丰好手段，让小日本花大价钱买假货，有胆有识，让人佩服。

藤田一郎来过“古真斋”后，店子突然变得冷冷清清，门可罗雀。申屠实在街上碰到同人或熟人，刚想礼貌地打个招呼，人家脸一别，匆匆而过。活到这一大把年纪，他真正体会到了苍凉的况味。

申屠实将“古真斋”关门停业，整天窝在家足不出户。

当日军攻克长沙，锋芒直逼湘潭时，申屠实和家中老少十几口人，带着些紧要物件，分乘几辆大马车出城，驶向百里外的老家大云山。让申屠实万万没有想到的，是多日不见的皇甫丰，竟然在途中的一处僻静的驿馆候着他。

夕照红如血。

“申屠先生，我是坐小车来的，一直不远不近地跟在你们后面，快到这驿馆时，我们才抢先而至。我带了几个保镖，他们都带着枪，为的是护送你们。”

申屠实老泪纵横，哽哽咽咽说不出话来。

“我在此专候，其一是表示歉意，我买假画给藤田，把你牵扯进来，让你受了不少冤屈，祈谅。中国的好东西，不能让小日本掠走，相信你能理解。其二，我有几十件极珍贵的古字画，如《苍山烟雨图》，拜托你带回老家保管。当寇氛消尽，我们一起来筹备个展览，以还我俩清名！”

“皇甫小友，我即便丢了老命，也不会丢失这些宝贝。日军意欲攻陷湘潭，你和尊父也要赶快携家撤离。”

“我们还一时走不了，仓库的粮食正向安全的地方转移。如日军破城，撤不走的粮食会浇上汽油焚毁，一粒粮食也不留给这些禽兽！”

“好！”

申屠实还想问皇甫丰，他看出第一次买的《苍山烟雨图》，是在现场还是在回家后？但他把这话拼力咽了下去。

“装字画的木箱，已放在大堂里了。申屠先生，我们得赶回城去！”

“祝一路平安！”

皇甫丰挥了挥手，转过身去，和几条汉子走向停在不远处的黑色轿车。

申屠实肃立送目，凝视他们高大的背影，和红红的夕光相贴相融……

墨海听涛

二十世纪四十年代的古城湘潭，有一家很出名的饭馆，叫听涛馆。

听涛馆之所以出名，有两个很重要的缘由：

其一，它的位置好，就在城西望衡亭一侧的河街上，推开窗便可以望见碧带似的湘江。江水平缓，一般地段是听不到涛声的，但这里能！因为这里向江心凸出一个很宽很高也很结实的石嘴，俗称石嘴垴，胁迫江水不得不拐一个大弯，水击石响，涛声便沉宏如鼓。望衡亭就坐落在这石嘴垴上，若是晴空无云时，站在亭前可以眺望南岳衡山的一抹黛色。何况附近还有不少古迹，如唐人褚遂良题额的“大唐兴寺”“唐兴桥”；晋代大将军陶侃和抗清明将何腾蛟的墓园……酒酣耳热走出饭馆后，可以随意走走看看，不失为一件雅事。

其二，听涛馆的菜烧得很精美，特别是“四作鱼”。石嘴垴旁边的回水湾里出产一种身短体肥、肉质细嫩的鱼，叫作回渡鱼。一条整鱼有四种做法：红烧鱼头、糖醋瓦块、酱汁中段、糟溜鱼片。鱼头干烧，鲜而不腥；所谓瓦块，是将切成方形的鱼块先炸后烧，味兼咸甜；中段用鱼身肉厚之处烹制，上浇甜酱浓汁，香醇滑腻；糟溜鱼片，则一色纯白，嫩如豆腐，入口即化。此外，大师傅还用鱼腹内的肝肠肚肺，做出鱼杂汤，加醋加辣椒末、姜丝，酸酸辣辣，可作醒酒之用。

鱼是渔民现捞现送来的，养在院子里的几个大木盆里，鲜蹦活跳。食客点了“四作鱼”，伙计捞出一条或几条（这要看人数的多少），然后过秤，再当面在地上使劲一摔把鱼摔死，表示决不会在厨房更换。除了“四作鱼”之外，当然还有炖猪脚、童子甲鱼、爆炒肚尖、莲子羹等，都颇受人称誉。

城中著名书法家郦大成，就常一个人到这里来吃“四作鱼”。他一走进店堂，胖胖的老板宋一吟必从里面迎出来。

“郦爷，你来啦。”

“想你的‘四作鱼’了。”

“谢你啦。”

宋一吟亲自去挑选鱼，两斤来重，当然不必当面把鱼摔死，然后交到厨房去，嘱咐大师傅用心做好。先来四样，待郦大成酒喝得差不多了，再做那个鱼杂汤。

他们是老朋友了，年纪差不多，心性也相近。

宋一吟不仅是个老板，只懂得烧、煮、炒、熘，而且很风雅，诗、书、画、印、养花、种草，都不是外行。郦大成说他是“儒商”，很愿意和他交往。

有一次，郦大成吃好喝好后，宋一吟特意裁好宣纸，亲自摆砚磨墨，请郦大成赐一副门联。

郦大成拎起笔，用颜体飞快地写了起来。他是捷才，倚马可待，联好，字也好。

到听涛馆听涛声依旧，兼品上等鱼味；

登望衡亭望衡岳常新，还倾一怀诗情。

宋一吟说：“你的颜字越发好了！掺进了篆意隶韵，端庄、古拙，还带一点秀润，好。”

郦大成很得意地笑了：“宋爷，你有一双法眼！”

几天后，对联由名刻手阴刻在两块紫檀木板上，黑底金字，分挂在听涛馆大门两边。

听涛馆不仅仅郦大成喜欢光顾，城中的文化人都喜欢到这里来，书家、画家、教师、新闻记者、书坊的编辑……来听涛声依旧，感慨那似水年华；来品上等鱼味，体会酒逢知己的妙旨。

只有殷天石不来，因为郦大成常在这里盘桓，有一点分庭抗礼的意思。

这小小的古城，居然有两个最出名的书法家，除郦大成之外，还有殷天石。若再将二人分出个高下来，自然郦大成要位列祭酒之位，殷天石不得不屈居第二了。一是资历，郦大成差不多长殷天石二十岁，已年近花甲了；二是功力，郦大成乃有家学渊源，七岁开始学书，专攻颜帖，戛戛独造，且自成一番面貌，城中店铺的招牌、布幌有一大半是出自他的手笔。殷天石可称是后起之秀，一笔隶字写得浑厚妩媚，且能左右开弓，双管齐下，只是性子高傲，与人写条幅、中堂、扇面，上款与下款相并，以示不甘屈人之下。

也许是由于所住地域的关系，两人很少有什么来往，一个住城南，一个住城东，偶尔在街上或什么雅集上碰到，也只是随便点点头，算是打了个招呼。

但这不是主要的原因，若真是君子之交，又计较什么路远地偏？有知内情的人说：这是同行相忌。大约是吧。

若有人在殷天石面前提及郦大成的字写得好，殷天石会立刻打断这人的话头，冷笑一声："真的吗？不就是一个颜真卿嘛——况且还不是颜真卿！"

倘若有人在郦大成面前说到殷天石来势喜人，将来必定有大造化时，郦大成只是哈哈一笑，也不说别的话，然后便转过话题，潇洒地说起雨湖的烟柳亭与文昌阁附近的一树百年老梅。

还有一个例证，可说明他们彼此的不肯相让。前年的初夏，城中的文人雅士邀约到一起，雇了一艘游船，在湘江上饮酒作诗。这天，殷天石西装革履，戴着一副金丝眼镜，颇有一些新潮气派；而郦大成则穿着长衫——过长了一点，像裙，手持一柄古扇。船行至一个拐弯处，郦大成见岸上的田塍间有耕牛蒙着眼罩车水，便将扇子"啪"地收拢，一指岸上，说："两岸桔槔牛戴镜。"殷天石脸一沉，随即答道："一行荇藻鳖拖裙。"船上的人回过神来后，就一齐大笑。

反正，他们虽无仇无怨，但却是冷淡如水，各自过各自的日子，互不相扰。

一九四四年初夏，湘潭陷落，日军趾高气扬地了进城。

膏药旗在城头上飘着，日本兵在城中各处乱窜，古城遂收拾去往日的繁华。

殷天石仗着有些祖业，虽然写件日渐减少，但生活并不怎么紧张，妻子又是个极贤德的人，颇会操持家务，虽有一儿一女，衣食却是摆弄得清清楚楚。闷了，累了，殷天石便到大街上去走走，碰到了熟人聊几句闲言淡语，也就觉得是一种享受。

这天，殷天石在大街的热闹处，见许多人围在一堵大墙前看什么，也就好奇，便钻进去看。原来是一张告示，关于征税的，看的人个个面露愠色，只是不敢乱说。他既无店面，也不设摊，这征税自然与他无关，但是告示上的字却系住了他一双眼睛，是毛笔写的，而且一眼就认出是出自郦大成的手笔！他冷笑了一声：这是中国人干的事吗？随即，竟有些高兴起来：想不到你郦大成是这么一个人！

回到家里，他特意斟了一杯酒，边呷边对妻子说起这件事，很是快意。

殷夫人说："郦先生也不至寒碜到这步田地，只怕有他的苦衷。"

殷天石立即板起一张脸，说："这是名节上的事，能苟且么？"

到了晚间，殷天石拎着块湿抹布，悄悄地出去了。

不到一个小时，他兴致勃勃地回来了，从怀里掏出一张告示——原来，他去揭告示去了。用湿抹布把粘糨糊的四边濡湿，趁着无人，将告示揭了下来。

他把告示钉到画室的墙上，在灯下看了又看，心中便成熟了一个计划，他要把郦大成写的告示一一收藏，待有一天，定要将郦大成请来观赏，看他还有何话说。

征粮……

抓丁……

杀人……

戒严……

殷天石画室的墙上，钉着一张一张的告示，日子仿佛是从告示上流过去的。

冬天了。

殷天石冒着大雪，走在大街上，他想去听涛馆吃"四作鱼"，喝一壶酒，顺便到那里去听听野议。因为他听说郦大成如今不怎么去听涛馆了。老板宋一吟倒是隔三岔五将做好的"四作鱼"用食盒装着，亲自送上门去。

殷天石在街头上不时地看见身旁走过脸色颓丧的日本伤兵，他心里一喜，哼，看你小日本还能神气多久！

正走着，哦，不远处逼近来一个人，枯瘦的脸色，单薄的身子，一颤一颤地摇在风雪里。不正是郦大成吗？

这一刹那，殷天石兴奋起来，连忙迎了上去，一拱手："郦先生，多日不见，可好？"

郦大成一愣，抬起头来，忙说："哦，殷先生，这么大的雪也出来了？"

"来来来，郦先生，前面就是听涛馆，我请你去喝杯酒。"

"多谢了，我……我……还有事哩。"

不管郦大成应允否，殷天石拽起他就走，如同挟持了一个俘虏。

走进听涛馆，宋一吟迎了上来，很惊诧地问："你们来了。"

殷天石说："我和郦先生就不能来？"

"你们坐，楼上有雅座！"

"不，就坐在底下的大堂里，这里人多！"

“好。好。我给你们挑选鱼去！”

殷天石挑了个正中的位置，很热情地让郦大成坐下来。

果然有很多熟人隔座和殷天石打招呼，对于郦大成则露出一脸的不屑。殷天石高兴极了，心想：总算出了一口恶气！

菜和酒端上来了。

殷天石问：“近来有何大作？”

郦大成苦着脸说：“我还能写什么？写他妈的小鬼子的告示，一式二十份，贴在城中各处，你没见？”

殷天石没想到郦大成会如此直率，许多积在喉头的话竟再说不出口，只是叹息了一声。

“我想不写，刺刀逼着，而且以老妻和儿女的性命相胁。况且，城中写得好字的也不过几人，我不写，别人也得写。我老了，于人世又还有几日……老弟，你在书艺上是大有前途的，你是不能耽搁的，千万千万不要疏懒……切记切记。”

殷天石频频点头，似明白了什么，又似什么也没有明白。

匆匆喝完一杯酒，菜是一筷子也没有吃。郦大成便毅然告辞，临别，说一句：“老弟，以后无论在何处见到我，不要打招呼，我毕竟是一个不干不净的人了！”说完，拱拱手，飞快地走了。

殷天石狠狠地发了一阵呆。

第二年的八月，日本鬼子投降了。

自那以后，殷天石再未碰见过郦大成。有一天，似乎看见郦大成在不远处走着，等到殷天石追上前，竟不可见，是不是他的一个幻影呢？

满城是锣鼓声，鞭炮声。

殷天石正在家中开怀畅饮，忽见宋一吟匆匆走进来。

他来干什么？殷天石心里想。何况这宋一吟与郦大成最是亲密，能干净到哪里去？

殷天石一张脸冷若冰霜，身子动也不动：“宋老板，你没走错地方吧？”

宋一吟的眼里忽地涌满了泪水，哽咽着说：“郦先生死了，死前写了一封信，让我交给你。”

殷天石大吃一惊，问：“他是怎么死的？”

“古城一光复，他在一个夜晚到石子垴投水死的。”

殷天石冷冷一笑，说：“他不死又能怎么样？为小日本写告示，晚节不保啊。”
殷夫人沏上茶来，说：“宋老板，你坐。”
宋一吟长叹一口气，转过身，走了。
殷天石拆开信封，急急地念起来：

天石贤弟：

小日本武运衰微，此国人之幸事也。吾平生之憾事，乃苟且偷生，竟为敌伪书写告示，使九泉下的列祖列宗蒙受耻辱，虽万死亦不能辞其罪孽！

今苦海有涯，倭寇将灭，吾还有何面目以存世间。诀别人世之际，作书一封与尔，叙我苦衷，望获尔之深谅。

因城中印刷厂外迁，敌伪指定吾与尔为书写告示之人，吾念及尔正当壮年，前途无可限量，恐一入泥淖，终身难以洗刷清白，便称尔字粗俗，不如由我一人担承。

此后岁月，痛苦不堪，欲生，则成千夫所指；欲死，则尔必承此厄难，故而忍辱偷生，度日如年矣。

今吾一去，尔成书坛盟主，此后望呕心沥血，技艺精进，弘扬我中华文化。

郦大成顿首

殷天石读罢，忍不住号啕恸哭起来。
殷夫人也在一旁轻轻啜泣。
殷天石哭累了，说：“我听人说过，郦先生有一妻五个儿女，这日子怎么过？”
殷夫人说：“家里还有些积蓄，你给他们送去吧。”
不一会儿，殷夫人从室内拎出一个小布包袱，里面是叮当作响的银钱。
殷天石几乎是跑着去了郦先生的家。
他对郦夫人说：“你先拿去补贴家用吧。另外，郦先生的长公子明日到我那里来做事，我教他练书法，每月给他二十块光洋做工钱，好吗？”
郦夫人感激地点点头。
过了几天，殷天石让郦先生的长公子陪着他去了郦大成的坟地，祭奠一番后，把所收藏的告示一把火烧了。
纸灰如蝶。远山如黛。
殷天石如今常去听涛馆了，每次去必带着郦公子。

宋一吟从里面迎出来，把他们引到楼上临江的雅座里。

“郦先生常坐这间。”

“我知道。宋老板，我误解了郦先生，悔啊。”

“这也怪不得你。”宋一吟转身走了，去给他们挑选鱼，然后送到厨房里。让大师傅好好调理“四作鱼”。

殷天石望着窗外，尖起耳朵，听一阵一阵的涛声，如雷电相激，如金戈铁马。

涛声依旧。涛声依旧么？

鸟　医

在八百里洞庭湖的西南角，有一大片湿地，叫绿苇滩。在绿苇滩的岸上，有一个禽鸟救护站。站长兼鸟医就一个人，复姓百里，名只一字：波。

百里波年届不惑，年轻时是个帅哥，一米七八的个子，国字脸，卧蚕眉，丹凤眼。来到这湖区，不知不觉就是十年，烈日晒，湖风吹，他的脸黑了，声音粗了，额头还有了细细的皱纹。

人问他为什么从城里来到这水天茫茫的地方？他仰天一笑，说："父亲赐我姓名百里波，早判定了我的归宿。"

其实，他是赌气来到这里的。

他是农学院牧医系毕业的，却阴差阳错被株洲一家宠物医院召邀供职。因为院长是早几届的校友，还说这里工资高、奖金多。于是他远离了牛、马、驴、羊、鸡、鸭、猪，专为名贵的宠物狗、猫看病。几年后，经人介绍，他有了女朋友，又漂亮又文静，复姓为微生，名露，在档案局工作。第一次见面，百里波就说："你的姓名来自古诗'凉阶微生露'，给人一种素洁而寂静的感觉。"微生露浅浅一笑，说："你的姓名也是，来自'百里波上鸥'。"他们的婚姻属于"一见钟情"的类型，双方的颜值、学历、家庭状况旗鼓相当，于是很快就喜结连理。

恋爱时，是隔一段日子的花前月下，又各自守身如玉，浪漫让他们如醉如痴。真正成了一家人，同桌吃饭，同床共眠，问题就突显出来了。当然，绝不是情感发生了什么危机，也没有大吵大闹、砸碗摔碟。微生露有严重的洁癖，不管百里波如何勤洗澡勤换衣，她总会闻到丈夫身上的猫、狗气味，吃饭常会呕吐，睡觉必戴上口罩，否则通晚难眠，人也变得日渐消瘦。她曾试探着问："波，你可以换个工作吗？"百里波说："我学的就是这个，不治猫、狗，就去治马、牛、羊，别的我不会，怎么办？”

结婚两年后，百里波看着形销骨立的妻子，心尖痛得出血。他问：“看着你遭罪，我于心不忍，我们还是分手吧？”他知道这句话一直藏在妻子心里，只是不肯说，他现在说出来，又希望她能说“不”！

微生露低头拭泪，说：“我这臭毛病是与生俱来的……请你原谅。我会……记着你的好……永远望着……你。”

他们很快就办好了离婚手续。

就在这时候，百里波看到了洞庭湖绿苇滩禽鸟救护站的招聘广告，他就毅然离开了株洲，孤身一人去赴任，成了古诗中所说的“天地一沙鸥”。

这栋红砖青瓦的平房，既是一所鸟医院，也是百里波的安身之处，自己做饭自己吃，夜夜独品孤眠滋味。单位领导和附近村民，热情给他介绍过对象，他含笑婉辞。然后说：“有这么多鸟儿做伴，我不孤寂。也不会拖累家人，洒脱得很。”

湿地上的鸟，有一百多种，白鹤、棕头鸥、大雁、天鹅、野鸭、鹳、雀、莺……有候鸟，也有常居鸟。百里波的业务范畴，是为受伤、中毒的鸟儿进行救治。有空闲时，胸前挂着望远镜，肩挎医药箱，带上手机，沿岸巡视，观察鸟儿的觅食、孵卵、迁徙等信息。当然，也要制止不法分子的偷猎、布网。他的右脸留下一道发亮的伤疤，是几年前被偷猎天鹅的歹人用尖刀刺伤的，不过那个慌忙逃走的坏家伙最终被绳之以法。

百里波常为鸟儿的多情多义，感动得眼含泪水。

雄性棕头鸥，在求偶期间，不停地下水捉鱼，然后叼着鱼去献给心仪的雌鸥。百里波会油然想起微生露，她怕厨房的烟火、油盐气，他就主动学会炒菜做饭，可惜她吃不了几口就要呕吐。

百里波救治过一只亚成体白鹤，误食了毒草几近奄奄一息。这是只雄鹤，他称它为小龙，为它清洗肠胃，灌调养的中草药汤剂，让它在这里住院三十天。从小龙住院那天起，就有一只雌鹤在救护站周围徘徊，不时地会向天长唳。百里波猜出它是小龙的爱侣，就称它为小凤。当小龙恢复健康，走出救护站，小凤迎上前，彼此吻着对方的颈，颈又与颈反复摩挲。然后，它们翩翩起舞，向百里波表示谢意，再振翅长唳几声，才恋恋不舍地飞走。

在一个秋日，小凤忽然不见了。百里波在望远镜里看见小龙狂躁地东寻西找，悲唳声声，惨不忍闻。百里波也着急了，徒步在岸上各处探查，驾船到湿地去寻访，终于在一个流水湾岸边的芦苇丛中，找到了小凤血肉模糊的残骸，它是被山狸子扑倒后咬死的。他不想让小龙看见小凤的尸体，便悄悄地埋了。没想到的是，苦苦寻找小凤数日的小龙，在绝望之后，飞离了这片湿地，从此再也不见踪影。百里波想：小龙会飞向远方一块一块的湿地，去寻找它的小凤，直到团圆……

绿苇滩，成了百里波心中的净土。除了远在株洲的父母，他不想和别的什么人打交道。一年一次的探亲假，他从不选在春节这段日子回家。回去了也是待在家里看书，陪父母聊天，假期没休完，就风风火火回到救护站。父母曾吞吞吐吐告诉他：微生露还没成家，她每隔一段日子就会来看望他们，还要他们不要告诉百里波。“儿子，你也不成家，她也不成家，你们能不能鸳梦重温？”百里波淡淡地说：“二老好好保重身体，操那闲心做什么？”

现代通信真是发展神速，洞庭湖的每个角落，忽然有了互联网。领导让百里波建起名叫“绿苇滩”的网站，宣传爱鸟、护鸟、人与鸟和谐共处。还给他配备了大屏幕电脑、照相机、录音笔。百里波对这些玩意儿并不陌生，网站上图文并茂，赢得众多粉丝的点击。特别是他写的关于鸟的情感故事，让人啧啧称赞。跟帖的接踵而来。有的跟帖人，还会把自己跟鸟及其他动物之间发生的故事，连同自拍的照片，热情地发到网页上来。

有一个夜晚，百里波读到一个网名叫“凉阶”的人发的短文《我为什么养起了猫和狗》，不过寥寥数语：“我从小就不喜欢猫、狗的气味，因为视它们为不洁之物，便产生异常的生理反应。这几年我执意养起了猫、狗，为的是根治我这可怕的洁癖，以此类推，无拘无束地去爱鸟及其他动物。”文后还有两张清晰的照片：一只手拉着一个红色的塑料圈，逗引一只小狗跳了过去；膝盖上坐着一只波斯猫，悠然自在。人脸都在照片外，很艺术也很含蓄。

百里波头上忽然冒出一层汗珠子。

这个“凉阶”，让他想起“凉阶微生露”的诗句，他等这几句话，等这样的照片，等了十年！

鸬 鹚 邬

农历春风节一过，八百里洞庭的休渔期开始了。在节后的九十天里，严禁下湖捕鱼。渔民们白天修补船、帆，织网、补网，调养鸬鹚，与风浪生涯暂时小别，日子就变得平静而安闲。剪草镇邬家村的老少爷们，天一落黑，最喜欢去的地方是邬海蛟邬爷的家。

邬家村位于洞庭湖的南水湾，各家住得相对集中，只有邬爷家置放在一个较远的土丘下，丘上树木葱郁。一圈围墙高过人头，内有一排五间的青砖青瓦平房，还有一口池塘。邬爷和老妻朝夕相守，独生子大学毕业后到省城安家立业，另起炉灶了。湖区湿气重、气温低，邬家接待客人的堂屋里，必有老柴蔸燃在火塘，暖烘烘的。大家之所以愿意来邬家，一是邬爷虽刚到花甲，但辈分高；二是邬爷是驯养鸬鹚的高手，人称“鸬鹚邬”，本村和外村用来捉鱼的鸬鹚，不少都来自这里；三是邬爷热情、大方，客人来了，有酒有茶有烟招待，还特别会“摆古”，上天文下地理，一肚子奇闻趣事。

邬爷有异相，头大、鼻高、眼小、下巴前倾，眼虽小却目光锐利如刀，下巴上长一撮黑红的山羊胡子。

邬爷说他家的鸬鹚之所以有勇有谋会捉鱼，是品种好、基因优，延续了一二百年的“香火”，它的先祖就属个中豪杰！

众人笑了，这不是胡说八道吗？

邬爷呷口酒，说：“我家鸬鹚的先祖，最有名的，叫作乌帅。”

“和邬爷同姓？”有人问。

“我的姓比它多一个反包耳。鸬鹚古称墨鸦、鱼鹰，又称乌鬼，因它羽毛乌黑，还带点绿色的金属光泽。关于乌帅就干过一件惊天动地的事，你们想听吗？”

所有的人竖起耳朵，再不说话。

“乌帅体形大，嘴长而曲如钩，如两把锋快的弯刀；那双鬼眼，寒光闪闪；它又力大无比。那一年冬，我的老祖宗和同行下湖捕鱼，急性的人先赶鸬鹚下水，出水入水竟无所得。有血气方刚的人，脱衣泅水去看是怎么回事。原来是深水下，大鱼互咬其尾，层层叠起来，从顶上到四周，围筑成城，固若金汤，小鱼被保护在城中。没法子破城，自然捉不到鱼。”

郛爷抽出一根纸烟，马上有人给他点燃了。郛爷狠狠地吸了一口烟，再慢慢吐出一个一个的烟圈。

“我的老祖宗听了，哈哈一笑，把乌帅放下水去。还告诉那个泅水的人：‘你喝几口烈酒，再去看看城是怎么破的！’”

“城是怎么破的？”

“乌帅先沿城巡看，发现鱼嘴咬鱼尾的地方有缝隙，先用嘴插进去，再将头也挤进去，横绞直捣、乱啄乱咬，挤在一起的小鱼受惊了，胡乱奔逃，大鱼也受不住这股内力，于是城破。船上人见湖波陡起，知乌帅得胜，把鸬鹚通通赶下水去叼鱼。小鱼，一只鸬鹚就可叼起；大鱼呢，它们同心协力，咬的咬尾，咬的咬腮，咬的咬鳍，把鱼抬出水面，各船皆满载而归。你们说，乌帅厉不厉害？我家的鸬鹚是乌帅代代相传的血脉，当然不同一般！”

有人还想问郛爷，除鸬鹚的遗传基因之外，驯养上还有什么妙法？

郛爷打了个哈欠，说：“我困了，该上床睡觉了。”

大家赶忙起身、告辞。

……

剪草镇镇长惠大为忽然接到匿名电话举报，说郛海蛟每夜三更后，都驾船去湖上用鸬鹚叼鱼！

惠大为年轻有为，虽然上任不到两年，但早闻郛爷的大名和不错的口碑，怎么会在休渔期犯规呢？那是要受重罚的!他决定一个人悄悄地去郛家私访，调查了解情况。

“郛爷，不速之客冒昧登门，打扰了。”

郛爷正在修补一张网，忙迎上前，说：“惠镇长，我知道你为什么来，有人告我的状了，是不是？”

郛爷先去关了院门，说：“我先让你看个稀奇。”他从池塘边的一个棚舍里，抓出一只体形很大的鸬鹚，真的是威风凛凛，翅羽如铁，嘴曲如弯刀。

“这是个可以领兵挂帅的角色！”惠镇长双眼一亮，说。

“但我从不让它去叼鱼！”

“为什么？”

“你马上会明白的。”

邬爷放下鸬鹚，拿出一张小型新网，再在池塘沿岸的水中，插上长竹竿，把网布好。又从厨房的水池里抓出两条鲤鱼，丢到入水的网中。鱼虽在网中，泅水后不见踪迹。

惠大为满脸疑惑，不知邬爷要干什么。

邬爷做好了这些准备工作，接着，拿来一把异形刀，中间是扁平的短柄，两端嵌的是薄而长的刀片。他把短柄塞进鸬鹚的嘴里，再用粗粗的橡皮圈缠紧套牢，然后顺手把鸬鹚丢到塘里。鸬鹚很机警地游了几步，猛地扎入水中，好一阵才浮出水面，再跳上岸，来到邬爷脚边。邬爷蹲下来，松开橡皮圈，取出刀子，再拿块鱼肉塞进鸬鹚的嘴里。

惠大为忽然发现，有破了的残网漂出水面。鲤鱼在网外的水面欢快地一跃而起，划出很好看的弧线。

邬爷说：“有人发现我驾船夜出，是真的。但不是去偷偷捕鱼，是去切割外乡人到这个地方来非法捕鱼布的网！布网的当然不在现场，待网里装满了鱼，他们会神不知鬼不觉地去收网。但我这样做，也是个秘密，歹人知道了，岂肯饶我？”

惠大为说：“你放心，我也会三缄其口。但你也要受点委屈，我不能公开嘉奖你。”

“那是小事。哈哈、哈哈。”

“用鸬鹚衔刀割网，你是怎么训练出来的？”

邬爷仰天又是一串哈哈，说：“请到堂屋去喝茶、说话。婆婆子，煮茶呵——”

屋里马上回应：“好——嘞！”

金　缮

睦仁巷又长又曲，依序住着二十多户人家，一家一个小院落，是真正的比邻而居。有人将古语“鸡犬之声相闻，老死不相往来”，改成“锅盆之声相闻，朝夕叩门往来”，男女老幼亲如一家，睦仁巷名不虚传。

住在巷子中段的金中和家，人们却很少去叩访。不是金家不欢迎，也不是金家做人有什么不检点的地方，而是他家飘袅的生漆气味让人望而生畏。生漆挥发性强，气味触及皮肤、呼吸道和毛孔，没人不过敏，轻则皮肤奇痒，重则眼睛红肿、嗓子剧痛，俗语叫被生漆“咬”了。只有长年与之打交道的人，才无惊无险。金中和也轻易不去串门，怕衣服上的生漆气味冲撞了别人。

金中和六十有五，个子矮瘦，面色黑里透红，终日笑盈盈地。儿子、儿媳也在本地工作，妻子五十五岁退休后，就去了儿子家“发挥余热”，做做家务，带带孙子。临走时，老妻风趣地说：“只能丢下你驻守老营，小辈子都怕这生漆气味，你想他们了，麻烦你驾临。”金中和哈哈大笑，说：“这个行当注定我只能是孤家寡人！”

金中和干的行当叫金缮。

退休前他是市博物馆修理部的技工，专门修补残缺的古瓷器，也就是民间所称的锔碗匠。把破碎的瓷器，用订书针一样的铜锔子“缝合”归原，多用于大型的器物。对于小型的瓶、碗、盏、碟，则要用金缮法。什么是金缮法？即以天然大漆为黏合剂，对破损的陶、瓷碎片进行粘接和补缺，并在接缝上敷以金粉。若是器物缺失了一块，便要打磨出一块形状契合的木胎作为骨架，用生漆黏合上去，再在木胎上涂漆灰、抹底漆、刷面漆，最后还要牢牢地贴上金箔。经过金缮后的古瓷器，别具美感，而且价格不菲。世界各国的博物馆，都很看重金缮这门技艺。

金中和此生金缮了多少件残破的古陶瓷器？他说：“记不清了。”

金缮离不开生漆，黏合时要掺入熟糯米粉的糨糊，还有桐油，以增加黏性。大漆不易干，不能晒，不能吹，只能阴干，还需要空气中有相当的湿度。梅雨季节是金缮的最佳时令，而其他季节，则需要在室内喷出水雾。生漆阴干的时间长，不能急，只能等待；若是要贴金箔，必须选准生漆将干未干时进行，这全靠常年训练出的眼力去判断。金中和金缮的作品，好些次参加全国博物馆的联展。一个深色小碗上粘合碎裂的金线，有如划破暗夜的闪电；浅色圆碟上的金线，宛若阳光下流淌的金色溪流；而一个小杯口补缺的不规则小块，酷似摇曳而出的一片金色枫叶……

金中和说：“我不怕生漆，生漆怕我。”

退休前，他专心专意为公家做事，退休后息影林泉，便有不少收藏家找上门来，请他修复残缺的器物。他告诉来人：只修复真东西，不修复赝品、劣品；不能催他交货，时间短的半个月、一个月，时间长的要三个月以上；此外，价钱不会便宜，工期长，且要用真金，但绝不会狮子大开口。尽管这样，他总有接不完的活计，做不完的事。

春三月，乍雨还晴。

星期六午后，金中和仔仔细细洗了个热水澡，换了里里外外的衣服，确定身上没有生漆的气味了，然后出门，去访巷中的吴家和刘家。

这两家原本关系亲密，忽然间憋着一肚子气，谁也不理谁了，就为了一个民国时官窑出产的小花瓶！

吴谨声是大型国有企业的工程师，主业优秀，业余则喜欢搞点收藏。刘子泉是个街办小厂的电工，很喜欢义务为邻里修理出故障的电器。两家各有一个十来岁的男孩子，常在一起玩，亲如兄弟。早几天，老吴的儿子小吴把一个小花瓶偷偷拿出来，给老刘的儿子小刘玩。小刘看来看去，不慎失手，瓶子落地，碎成了十几块。吴谨声心痛，花了两千元淘来的宝贝，就这么没有了，能去找刘子泉索赔吗？不能，那会招人指斥，于是，他把气出在儿子身上，用竹棍子狠打了一顿，惊天动地，一巷子的人都听见了。刘子泉也觉得儿子多事，要解对方的恨，只能把儿子好好地揍一顿！

金中和到了吴家，吴谨声很惊诧，说：“金兄，怎么说来就来了。”

“为一个小花瓶打碎了，让你们多年的友情也打碎了，我心疼。”

“我只是打了自家的儿子。”

“那不是打在老刘的心上吗？他怕对不起你，也打了儿子一顿。这两个孩子会怎么想？”

吴谨言不作声了，在自己胸口擂了一拳。

“瓷片还留着吗？”

“还留着，一片不少。”

“我来金缮一下，让它归于圆满，不，会更有价值。你信吗？”

“信。金兄，多少钱？你说！”

“哈哈，我一文不收。届时，我请你和老刘喝顿酒。你们来了，就是最好的‘工钱’。”

吴谨言说：“我糊涂啊……”

出了吴家，金中和又去了刘家。

两个月后，小花瓶修复好了。接缝处是用烧熔的金液涂抹上去的，衬着碧绿的瓷色，如同碧波上撒下的金丝网，又典雅又鲜活。

在酒桌上，三人端杯痛饮，气氛融和。

金中和问吴谨声：“你若愿意出手，我给你找个买主，八千元没问题，行吗？”

“我不能卖！你修补了我和刘兄的裂缝，我要留存为念。”

刘子泉说：“我也要谢谢金兄的美意。来，我敬兄一杯。”

金中和说：“不如我们三人同饮，碰个杯，欢欢喜喜共度年华。”

“好！”

“干了！”

织　补　人

当下的城里人，还有穿打补丁衣服的吗？没有！生活普遍富足，衣食无忧，衣服稍旧、款式稍过时，就会毫不犹豫地扔了。但也有舍不得扔的，比如高档的毛料西装、手工刺绣的旗袍，还有具有某种纪念意义、上了年岁的衫、裙、裤、褂，或被烟头烧了个洞，或不小心被锐物挂出裂痕，或出现几个虫眼，就得去找织补人修破如新或修旧如旧。

织补人不需要开店设铺，不过是摆一个小摊，或在百货商场内外的大门旁，或在人来人往的街道、广场边。在旧时代，这个行当叫“缝穷”，干此营生的是穷人家的中老年妇女，为那些没有家眷的老少光棍缝补破衣烂裤，也就是打补丁，赚一点可怜钱。而现在的织补人，小洞细眼，是用与原衣物同色同型号的线织上去，不留任何痕迹；破损处大的，要用同色同型号的布料，剪出适当的面块嵌入，再在接缝处合经合纬地织补，一如原物。这个手艺了不得，有如字画的修补。

在株洲百货商场大门内侧的右边，就有这么一位织补人甄法嘉。他不是女性而是男人，他不是中老年而是个未成家的小伙子！小平头，瘦高个，眉淡目俊，十指细长柔软。他是服饰中专技校的毕业生，完全可以到大型服装生产企业去任职，却偏偏选择了当自由的织补人。他的父母是乡下的裁缝，甄法嘉自小就喜欢穿针引线，像个女孩子。

父亲问他：“你怎么喜欢当织补人？”

他说：“学校有这门课，我学得很用心。”

父亲又问：“碰了老同学你不难堪吗？”

他一笑：“凭手艺吃饭，不丢人！”

甄法嘉的行头很简单，一条小板凳，一个手提工具包（里面放着针、线、布块、木绷子)、一个可叠折的纸板广告牌。广告牌顶上端写着“织补人甄法嘉”，两边各写一句话，右边是“织补小漏洞”，左边是“不留大遗憾”；中间是根据布料纹理所定的价目表，每织补一处，平纹三十元，斜纹四十元，反纹五十五元，特殊布料和工艺的另议，并承诺凡他经手织补的地方，一年内保证不破。

一眨眼，他当织补人三年了。手艺好，待人有礼性，收费公道，生意一直不错。除租房、日常开支之外，每月还略有盈余。顾客送来活计，有当面等着他完工的，也有隔些日子再来取的。还有不是顾客的，但对一个小伙子用木绷子绷在破损处，操持针线织补，很好奇，便蹲在旁边看，不时地提出一些问题，他一边干活，一边答话，满面春风。

甄法嘉发现有一个蓄短发的中年大姐，隔三岔五总要在他摊子前待一阵。

于是，甄法嘉忍不住问：“大姐，你贵姓？”

“不敢，我姓刘。没打扰你的工作吧？”

“没有。欢迎你提意见。”

“我想问，缂丝之类织品，你可以织补吗？”

“应该可以。”

“做好的旗袍，再在上面绣出图案的，有了破洞怎么织补？”

“先用原色布料织补好破洞，再在上面依原样补绣图案。”

“你还会绣花？”

“见笑。手艺还过得去。”

刘大姐点点头，说：“我祖母留下一件从未穿过的苏绣旗袍，可惜被虫蛀了十几个小洞，我明日送来，请你织补。祖母虽然过世了，但我要留个念想。”

“谢谢刘大姐照顾我的生意！”……

这件旗袍用料是杭州产的紫缎，绣的是淡雅的白玉兰花。刘大姐送来后，当场付下工钱两千元，约定五天后来取。甄法嘉不肯预收工钱，说：“按我的常例，一律是顾客取货、验货认为满意了再付款，刘大姐也不例外。”

第五天，刘大姐没来取织补好的旗袍。

又过了五天，刘大姐仍未见踪影。

甄法嘉的父亲忽然从乡下打手机来说：“法嘉，你娘病了，她很想念你，快回来吧！”

“爹，我理应回来。但有个顾客约好了来取货，却没来。我要等她，怕她找不到我着急，我不能失信于人。”

又过了十天，刘大姐来了。

刘大姐把旗袍认认真真看了几遍，脸上浮满赞赏的笑意，说：“你叫甄法嘉，谐音是‘针法佳’，名不虚传。”说完，赶忙付工钱，还特意多付了一百元作奖励。

甄法嘉执意退回一百元，说：“谢谢你。但我决不能多收一分钱！”

刘大姐说：“你很实在。”接着她拿出她的工作证，让甄法嘉看了后，说：“我是古代纺织品博物馆的，馆里有不少古代的衣、帽、袍、褂、帷、帘，有的破损了。这些日子我考察你的手艺不错，人品也不错，想请你到敝馆去织补，时间会很长。如果你同意，现在就去。”

“刘馆长未能按时来取旗袍，我想也是你考察的内容之一。”

刘馆长脸一热，不好怎么回答。

“刘馆长，十五天前，我就要回乡下去探看患病的娘，因为要守约等你，我没走。现在，我的头等大事，是赶快回去陪娘，侍奉汤药。”

刘馆长一愣，说：“对不起，耽误了你回去探看母亲，请你见谅！”

甄法嘉淡然一笑，说：“刘馆长，你客气了。”

“小甄，你放心去吧，待多少日子都不要紧。我和我的同事，在馆里等着你！”

……

好多日子过去了，甄法嘉没有来博物馆报到，也再没在百货商场设摊。

听说，他到另外一座城市当织补人去了。

煮雪烹茶

天一亮，雪光和曙光如瀑布般从窗外奔泻而入，洁白如羊脂。

昨夜的雪下得真大，飘飘洒洒，如鹅毛如柳絮。北风微微，雪花落地的声音，如柔弦轻抚，入耳入心。

石上泉和夫人何洁早醒了，披着棉袄靠在床头。空调喷吐着热气，暖融融的。

何洁说：“你昨夜总是翻身，睡不实。”

石上泉笑了，说：“这样的大雪，隔了十年才下一次，稀罕哩。天气预报，分毫不差。我们的北斗卫星，真是个好玩意儿。”

“怪不得你昨日黄昏，去园子里把那块青石板用清水洗了又洗，为的是干干净净地承接雪花。”

“对。往年下雪，稀稀落落，敷衍了事。我总想煮雪烹茶，过过瘾，这回可以如愿了。”

“也学《红楼梦》里的妙玉？”

“那学不了。园子里有梅树，也开了花，但要搭梯子去采撷梅蕊里的雪，一点点地收集。可儿子一家都在外地，我敢登梯取雪吗？古稀之人，不敢为风雅而冒险，伤了腿脚，不是苦了夫人吗？”

何洁忍不住哈哈大笑。

“我该去舀雪了，你再休息会儿。”

“我得去为你备早餐了，这叫同起同落。”

“好。”

石上泉曾供职于市里的环境保护监测所，当了好多年的所长，职称是正研究员，得到同行赞誉的学术著作是《工业城市的环境治理》《大气污染的排放控制与净化》。退休十年，不再管所里的事，侍花种草，读些闲书。他虽是学工的，但兴趣却很宽泛，也练字也写诗。除了牙齿不好（换上了优质假牙），身体的其他部位都不错，说话神完气足，响若铜锣。还喜欢开开玩笑，闹出些喜剧效果，令人朵颐大快。

曾有一家《老年报》的年轻记者，打电话来预约采访，一听石上泉问是"哪位"，以为是他的儿子，忙礼貌地说："请你爸爸接电话。"石上泉一听，将错就错，说："爸爸来不了啦。"记者又问："他怎么啦？"石上泉说："他早归山了，我是他的儿子石上泉！"记者一听，笑得差点掉了下巴。

有人问石上泉："你今年高寿？"他马上说："三十五公岁。我七十岁了，是公的不是母的。"

老人们在一起聊天，说到市场上的冒牌假货无不怒气冲天。石上泉装着严肃的样子，说："各种假货都让人痛恨，唯独一样不可恨——假牙。没有它，我什么也嚼不动，等死吧。"大家一愣，随即哄堂大笑。

这老爷子太有意思了，快乐自己，也快乐别人。

石上泉提了一只细篾编织的小竹篮，拿了一把用南竹片削制的长竹刀，走到园子里去。黑色的羽绒长大衣，黄色的羊毛围巾，枣红色的绒线老人帽，从上到下，饱满而明丽。

何洁说："老来俏啊。"

"谢夫人谬奖。我往园子里的梅树边一站，也是一棵老梅树，铁干虬枝，开着黄的红的花。这叫'俏也不争春，只把春来报'！"

石家嵌在曲曲巷中，是祖上留下来的。园子里有石有井有花有树，还有一栋砖墙木架小楼，两层，第三层则是一个露台，轮换着摆放时令花草。露台又称为晒楼，因为其功能主要是晾晒衣服。闲暇时，石上泉喜欢站在晒台上远眺，这是一种职业习惯使然，看看天，嗅嗅风中的气味，估测环保的效果。往北望是本市原来的工业区，林立着许多高大的烟囱，他曾活剥陶渊明"采菊东篱下，悠然见南山"的诗句，变为"赏菊东墙下，怅然见烟囱"。这些年来，大部分排污企业迁走了，留下的少数企业也在治污上花了血本，变得天清气朗了。昨天现任的所长派专人送来一份已上报的《潭州地区环境治理检测达标报告》的副本，请他这个老所长看后提提意见。他认真看了，觉得基本上是符合事实的。

石上泉走进园里，真正是天地一洁，耀人眼目。他记得清人张岱在《湖心亭看雪》一文中的妙语："雾凇沆砀，天与云与山与水，上下一白。"踏着四五厘米厚的雪，雪发出吱吱的细碎声，他走到井边的大青石板前。青石板有两米长、半米宽，高约三十厘米，形如床。春秋晴和的日子，他喜欢坐在石上看书；夏日午后，他干脆躺在石上闭目养神。他在石边蹲下来，先用竹刀刮去上面的一层雪，再用双手捧雪放入竹篮。寒气从指尖刺入，再狠狠地刺入他的心尖，他知道气温应在零下三度左右。这雪真是白净，没有任何杂质，他忍不住抓了一点放入口中，凉且爽。雪满竹篮，他又去北墙角，折了几枝斜曳而下的蜡梅，上面缀着全开、半开的金色花朵和未开的花苞，以便插入客厅案头的釉下彩瓷瓶，作清供之用。过会儿回到室内，他会把篮中的雪倒入一个白瓷大盆，让雪在空调的暖气中融化为水，再用白纱布过滤（以防有异物），然后就可以用雪水煮茶了。

何洁站在屋门口的台阶上，喊道："快来吃早餐啊！"

"有什么好吃的？"

"馄饨！"

"天地一混沌。气派！"

老两口津津有味地用完早餐。石上泉说："夫人辛苦了，我马上煮茶为谢。"

"什么好茶呢？"

"安化上等散叶黑茶贡尖！"

红泥小炉里燃着木炭，火苗子如舌，吐得长长的。放了雪水的大陶壶，搁在炉上。待水冒出热气时，石上泉再将苦茶放入壶内，盖上壶盖，静候沸声。两个精美的白瓷小盖碗，放在炉边的小几上。

何洁说："你对吃茶也很里手，得闲了可写写科普文章。"

"这使不得，我是只吃不写。古人云：'鉴者不写，写者不鉴。'王国维谈论词的艺术有《人间词话》一书传世，可他自写的词，就让人不敢恭维。"

陶壶盖有了响动，茶水沸腾了。

石上泉提起陶壶，往揭开盖的小盖碗里倒茶，一屋子香气氤氲。

"夫人，请喝茶。"

"客气了，愧领。"

石上泉缓缓地啜了一小口，再闭住嘴让茶水在舌尖周围缭绕，然后才细细咽下。突然，他眉头紧锁，对夫人说："这茶不能喝。"

何洁问："这茶蛮好的，怎么不能喝？"

“此中有硫化物的气味，昨夜北风虽弱，却带来城北烟囱里未除净的气味，掺在雪里了。”

“那些烟囱不是有水净化装置吗？并未见有灰黑的烟尘啊。”

“冒的是白烟，但净化不到位，不是煮雪烹茶，也发现不了。”

石上泉提起炉上的大陶壶，去厨房把水倒了，洗净后再去灌上井水，重重地搁到炉火上。

“我要为好壶好杯好茶一哭。新所长的那个环境治理达标报告是怎么写的？若不是拿了好处费为人消灾，就是浮在上面不着实地。我要写篇文章，题目是《从煮雪烹茶看环境的并未达标》。”

“你不是说鉴者不写吗？”

“这件事必写，活活地大煞了我一怀雅兴！”

龙凤大轿

初春，时晴时雨，暖一阵寒一阵。

几天来，刚过花甲之年的洪喜祥，和本地物流行业的大咖荣久生较上了劲。

洪喜祥不过是一家名叫“红喜祥”花轿出租铺的小老板，手下能调遣的不过是十顶大花轿，还有员工一个——他的夫人。但他很得意，十年前能从经营一家小水果店漂亮地转行，不能不说是他的睿智。现在的人，生活好了，可也更世俗了，结婚用高档小车接亲，算个什么排场？新娘子要坐的是人抬的花轿！花轿哪儿去租？唯一的选择是“红喜祥”。这个上百万人的中等城市，几乎每天都有喜结连理的，总有想坐花轿的新娘，于是，这里生意火爆，招财进宝。十顶大花轿，一律是古制，轿顶、轿芯、轿杠，用的是上等木料，轿檐、轿窗，雕花镂朵，精美。轿顶覆以红缎，绣着日月同升的图案；轿围是一色的湘绣，梅、兰、竹、菊，争奇斗艳。更让人注目的，是店堂中陈列着一顶只看不租的龙凤大轿，比其他的轿子都宽大，是民国初年的旧物，紫檀木做的。轿芯上下雕的是“百子图”，仿佛让人听到孩子的欢叫声；特别是两根大轿杠，两端头分别雕的是龙头、龙尾和凤头、凤尾。洪喜祥从旧家具市场买来时，不过用了两千元，当然破损得很厉害，他请来能工巧匠修旧如旧，变成了镇铺之宝。再新配红丝绒轿顶、苏州定制的苏绣轿围，而且隔一段日子就另换一套，让人时见时新。这顶龙凤大轿，除两根红漆大轿杠外，还有两端绳套拴着的四根小轿杠，每根小轿杠两个人来抬，抬轿一共要用八个人。特别是那些将当新娘的女孩子，做梦都想能坐上一回，则此生足矣。

五十岁出头的荣久生，为“路路通物流公司”的总经理。儿子荣永华是他的副手，找的女朋友是本公司的会计师刘瑶。刘瑶不但是绝色，而且有才干。这对年轻人朝夕相处，爱情催熟得很快，终于要结婚了。儿子对爹说：

“你将进门的儿媳，想坐花轿。”

荣久生说：“豪华小车，我家有。不够，婚庆公司去租。为什么要坐花轿？”

“她说，坐花轿是古典的浪漫。”

“行。”

“她还说，要坐‘红喜祥’店堂里摆放的那顶老轿子。”

“不错，有眼力。洪喜祥虽说这顶轿子只看不租，我多出钱就是。”

“谢谢爹。”

荣久生一直认为这个世界没有用钱摆不平的事，可要租这顶龙凤大轿，却被矮矮胖胖的洪喜祥笑嘻嘻地拒绝了。逼得荣久生不断加价，一直加到五万，对方似乎不为钱所动，依旧摇头不止，他只好一次次颓然当返。

洪夫人百思不得其解，再好的轿子坐一次就付五万，原物还退回来，老头子怎么不同意？怕是蠢到家了。

“头发长，见识短，你不懂！”

“你说这是老物件，怕损坏，一个小女子，轻得鹅毛一样，会把轿底坐塌？”

“告诉你吧，花轿店的生意已经做开了，声名远播，也不需要龙凤大轿当镇铺之宝了。他荣久生有的是钱，要想挣脸面、摆排场，就把这顶轿子买回去！接完了亲，轿子于他有何用，只能找我回购，那时，我随便给他几个钱，他也会乐意的。”

洪夫人笑着说：“无商不奸！无商不奸！”

两人正说着话，洪喜祥的手机响了。是荣久生打来的，说过一会儿他的车就到了。

“老头子，你有把握人家一定会买？”

“有个很漂亮的女孩子来过好几次，她的手提公文包上印着‘路路通’的字样，那应该就是荣久生的儿媳。她看这顶轿子，上看下看，左看右看，眼睛亮得打闪。不但看得细，还问得细，问的都是内行话，这个女孩子不寻常。她想坐一回花轿，荣久生能不同意吗？即便荣久生不同意，他的独生子也会和他吵闹，逼老家伙就范。”

“这顶龙凤大轿能卖多少钱？”

“我开价五十万，底价是四十万。”

“老头子，你赚大了。”

“哈哈……哈哈……”

……

两个月过去了。

洪喜祥望着空出一大块地方的店堂，心里也空了一大块。那龙凤大轿，在荣久生一再恳求租用还是被他微笑婉拒后，荣久生说："我原本是不来求你的，可儿媳就爱吃这一口，儿子也跟我撒气，洪老板，你说我怎么办？你说是文物，怕损坏，我买下总可以吧？你出个价。"于是，他装着很痛苦的样子，沉吟良久，才咬牙说出一个价码，两人再高声低语地争论和商谈，最终以四十二万成交。轿子被抬走了，接着洪家的婚礼按预定的吉日举行，古典、豪华的八抬龙凤大轿接亲的场面，轰动了全城，洪家这个面子挣大了。可迎亲用过了的龙凤大轿，怎么没见洪家来商谈让他回购的事呢？他想好了，回购他可以报出一个十万元的价码，他得给荣久生一个面子。

门外，晴了一阵的天，暗了，沙沙沙的雨声响了起来。

洪夫人坐在茶几边看报纸，忽然惊叫一声，说："老头子，你看这整版的广告，一家'龙凤大花轿铺'今日开业了！"

洪喜祥踉踉跄跄跑过去，扯过老伴手中的报纸睁大眼睛看。果然是一个整版，不但有文字，还有各种花轿照片多幅，最醒目的是那顶龙凤大花轿的照片，说明文字是：本铺拥有百年龙凤大花轿，是最具传统婚典文化的花轿出租处。老板是刘瑶，她在《开业告白》的文章中说：因我坐龙凤大轿嫁入荣家，成为此生最难忘的记忆，于是想到我亲爱的姐妹们，也应该享此殊荣。于是挂靠"路路通物流公司"，创立此花轿铺。本铺拥有各式古典花轿二十顶，礼仪、轿夫、乐手各种职事皆备。龙凤大花轿亦可租用，租金面议。试看明日城中之婚典，必是我铺花轿迎亲之天下！

洪喜祥气得把报纸撕成几块，狠狠地抛向空中，大声说："这个小女子是个精怪！我真他妈的浑！"

老书童

正值盛夏，早晨七点钟的时候，太阳就升得很高，泼下金汁般稠酽的阳光。但在大山里，阳光虽亮却并不灼人，风里有清凉的水汽和草木香。

七十五岁的舒化人，和比他小五岁的妻子宣文仪，早就起床了，练过太极拳，到菜园里去摘了菜，做好早饭又吃过早饭，把堂屋里的木靠椅、长板凳摆好，再走进图书室，扫地、抹桌子、整理书柜里和书架上的书。

舒化人瘦高个儿，背微弯，一头白发，脸上总是喜气盈盈的。

“放假了，孩子们都来看书，还有一些老人，书香招人也养人，真好。”

宣文仪说：“我们都是老书童，伺候老少爷们读书。”

“用词不当，不是‘侍候’是‘引导’。”

“我们还是星子村不挂名的扶贫干部，做文化扶贫的事。这栋屋，不像住家的，就是一个图书馆，横匾挂在大门上方，对联挂在大门两边。”

“对。哈哈。”

大门上方的横匾，是一块刨光的白木板，舒化人用绿漆写了四个楷书字：“非棋牌室”。对联也是用木板写好后挂在大门两侧，行书，字很灵秀，联语云：“人到此间来，读书明理；心往一处想，脱贫攻坚。”

“横匾告诉大家这里不能打牌下棋，对联表明要增强文化自信方能致富。”

“只是委屈了夫人，跟着我来这吃苦受累。捐扶贫款，为乡亲救急，买书、买药，你舍得花钱。”

“存款早用完了，每月的工资也还够用。九年了，看着这里一天天变美变富，我高兴！”

舒化人原是省城潇湘农学院的教授、博导，宣文仪是院图书馆购书部主任。二〇一〇年，也就是全国脱贫攻坚第二个十年拉开序幕，舒化人延迟到六十五岁终于退休，夫人正好满花甲也可息影林泉了。儿孙都有出息，不用他们操心。舒化人出钱让星子村的堂弟在离他家不远的地方，建一栋宽大的土砖瓦屋，养老和作图书室之用。堂弟很兴奋，问办图书室做什么？舒化人诙谐地回答：村里的留守老人和孩子不少，他们寂寞，我们也寂寞，让他们来热闹热闹。

房子建好了，粉刷一新。书架、书柜立好了，除自家农技藏书之外，又购进许多儿童图书、国学读本，还订了十几份党报、党刊和文学杂志，如《湖南日报》《株洲日报》《学习》《湖南文学》《芙蓉》等。

舒化人开始时还怕没人来，特意拜托村支书和村主任去各家打招呼，说这里有茶喝，小孩子还有糖果吃，更有书看，欢迎大家都去。

舒家很快就成了村里的一个好去处！

图书室里人满了，可以坐到堂屋里。白天要干活来不了的，可以晚上来消停。

当村里通了电，有了网络信号，舒化人又买来几台电脑桌和电脑，但规定不能打游戏，只能看新闻、查资料。指导老师就是宣文仪。孩子们喜欢把作业拿到这里来做，遇到难题了，就请舒化人来讲解，立马得到圆满的答复……

杂沓的脚步声、笑语声，流进了舒家。

“舒老师好！宣老师好！”

“大家好！茶都烧好了，自己去筛，想看什么书，自己去选。”

舒化人走进图书室。挨墙立着一个一个的书架和书柜，正中间摆着一个大书桌，书桌上放着砚台、插着毛笔的瓷笔筒和笔搁；还有一把刀身窄而长的裁纸刀、糨糊瓶子，用来修补破损的书。

一个小伙子走到书桌前，向舒化人鞠了个躬，说：“舒老师，我来看望你。我考大学前，常来这里请教。录取通知书寄来了，我考上了潇湘农学院！”

“小刘，祝贺你。好好读书，然后找个好工作，也是为家里脱贫的一种方式。”

“谢谢您的教诲。”

一个蓄平头的中年汉子急急地走进来，给舒化人递过一支香烟：“舒老师，请抽烟！”

舒化人用手一挡，说：“小张，我是不抽烟的。这个地方，也请你不要抽烟。”

“对不起。我想去买二十只羊来养，请问买什么品种的长肉快、抗病性强？”

“有三个品种可供选择：小尾寒羊、白山羊、黑山羊。我建议你养黑山羊，市场价格稳定，又广受食客赞扬。”

“你一说，我就心里有底了。”

堂屋里忽然传来宣文仪和谁说话的声音，推推让让的，有些震耳朵。舒化人赶忙走出去，才知是一个上了年纪的村民送来一小篮苋菜、丝瓜，夫人执意不收，要收就要给钱。舒化人说：“文仪，收下吧。老朱，你让我代买一本《如何种好黄桃》的书，昨天已快递来了。收了你的菜，我不能不回礼，我送你这本书，好不好？”

“你们太客气了！”

宣文仪赶快去把书拿来，双手递给老朱。

……

一拨人去了，一拨人又来，一天的时光过得飞快。到晚上十一点钟，舒家送走最后一个客人，才真正安静下来。里里外外打扫卫生后，宣文仪去堂屋后的洗澡间关门洗澡。舒化人则坐在图书室的书案前，面朝室门，修补弄破了的书。

天上淡月疏星，远处近处不时地传来一两声狗吠。古诗说“鸟鸣山更幽”，此刻却是“犬吠村更静”。

忽有急促的脚步声飘进堂屋，顺手把大门上了闩，接着一个横肉满脸的汉子，拿着一把匕首闯进了图书室。

舒化人在听到有人进了堂屋并慌乱闩门的声响后，便断定情况有异，迅速地站起来，手握连刀身带刀柄有尺把长的裁纸刀。

汉子愣了一下，停住脚步，说：“你是有钱人，我不想伤害你，我只是来借几个钱用！”

舒化人冷冷一笑，说：“你手拿匕首，这不叫借钱，是来抢钱！”

汉子目露凶光，说：“是来抢钱，你一个老倌子，敢和我较劲吗？”

“敢！你听说过一句古语吗？‘士可杀不可辱’！我一个读书人，能听一个歹人的指手画脚？那是我的奇耻大辱。我就敢拼命和你一搏，死了也不丢这个面子！”

“舒大爷，你们捐钱给这个给那个，可见你们是富豪，给我点钱，并不伤你们的皮毛。”汉子的语调低下来。

“这不是一回事！我劝你还是要走正路，这犯法的行径，万万搞不得。你现在收手，还来得及，赶快滚蛋！”说完，他左手把裁纸刀指向汉子，右手拉开抽屉，拿出一个废弃的开关板，晃了晃。

汉子惊得往后退了一步。

“我的堂弟就住在不远处，这是报警器，与堂弟家、镇派出所都连了线的，我一摁按钮，他们就会赶来！你不想去坐牢，不想连累你的父母妻儿，就悬崖勒马，赶紧走人。否则，我就要摁报警器了！”

汉子一块脸顿时变白，说：“不要摁。我……走……”一转身，他跑了出去，抽开大门的木闩，发疯地跑了。

脚步声渐行渐远。

舒化人脚有点发软，慢慢坐下来，把开关板丢到桌上，说：“什么报警器？居然还能吓退坏人。”

洗过澡换上干净衣服的宣文仪，走进了图书室，问：“刚才，我好像听见你和谁在说话？”

舒化人淡淡一笑：“你是幻听。我和谁说话？和鬼说话！”

守 墓 人

春节前夕，二十五岁的红云云，从深圳回到她的老家——罗霄山脉脚下的茶陵县桐木镇火把村，来和父母团聚，过一段安安静静的日子。

红云云已经一年没回老家了。打从大学毕业，她和既是同学又是男朋友的艾薪去了深圳打拼，工作忙啊，只能是一年回来一次。她和艾薪都是财经学院毕业的，且是高才生，朝夕相处，便成了恋人，但两人的家庭背景迥然相异。她出身于地道的农民家庭，父亲、祖父上溯到曾祖、高祖，都是在田土里刨食为生。而艾薪是福建石狮人，家里是做服装生意的，赚钱不少，他却想在深圳打拼出自己的一片天地，由父母投资开了一家服装营销公司。艾薪希望红云云跟他一起干，红云云说：“我不能依附于你，我得有个独立的空间，但我可以来帮忙，彼此都自在！”红云云应聘去了一家电器制造厂，先当会计，再当上财务室的负责人，每月工资八千元。

红云云是独生女，因母亲身体不好，生下她后就再没有生孩子了。火把村是个贫困村，红家又没有得力的男丁，父亲个子瘦小，母亲多病，干完了田土里的活，还有另外一个身份：红军无名烈士墓的义务守墓人。红云云每月准时给家里寄钱，可父母一个钱也舍不得用，都给她存到银行，说等她要成家了用来办嫁妆。当她眼泪汪汪地把这件事告诉艾薪时，艾薪淡淡地说：“存银行有多少利息？可以投到我的公司吃高息，保管旱涝保收！老人还去义务守墓，何必这么辛苦。”

红云云也劝过父母，别当什么义务守墓人了，没谁要求他们这样做。父亲说：“这是你曾祖父的嘱托，红家义不容辞！”

关于红军无名烈士墓的故事，红云云从小听到如今。

那是井冈山斗争时期。火把村处在湘赣边界，几十户人家的土砖茅屋，稀稀落落地散落在各处。离卡子山最近的是红家，穿过一片杂木林就到了。卡子山两边是高峻的石山，中间有一条通道。一九三三年冬，红军的大部队要撤离出去，一个连的红军为安全护送把守着卡子山。大部队完全通过后，一位姓李的连长仍带领几个战士扼守在此，准备三天后再去追赶队伍。李连长曾到过红家，执意留下一块光洋，买走一小袋红薯。第二天白匪追到了卡子山，激烈的战斗从早上打到黄昏，红军弹尽粮绝，只剩下了李连长。他完全可以穿过杂木林，经过红家，再穿过火把村，从另一条小路进入大山深处，但他为了不连累乡亲，只身飞奔，把白匪引向另一个地方，最终身中数弹而牺牲。白匪把李连长和其他战士的尸体，残酷地抛下山谷，才悻悻地离开这块地方。

红家当时的当家人，是五十多岁的红大山，第二天夜里，他带领家人去山谷寻回烈士的遗体，用家里纺织的白土布（原是准备赶场卖掉后，买回所需的食盐和农具）把遗体裹好，埋到祖屋后面的一个山湾里，不垒坟堆，不立墓碑。红大山和家人常会悄悄地去墓地巡看。红大山曾被白匪抓去严刑拷打，问那些遗体哪去了，他除了说“不知道”三个字，其他的什么也不说，白匪只好放了他。

几年后，红大山因病快断气时，交代独生子红石岩：好好守着这片墓地。

新中国成立后，红家在墓地堆起了一个新的坟堆，竖起了木板做的墓碑，用红漆写上“红军无名烈士之墓”，只有李连长的墓碑上写的是“红军烈士李连长之墓”。平日锄草、培土，到了清明节，用从牙缝里省出的钱，买来鞭炮、香烛、纸钱和水酒祭祀。

红石岩是农业学大寨时放炮开山造田，因劳累过度、心肌梗死而去世。红大山、红石岩的墓，筑在离红军墓地不远的一个小山包上，日夜守望着这些先烈。

红星火又成了接班的守墓人，春去秋来，如今五十有四了。

这个冬天是暖冬，没怎么下雪，每夜下的是白毛霜。但山里的气温却低，红家堂屋中央的火塘里，老柴蔸烧得火苗子直跳。每夜，红云云和父母坐在火塘边，喝茶、嚼炒红薯片、聊天，她觉得又回到了童年，温馨得心都发软。

母亲问：“云妹子，你不是说那个小艾，要跟你一起来吗？”

“妈，别提他了。他说要回石狮去，利用春节这几天，去给一些服装厂的大老板拜年，联络感情，好让他们来投资。”

“你的话他也不听？”

“他只听钱的话。”

红星火咳了几声嗽，说：“他一定是邀你一起去，只是你不去。”

“我当然不去！妈说你的肠胃病又犯了，我要回来陪你。”

红星火笑了笑，说：“再陪也只几天，只要你快活就好。”

“我一回来就快活了。你们不晓得，年底前，我上班的那家公司的老板专门找我谈话，让我做假账，为的是逃税。我不肯，和他吵了一场。他说：‘我是老板，我出钱请了你！否则，你可以走！’你看气不气人。”

“我女儿有正气。我们喜欢！”

“我一年没回来，没想到村里大变样，成立了一个个专业队，种茶、栽果树、养牛羊鸡鸭，扶贫越来越见成效。还有这红军墓地，变成了‘红军墓园’，入口处立起了石牌坊，重修了墓拱、墓台、墓道，还配上了白石墓碑，成了旅游线上一个亮点。连曾祖、祖父的墓地也修整一新，称为‘守墓人纪念园’，让大家来参观、学习。”

“是县里出钱、派人来修建的。墓地周边的花草，品种是我建议的，一行还魂草，一行爆竹花，掺杂着种。”

“还魂草，长在大山深处的石头缝里，不怕旱，不怕雨雪，一年四季绿茸茸的。把它抽得筋断叶碎，过些日子又会还魂活过来，所以叫它‘打不死’。就像牺牲了的红军战士，精神万古长青！爆竹花又叫一串红，花序像一挂挂的爆竹，红得热烈，就像我们的生活越来越红火。”

“我是这样想的，可文化太低了，讲得结结巴巴的。还有那个李连长的故事，我也讲得呆板。来了参观的，我要义务讲解，心里急呀。加上身体不好，将来谁来守墓？”

红云云端起杯子喝茶，喝得咕咚咕咚响。

转眼到了大年初七。

红云云的手机不时地响起铃声。老板催她初八要准时上班，账必须做而且要做得天衣无缝；男朋友说石狮来了几个考察的老板，要她赶快来帮忙接待。红云云没好气地说：“我爹还病着，我还要待几天！”

这些日子，只要红星火去墓园，红云云不放心病了的爹，必陪他一起去，用扫把扫墓道，用抹布擦拭墓台、墓碑。

初八早晨，县政府打电话给红星火，说北京部队的一个歌剧团来老区慰问演出，参观了中国第一个红色政权——井冈山时期的茶陵县工农兵政府，拜谒了县城里的红军烈士陵园。当他们听说了红家守墓人的故事后，很感动，一定要来拜祭这里的红军烈士，采访如今的守墓人！

红星火接完电话，急得眉毛打结，说："云云，我当导游，你当讲解员，好不好？"

"好！"

"人口岸来的人，尊贵哩，我要送他们一个好礼物。"

"什么礼物？"

"一盆还魂草！"

……

当客人们走出石牌坊，然后一齐回转身，面对站在石牌坊下的红星火和红云云，立正，敬礼。两鬓染霜的团长大声喊道："向红军墓园的守墓人致敬！"

大客车远去了。

红星火流泪了。红云云也流泪了。

"爸爸，我决定留在家乡，当一个守墓人。"

"我就等着你这句话。县文化旅游局给你留了一个招聘干部的名额，这里需要一个专职的导游和讲解员。只是小艾……"

红云云目视远方，说："云在青天水在瓶，就顺其自然吧。"

昨夜无故事

这是一九六一年盛夏一个尴尬的黄昏，而且注定也是一个尴尬的夜晚。

在偏僻的长冲知青屋，就剩下两个互不待见的人，而且是一男一女。男的叫游决明，女的叫花美霞。

知青屋也就是知青点，一共是五个人，二女三男，是去年冬下放到这里来插队落户的。下放前，他们是株洲一中高中部的同学，还是同住一条建国街的远近邻居，忽然之间成了在广阔天地磨炼铁骨红心的“插友”。这个地方属于株洲县朱亭公社旺坡大队牛背岭生产队，知青屋设在离队部五里外的长冲。住的是一栋稍经修整后的破山神庙，倒塌的泥菩萨早被清理出屋，神案成了他们的饭桌。宽敞的殿堂，用厚木板隔出几间作卧室、工具室、洗澡室、厨房。他们要干的活，简单而笨重：种苞谷、红薯、蔬菜，兼带栽树护林。

午饭后，一个女插友两个男插友，因为远在株洲市的家里有急事，再说也有两个月没有休假了，他们向知青小组组长花美霞请假三天。

往常休假，一般是让两个人回去，留下三个人；或者是三个人回去，留下两个同性别的人。花美霞说：“这怎么行呢？”

“我们问过游决明，他说你也可以跟我们一起回城，他一个人留守知青屋，正好和山鬼林狐搭伴。”

“呸！呸！这个游郎中，狗嘴里吐不出象牙。我能走吗？知青屋真要出个事故，我的责任就大了。你看，你们要走了，他也不出来送送。”

“花组长，那我们就走了。”

“走吧，走吧。”

太阳渐渐地西斜，清凉的地气升腾起来，风悠悠地吹，知青屋外满山满岭的林木，发出细细碎碎的声响。

花美霞在三个插友走后，突然觉得很孤单，这种孤单不是因为清冷、静寂，而是失去了一个受人尊重的氛围。这个游郎中一个下午就闷在自己的卧室里，不是在清点随手采摘的药草，就是在看几本医书，也不出来跟她打个照面。

在五个人中，她最有优越感：出身工人家庭，具有领导才干，在学校当过红卫兵的小头目，“复课闹革命”后因为要求进步加入了共青团，现在是知青点的“一把手”，出工、收工、开会、生活，当然还包括做思想政治工作，都由她统管。她最看不顺眼的是游决明，父亲不过是城里一家国营中药店的坐堂医生，也就是世人所称的“郎中”。游决明自小就喜欢识别药草、背诵丹方、翻看医书，下乡了更是如鱼得水，俨然走进了一个大药草园，干活不偷奸不躲懒，还兼带做实习郎中，哪里想过在农村扎根一辈子的事。她从不叫游决明的尊姓大名，不论什么场合，敞开嗓子叫“游郎中”

游决明不但不恼怒，还满脸是笑地答应，然后说：“花姑娘，什么的干活？”

花美霞气白了一块脸，恨恨地说：“痞子腔！”

“你慷慨送我一个绰号，我也送你一个，这叫来而不往非礼也。”

最后一缕夕阳，消逝了，暮色开始合拢，快八点钟了。

花美霞已经洗过澡，换上一条湖蓝色的的确良连衣裙，趿着一双软底海绵拖鞋，走到游决明卧室外。她个子高挑，眉目清秀，确实漂亮。在家她是满女，受宠得很，穿着比同龄的女孩子要时尚得多。

“喂。你不吃晚饭了？”她不敢叫“游郎中”，免得生闲气。

“喂。吃过了，吃的是中餐剩下的蒸红薯。”

“那就好。我到外面去散散步。”

“遇到了野鬼，就大声喊。”

“呸！”脚步声柔柔软软，牵向屋外。

游决明在卧室里点亮了小马灯。“楼上楼下，电灯电话”在那个年代还是个遥远的梦。

当天色完全黑了的时候，游决明听见花美霞的脚步声由远而近，走到知青屋的大门口，上了台阶，跨过门槛，突然停住了。接着，就听见花美霞恐怖的叫声：“游郎中——游决明，我踩到蛇了，快来救我！”

游决明大声回应：“花姑娘——花美霞，不要动，踩紧蛇！”边说边提起小马灯，还拎了一支手电，跑到门口来。他先在地上放下小马灯，再摁亮手电筒，照到花美霞的右脚上。海绵拖鞋踩在离蛇头一寸的蛇颈上，蛇头在鞋底边扭来扭去，黑红色的蛇信子一伸一吐。手电光从下往上移，脚跟、脚踝、小腿肚，很白净，缀着棋盘花纹的蛇身子如麻花一样，一圈一圈往上缠。

“游决明，我怕，你快想办法。”

“别动。这是条五步蛇，毒性大，咬一口，五步之内必倒地身亡。”

花美霞呜呜地哭起来。

“你常说‘一不怕苦，二不怕死’，上台表态的豪情壮志哪去了？我游郎中自有办法，这条蛇不能白白遇上你！”

游决明先用两根细竹棍夹了一团破布，塞进蛇嘴，再用手撩开裙子的下摆，抓住蛇身，一圈一圈解开后，用左手抓住蛇尾，把蛇身扯直。接着，右手从口袋里掏出一把锋利的小刀，从蛇的肛门处，沿着蛇腹慢慢地朝蛇头笔直地剜过去，顺带把蛇的内脏也取出来。“好了，你可以松脚了。”游决明把刀子和蛇放到地上，说。

话声未落，花美霞身子一软，倒在游决明的怀里。游决明赶忙把她抱开去，让她坐在离死蛇几米外的地上。

“你先少安毋躁，我得去把这条蛇处理一下。这种毒蛇，县里有药材公司收购，可卖四五块钱哩，你总说伙食少油水，我卖了蛇，到集市买几斤猪肉，让大家打牙祭。”

“……你是当郎中的料。你这一刻想的是蛇。”

“你在想一男一女的夜晚，怎么说得清楚，是不是？”

花美霞一骨碌站起来，急步进了她的卧室，没有关上门。

游决明找来两根筷子，扎成十字架，把蛇头拴在十字架上端，再翻开蛇肚皮，一点一点盘在筷子上；然后进了厨房，用微火烘焙蛇头、蛇皮。

游决明把这一切弄妥，然后洗手、冲澡，准备入房安睡。他看见花美霞的卧室门还开着。墙上的挂钟正好敲了十二下。他上床很快就睡着了。

睡梦中的游决明，没想到花美霞会悄悄地在他门上挂了一把锁。黎明时，他醒过来，听见花美霞悄悄开锁和取下锁的声音，便明白了此中缘由。

打着赤脚落地无声的花美霞，转身走了。

游决明没有惊动她。他只是不明白，花美霞先是敞开自己的卧室门，尔后又在他门上挂上锁，是她放任自己后的一种醒悟和自律，还是对他表示一种装模作样的警诫和掩饰？这个女子心太深了，不能不提防。

昨夜无故事。游决明心里说：他们永远也不会有故事了。

寿 材 任

在古城潭州，真正提倡火葬，并得到民众广泛的认可，是在二十世纪八十年代初。在此之前，因循守旧，亡人自然是入土为安。既然是土葬，必用棺木，棺木又称千年屋、寿木、寿材。制作和出卖棺木的店铺，往往叫寿材铺，有一点吉利的意思。

城中的平政街，就有一家几代相传的“任氏寿材铺”，老店主、少店主都被人叫作“寿材任”。寿材铺门脸不大，但店堂宽阔，依次摆着一长排做好的棺木，每副棺木用两条结实的大板凳承托。棺木有白坯子的，也有上了漆的；有“阳材”（男性用的），也有“阴材”（女性用的）。“阳材”也罢，“阴材”也罢，不管亡人高矮胖瘦，一律是六尺六寸长，这是规矩，所不同的是“阳材”的大盖比“阴材”多出半尺。做棺木的材料，楠、梓、樟、松、柏、杉、柳都有，用料齐楚，做工也精细，价格各有不同；最简单的是用不入流的杂木、薄板订的“匣子”，供贫困者使用。这里不做不卖幼年早殇者用的小棺木，有光顾者，店主会热情介绍城中有专做此物的，请去那儿。这叫给同行留碗饭吃。

店堂的后面是一个不算小的院子，有住房、厨房、客厅，也有斧、锯交响的作坊，还有堆放各种木料的棚屋。有客户要亲自选料的，有入老境者来预订的，可到这里来考察。

现任店主兼工匠的“寿材任”，叫任平生，一九五一年时，他三十一岁，爹因病逝世，他便顺理成章地做了掌门人。七岁前，他读过几年私塾，再入新式学堂读到高小毕业，然后跟着爹学做棺木。从十三岁专司此职，一眨眼过去十几个春秋，富丽堂皇的，中档平常的，寒素简陋的，什么棺木没有做过？在这个行业里，他很快就头角峥嵘。特别是那种高档的棺木，要用十三棵又大又粗的贵重木头，名曰“十三圆”，两个“帮”、前后“回头”、大底、大盖，使用的是大锯、大斧、大凿，力气要大，技术要精，处处得见好手段；前后“回头”，还得精雕图案，“八仙过海”“麻姑拜寿”“龙马飞天”，一点都不可马虎。叫他“寿材任”，是实至名归，就像本地做泥人有绝活的叫“泥人唐”、做纸马有名声的叫“纸马贺”一样。

开棺材铺的，大多待人不怎么热诚，因为死人的事是经常发生的，不愁没有生意。但任平生却不同，喜结交朋友，经常做急公好义的善事，待人讲理性，身上有书卷气。特别是上了年纪的老人，得闲了喜欢到寿材铺来，一是聊天，有茶有烟招待，还有任平生妙趣横生的话题；二是也想为自己的百年之后，预定一副满意的寿材。

“寿材任，放在最后的那副寿材，百年老香樟做的，气派；前后‘回头’上的浮雕，精美。谁订下的？”

“是我自备将来用的。”

“备得太早了、太早了。”

“近水楼台先得月，做寿材的，不能亏了自己。”

“可否一让？”

“抱歉，抱歉。这样的老香樟，难得一遇。”

于是，主客俱欢，笑声不断。

有人问：“这寿材，怎么看不见一颗钉子？”

任平生说：“全部剔槽‘咬’在一起了，不需要用钉子，这才叫功夫。”

“这玩意儿，绝。”

来寿材铺闲聊的，一般没有年轻人，“死”离他们还非常遥远。中年人也少。但与寿材铺打隔壁的“叮咚白铁店”的店主吴有名，比任平生大几岁，瘦小个，窄长脸，只要忙完了手上的活，就会走过来，有板有韵地喊一声：“寿材任，我来讨教了——”

任平生或在店堂里看书，或在作坊里干活，听到喊声必赶忙迎上来，说：“有屈尊驾，快请坐。”

吴有名的店子小，不到十平方米，店堂兼工作间，摆放着各种工具，剪板机、小火炉、铁砧、木墩、榔头、扳手、铁钳及各种规格的薄白铁板，还有挨墙的货架，拥挤得很。楼上呢，只有一个小厨房和一间小卧室。好在他是光棍一条，没有多余的人跟他争面积。他的产品，是用薄薄的白铁板，打制茶壶、脸盆、水桶、铁皮盒、漏斗、茶盘……他好酒好烟，一人赚钱一人花，绝不去银行存钱，快活如神仙。

“有名兄，我想到你那里去拜府，你总是不肯。”

“我那里窄小，会委屈你。你这里宽敞，我正好透口长气，叨扰了。”

“有名兄，客气了。”

“你两个孩子，都爱读书、画画，我为他们打制了两个铁皮文具盒，可放铅笔、钢笔、毛笔，还可调色、濡墨、贮水，设计得还入眼，打制也用心。小礼物，见笑！”

任平生接过文具盒，里里外外细看，真是精美如艺术品。铁盖上用刀刻着白描画《夜读图》：一个烛台、一叠书、一个持卷读书的人。还刻了齐白石的两句诗：“扫除一室空无物，只许儿童听读诗。”图和字，线条流畅，好看极了。

“有名兄以刀当笔，宛如神助，谢谢！我知道你的意思：要让后人多读书，所谓书香传家久是也。”

“谢你雅赏。”

“有名兄，上午街道办事处的夏主任提了把破茶壶进了你的店子，请你修补？”

“那壶是他家的，破得不能用了，让我重新打制一把，规格还要大些。”

“哦，付款就行。”

“哪会付款？白要！已经好几次了。还有居委会的小干部，也是这样。共产党里怎么会有这种烂人？可耻！可恨！”

“有名兄，小声些。”

“我不怕，这是新社会！”

……

转眼到了一九五七年春，乍暖还寒。忽然各级政府倡导“大鸣大放”，闹得热气腾腾。街道办事处也邀请各界代表开会，恳请提出意见以便改进工作作风。任平生受邀而借故未去，吴有名没被邀请，却主动请缨要在会上发言。结果是数月后，吴有名被戴上了“右派”帽子，还被拉到大街上开批判会。性子刚烈的吴有名，在一个深夜，独自去了湘江边，然后投水自杀。

尸体是三天后，在下游的一个江湾里发现的。

任平生欲哭无泪。他知道吴有名在这个世界上没有什么亲人，也没有比他更亲近的朋友，他得让好友死后有个安身之处。于是，他将自家的店堂变为灵堂，用将来自用的那副香樟大棺入殓了吴有名。请来鼓乐班子、礼仪班子，停灵三日后出殡，葬于郊外的坟场。

那块“任氏寿材铺”的匾额撤下来了，换上了新的匾额，上写“任氏木器铺”。他再不打造寿材了，打造的是各式各样的家具。

有人叫他“寿材任”时，他充耳不闻。

任平生给隔壁“叮咚白铁店”的门上挂上了一把大铜锁。办事处和居委会的负责人说要把这个店子充公。任平生忽然怒发冲冠，吼道：“这是吴有名的私产，受宪法保护的。说不定他的亲人哪一天就来了，你得对人家有个交代！”

来人呛得无话可说，悻悻地走了。

任平生常在静寂的深夜，听见隔壁传来鎯头敲打铁皮的声音：叮咚、叮咚……

夫唱妇随

在古城湘潭的当铺巷，老辈子训导儿孙时，一开口便要说："你们看看莫家夫妇，又能干又贤惠，相濡以沫，夫唱妇随，要好好学学人家。"

儿孙们点头如鸡啄米，说："应该！应该！"

莫家住在巷子中段，门楣上挂着一块横匾。说是匾，其实就是一块刨光了不上漆的长方形木板，用毛笔写了四个粗黑的颜体字："小匠之门"。

为什么自称"小匠之门"呢？因为户主姓莫名小匠。他是干什么的？木匠。莫小匠说名字是父亲所赐，木工行当中，大匠是鲁班，徒子徒孙不过是小匠而已。他挂这块匾，为的是雇主便于寻找。

莫小匠体量高大，脸上的络腮胡硬如钢针，说话声洪响如钟吕，还带着膛音。他的技术很全面，大木（建房子）、细木（做家具）之外，还兼做粗木（做棺材），样样拿得起放得下。但他也有规矩，除建造房子、做棺材上门之外，家具只在自家打理，客户可自运木料来，也可由莫家配备木料。

莫家的院子不栽花种草，到处堆放着木头，用剩的边角废料、刨花、木屑，空气里永远飘袅着芬芳的木香。院子内还搭着一个很大的木棚子，里面叠放着漆色老旧的十几张四方桌、几十条长板凳，是他已故的父亲留下来的。那年月谁家有了婚丧大事，都是自办酒席，便要到这里来租赁桌、凳，付一点租金。这是莫家安身立命的法则：既当木匠也搞租赁。莫小匠不到公家单位去任职，当的是自由职业者，有手艺赚钱，还有租赁的收入，他可以不让人管，江海任平生。

他的妻子叫友大秀，模样和丈夫很相配，粗腿、粗腰、粗胳膊，大脸膛、大眼、浓眉，是典型的女人男相。她有一身好力气，在公家的关圣殿码头搬运社当装卸工，扛百斤大包上船、下船奔走如飞。

他们只有一个儿子，高中毕业后参军了，分在后勤部门，因有木匠技艺，服役期满也没让他转业。还在部队成了家，只有探亲时才回到当铺巷来。

莫家两口子感情是真正的好，没见红过脸、吵过架，彼此体贴入微，相敬如宾。大秀下班回家，赶忙做饭、炒菜、洗衣服，到处是她的笑声。丈夫要把圆木头用大锯剖成木板时，锯过来锯过去必须两个人齐心合力，大秀便拉开架势当下手。

大秀说："我们像是拉琴。"

小匠一笑："这叫琴瑟和谐。"

小匠在家做家具，累了，便散步出巷口到平政街，然后插到下河街关圣殿码头，见大秀在扛包，亮嗓高喊一声："大秀，你歇歇，我代你来扛几包，松一松筋骨！"

"好嘞——"

小匠为人实在，技术又精，雇主常把活交给他，让他成为名义上的包工头。比如建造房子，他会合理安排大木匠、细木匠、泥水匠、石匠、漆匠，各司其事。有人说，你何不少请些人，这些活大家都会，可以兼着干。他脸一板，说："有饭大家吃，有钱大家赚。我爹生前就叮嘱过：要记得给别的工友留碗饭吃。"若是某家老人辞世，请他上门做棺材，他也要召来三四个木匠，还有闻讯而来的，他也表示欢迎。他说："亡人入土为安，这事怠慢不得，人多做事快，我们不过少赚点工钱，有什么要紧？"

大秀就非常崇拜丈夫的这种做派，曾作古正经地说："你应该写申请书，加入中国共产党。"

"我单位都没有，往哪里送申请书？"

大秀哈哈大笑："我是党员，你把申请书交给我，我正好当你的直接领导。"

"你领导我，我领导斧、锯、刨、凿和那些旧的桌、凳，你威风八面哩。"

"谢谢。"

小匠在家里做各种家具，货被拉走了，剩下不少刨花和边角碎料。隔一段日子，大秀用箩筐装好，一担担挑到巷中人家去送发火柴。那时候家家烧煤，发火柴不容易买到。大秀来了，不但不收费，连茶都不肯喝一口，只说："我家老莫派我来的。莫嫌弃，将就用。"

一九六五年夏，莫家夫妇都年近半百了。"文革"突然来临，气氛灼热得如火山爆发。

有一天深夜，莫家传出雷鸣电闪的吵架声，两口子都是大嗓门，谁也不让谁，一声比一声高。声音破门而出，顺着巷道流淌，嗡嗡作响。

一条巷子的人，都从梦中惊醒了。莫家从来没发生过这样的事，两口子感情好得像巴酽的牛皮糖，怎么会闹矛盾？再细听，是大秀怀疑小匠在外面有相好的女人了，这个月就瞒报了应该上交的钱。

“莫小匠，你说钱到哪里去了？”

“喝酒了，抽烟了！”

“屁话！酒、烟都是我买的。你怎么买起雪花膏来了？”

“给你买的！你不是总想把黑脸变白吗？”

“我从不用这种东西。你说，是给哪个女人买的？”

“你说谁就是谁，老子先揍你这蠢婆娘！”

“只怕由不得你，老娘正好跟你比比力气！”

莫小匠的声音戛然而止，接着又吼道：“你只知道钱钱钱，我先不揍你，老子把这些出租的桌、凳通通打烂，断了你的财路！”

果然不一会儿，就传来斧头砍桌、凳的声音，下力又猛又狠。大秀哭了起来，听得人心痛。

有几个老辈子，赶快来到莫家门前，急急地敲门、喊门。

没有人来开门。只有打砸桌、凳的声音不断，只有哭声不停。

半个小时过去了。门突然打开，莫小匠冲出来，向大家拱拱手，说：“惊扰各位了，对不起。”然后大踏步走了。

大家赶快走进去，只见那些桌、凳破裂了一地，大秀坐在地上满脸是泪。

“莫小匠，你这条蛮牛！砸了桌、凳，你要出大事了！居委会的造反派，明日要在雨湖边的空坪上开批判走资派的大会，指定要借桌子搭台，借凳子跪人。怎么得了呵……呜呜……”

大家赶忙安慰大秀，待她止住了哭声，才离开莫家。

老辈子明白了是怎么回事，禁不住笑了：夫唱妇随，好！

飞龙烟嘴

在偏远的响石乡鄢家村，外号叫“烟杆子”的鄢大秋，从花甲年开始，时来运转，扬眉吐气过了十几年好日子。由一个不被人正眼看一下的角色，成了众目睽睽的焦点。他真的得意忘形了，做梦都会打哈哈。

不是因为他身怀绝技，不是因为他家富甲一方，也不是因为他的独生子在城里开了一个杂货铺，生意红火，而是因为他有一个人见人羡的旱烟袋！

君山湘妃竹做的烟杆子，尺来长，上面缀满黑里透红的斑点；红铜打制的烟锅，温润如玉；烟嘴是琥珀的，深烟色，半透明，里面有一条小小的飞龙，龙头、龙身、龙尾、龙鳞、龙爪，活灵活现。更奇巧的是，一旦点着烟锅里的烟丝，狠狠吸几口后，再看烟嘴，里面便有云来雾往，龙头动，龙爪也动。

这真是个稀世之宝。是鄢大秋六十岁时，儿子鄢小宝为他贺寿，除送了个万元红包封外，还送了他这杆“烟枪”。

“爹，你一辈子没什么爱好，就喜欢抽烟，送你一个旱烟袋。”

“旱烟袋，我有。”

“这不同，你一抽烟，烟嘴里的飞龙会腾云驾雾。是我托人从外省的一个古玩市场买来的，四乡八邻你是独一份。”

“哦。那我要了！”

这十年呵，鄢大秋只要一有闲，便是抽烟，抽几口后就眯起眼睛看飞龙张牙舞爪；只要有人要看看旱烟袋，要过过烟瘾抽几口烟，他都慷慨应允。

“鄢家大爹，这龙怎么会动？”

鄢大秋仰天大笑：“我也搞不明白。”

“鄢家大爹，这烟丝金黄金黄，上等品。”

“当然。我儿子保证充足供应，你尽管抽。”

最让鄢大秋高兴的，是和他屋挨屋的远房堂兄鄢大夏，在他面前变得恭谨起来，说话的声调也低了，满脸是讨好的笑。

“大秋老弟，让我抽几口，再看看飞龙在天，好吗？”

“这飞龙有什么看头？”

“看了沾沾福气。你天天把龙含在嘴里，福比天大哩。”

“哈哈、哈哈。”

在鄢家村，鄢大夏历来是个受尊敬的角色，他生得武高武大，浑身有使不完的力气，田里的功夫样样精通，犁、耙、插、割，又快又好。这样的角色，乡下称为“田把式”，又称“作家”——作田的行家里手。鄢大夏最看不起的是鄢大秋：人单瘦如烟杆子，力气也不足，田里的功夫做得粗糙，掌犁，垄沟不直；插秧，行距不匀；扮禾，气喘吁吁。还特别爱抽烟，不抽就咳嗽，一抽就眼发亮。

当鄢大秋口叼飞龙烟嘴，在村子里进进出出，再没人叫他“烟杆子”了。男女老少口里不说心里却在问：这龙怎么会动？又长又大的龙怎么会钻进琥珀里？那是龙的魂吧？

更奇怪的是五年前夏秋大旱，六十天没下雨。闲得无聊的鄢大秋在午饭后，大声对老婆说：“我撑饱了，到田埂上去走走。院里晒了做干菜用的豆角，一下雨，要赶快收。”老婆没理他，这不是说梦话吗？

鄢大秋的话，也让隔壁的鄢大夏听见了，不由得嘴角冷冷一笑。

鄢大秋在田埂上走走、停停、看看，不停地抽烟，闲得像神仙一样。一个小时后，天阴下来，黑云翻滚，接着又是打雷又是下雨。鄢大秋不慌不忙地走回来，一身淋得透湿。

鄢大夏赶忙迎上去，笑着说：“大秋弟，借你烟袋抽口烟，好吗？”

“给！”

……

七十二岁的鄢大秋，因肺癌晚期，很满足地驾鹤西去。正是三九隆冬，漫天皆白。

灵堂就设在自家的堂屋里。

鄢小宝携家前来奔丧。

这天子夜过后，风狂雪猛。鄢小宝和母亲坐在木炭火盆边守灵。

大门忽被推开，鄢大夏踉踉跄跄走进来，一直到鄢大秋的遗像前，三鞠躬后，号啕痛哭。

鄢小宝赶快上前扶住他。

“大伯，谢谢你。”

“贤侄，我和你爹做兄弟做邻居几十年，情深意长。想不到他先我而去，怎不让我痛断肝肠！你爹用过的旱烟袋给我吧，我想留下个念想……”

“好的。”

鄢小宝走到灵桌边，把摆放在遗像前的旱烟袋拿起来，转身双手交给鄢大夏。

鄢大夏连称“谢谢”，然后离开了灵堂。

送走了鄢大夏，关好大门，鄢小宝又坐到火盆边。

“这么好的东西，他也敢开口要。”母亲说。

“妈，给他吧，那不过是个高仿的工艺品。爹用它，高兴了这么多年，值。大伯用它，也会让人羡慕的。一个东西被神化了，不由人不相信。”

母亲听不懂儿子的话，连连叹气。她看了看墙上的挂钟，五点了。

“妈，你去睡一会儿吧。这时候，天最暗也最冷。”

“不。我和你一起守着你爹。”

乐 扫 扫

乐扫扫的扫地声，总是在夜里十一点准时响起。

这条长长的巷子，叫当铺巷。家家户户早就闭门安歇了，巷子静如大山中的一条沟壑。大竹扫帚抚触着青石板铺砌的巷道，沙沙沙沙……如细雨敲窗，如春蚕噬叶，很从容也很柔软。

扫地声从巷口响到巷尾，不多不少一个半小时。路灯下，飘着一条又瘦又薄的影子，孤零零的。扫地声从一九六六年的一个夏夜响起后，持续到眼下的一九七八年，十二年弹指一挥间。

子夜前后还没有入睡的，只有睡眠少的老辈人，或者是因职业习惯喜欢熬夜的人。比如，供职于社科院心理研究所的何究源，两鬓斑白，犹笔耕不止。只要一听见乐扫扫的扫地声，他便会搁下笔，肃穆地坐正身子，那竹扫帚仿佛在他心上扫过来扫过去，心便隐隐发痛。

乐扫扫是巷中人背后叫的绰号，他姓乐名稍稍，来自古语：有得意处，乐而稍稍，乃君子之风。已届古稀的乐稍稍，既不是何究源的亲旧，也不是无话不谈的挚友，只是邻居而已。可不知为什么，听着这深夜的扫地声，何究源心痛之外，还有莫名的内疚。

“文革”兴起时，乐稍稍正好退休。他原在一家街道小厂的医务室工作，里里外外就他一个人。他在新中国成立之前，家境富足，读过医科大学，又应征在国民党部队做过几年军医，虽没有任何血债，但人生档案上有污点留存，抹也抹不去。居民小组长马大婶，按上级的指示，横眉竖眼勒令乐稍稍每夜扫一遍巷子，要风雨无阻，要扫得干干净净。

乐稍稍素来胆小，说话都不敢高声，连连点头。

“你要好好改造思想，认真赎罪。你为敌人治病，治好了让他们继续作恶，这罪可比天大。”

乐稍稍一张脸蓦地变得惨白。

从此，他夜夜扫巷子，也就有了“乐扫扫”这个名号。人们都习以为常，只有何究源寝食难安。是非颠倒的十年过去了，而后是拨乱反正，世道变得清明，乐扫扫依旧不依不饶地扫巷子。没有谁指令他，也不可能有人督查他，只可能是长期的心理压抑，让一种外力强制的行为模式，变成了自我心理的庄严确认，这是一种可怕的心理疾病，得赶快调治。

何究源曾背地里找乐扫扫的夫人和孩子，让他们进行劝说和开导，可他们说：“何教授，他不听啊，反说我们不懂世事。每天很早就嚷着吃晚饭，吃完晚饭就握着扫帚坐在客厅里，两只眼睛死盯着墙上的挂钟。十一点差五分他出门，走到巷口正好十一点，然后开始扫地。扫完地回到家里，一定要把扫帚靠在床边。您是搞心理研究的，托您为他治一治。”

怎么治？何究源犯难了，他坐在书桌前长吁短叹。

何究源的妻子是个资深的中学语文教师，当她听丈夫说起这件事时，脑袋里灵光一闪，说：“老何，俗话说：解铃还须系铃人。”

“什么意思？”

“让现在还是居民小组长的马大婶再训他一顿，命令他不准再扫巷子了，必须老老实实待在家里。”

何究源蓦地站起来，敲敲自己的脑门子，说：“你头发长，见识可不短。当年马大婶的恐吓，让乐扫扫在心理上牢牢地确认了她的权威性，谁人也不可替代，真应了‘唯马首是瞻’这句古话。你是让我去劝说马大婶再次登场亮相，严令乐扫扫再不许扫地？”

“对。”

“马大婶是个没有什么文化的人，过去仗着出身好，跟着别人瞎起哄。这几年被大家责怪，头都抬不起来。她会答应吗？”

“你告诉她，她应该反思自己过去的言行，拯救乐扫扫，等于是将功补过，大家会记得她的好处。”

……

几天后的一个夜晚，马大婶领着几个居委会的年轻人，去了乐家。

乐扫扫握着竹扫把，坐在客厅里，见马大婶急火火地闯进来，慌忙站起，腰微弯，说：“我在看着钟，才十点哩，我不会迟到的。”

马大婶板起一张脸，大声说：“从今晚起，你可以不扫巷子了。扫了十二年，群众对你的思想改造很满意，我也很满意。以后，谁也不能再叫你乐扫扫，要叫乐先生、乐老师。乐先生，把竹扫帚放到院子里去！”

“是。请问巷子谁来扫呢？”

“已安排环卫工人打扫。”

马大婶说完，连茶也不肯喝，领着人走了。

每夜十一点钟，再没有扫地声响起了。

有一天，乐先生的夫人在巷子里碰见何究源，着急地说：“我家老乐，每夜不去扫巷子了，但到了十一点，又拿起竹扫帚扫自家的院子。”

何究源一惊，随即冷静下来，说：“这是一种心理惯性，慢慢……会过去的。”

“那就好，那就好。”

何究源心想：有的人会慢慢地爬过这个坎，有的人却永远也爬不过去……

红 疤 手

红疤手姓戈名连营，是个卖虫的。

当铺巷住着几十户人家，干什么行当的都有，但以卖虫为生的只有红疤手。

这个绰号只是背后叫，没人敢当面唐突，谁失口叫了，他脸一板，目光里透出杀气，让人不寒而栗。老辈人常说，戈连营这个姓名总让人想起古诗词中的句子：“半夜行军戈相拨”；“梦回吹角连营”。戈连营是否行伍出身，谁也弄不明白。

戈连营的模样，寒碜！身子瘦小不说，还是个驼背，左脚有些跛，右手的手背上有一块发亮的红疤，很显眼。

他年少时出外读书，一走好多年都无消息，待新中国成立后才回到祖居的当铺巷，这时候他的父母已经辞世。他也早过而立之年，孑然一身，又是个残疾人，这日子怎么过？

戈连营说：“巷子后面是雨湖，我的生计就在那里，弄碗饭吃小事一桩。”

街坊邻居半信半疑。

出当铺巷的巷尾，便是雨湖。雨湖不是一个湖，是上、中、下连着的三个湖，湖边长满了密密匝匝的芦苇和各种野花野草野树，虫鸣、鸟叫、鱼跃，风景不经修饰，充满了野趣。

戈连营总是在天还没亮时，手持长柄网，挎着几个小口大肚的竹织圆篓子，到雨湖去捉虫捕鸟。蚂蚱、螳螂、叫哥哥（蝈蝈）、蟋蟀、蝉，都要；也捕一种在芦苇丛中搭窝的水鸟，叫翠莺儿，成年鸟很机警，一有动静就飞了，飞不动的是幼鸟。

他为何这么早就去捉虫？因为早晨露水重，虫翅膀是湿的，飞不快，容易捉。

这些虫，或卖给大人听虫叫，或卖给孩子当“玩伴”。

有人问他为什么不捉用以斗架的蟋蟀，每只的价格就高多了。他说：“让它们斗得你死我活的，缺德。”

戈连营卖虫是在中午后至黄昏这一段时间。当铺巷巷口连着平政街，他的卖虫摊子就摆在这里。不远处有一所小学叫平政小学，过往的学生很多。下班的大人经过时，也会驻足以观。戈连营坐在一个矮脚凳上，面前摆着装了各种虫子的竹篓子，罩着丝网的小竹筐里装着几只翠莺儿幼鸟，用芦苇编织的小笼子一串串搁在脚边。每只虫也就一分钱或两分钱，幼鸟五分钱一只。

小孩子有买叫哥哥的，有买蟋蟀的，戈连营一边把他们选好的虫或鸟装入苇草笼，一边笑着回答各种问题。

“戈师傅，叫哥哥吃什么呀？”

“它最喜欢吃丝瓜花，还有嫩丝瓜藤。”

“叫哥哥有等级吗？”

“小朋友，你很肯动脑筋。以翅膀分有三等：短翅、长翅、超长翅。以声音分也有三等：脆叫、亮叫、老憨子。超长翅和老憨子，是最高等级，难得一见。”

戈连营说话的时候，有大、小苍蝇飞来飞去，他闪电般伸出有红疤的右手，把苍蝇抓住、捏死，从不落空，然后松开手掌，把死苍蝇喂给幼鸟吃。有时，他右手握一根小棍子，神速地把苍蝇击中，又狠又准。看着死苍蝇，他冷冷地说：“活该！”

小孩子看得惊叫不已，大人看了便知他腕力、指力和眼力的不同一般。

天快落黑时，戈连营卖完了虫、鸟，高高兴兴回家去。若是没卖完，他要先去雨湖，把虫、鸟通通放生。人问为什么？他一笑：“它有它的安身处。”

春、夏、秋三季，戈连营自然有生意可做，冬天呢？他也有绝活：造冬虫。“造”是湘地玩虫人的术语，就是人工繁育的意思。比如叫哥哥，属于秋虫。很难熬过冬天。但戈连营在入秋后捉来雌雄叫哥哥，放在铺了土的罐里，让他们交配，把卵产在土里边；入冬后，把土放在暖炕上（自己搭建的，窄而短，下面生一盆微火），每天洒点水，用棉被盖上，慢慢让幼虫从土里孵了出来；放点菜叶，有太阳时晒一晒，过几天幼虫便开始长腿长翅膀。叫哥哥前后要蜕七次壳，七天蜕一次，蜕一次便长一次，经七七四十九天长成了模样，然后开叫。于是有喜欢玩冬虫的人，就上戈家来买。

大家说：“这红疤手，怕是前世有恩于虫，虫也知道今世来报答他。”

靠着这营生，他悠然地度日，富不了，也饿不死。好心人劝他成个家，他摇头，说：“这碗饭就够一个人吃，我不能苦了别人。”

日历换了一本又一本，转眼到了一九六六年初夏，戈连营已经年过半百。

这天午后，戈连营照例在巷口边摆摊子。突然一群戴着“红卫兵”红袖筒的中学生，气势汹汹围了上来。

一个长得高高大大的小伙子，逼上前，大声说：“你卖虫供人玩，是腐蚀革命群众，你知罪吗？”

戈连营端坐着，说：“屁话，老子就卖虫了，怎么着？”

那小伙子恼了，抬起脚来要去踩踏那些竹篓子。戈连营突然挣挫着站起来，扬起右手使劲一砍，小伙子身子一晃，倒了下去。阳光下，那个手背上的红疤，亮得扎眼。其他的红卫兵捋袖逼近，戈连营跳到摊子外边，身子一蹲，一个扫堂腿扫过去，齐刷刷倒下一圈人。他拍拍身上的灰尘，说：“我红疤手是给你们留情了，不想死的，赶快滚！”

那些红卫兵“呼”的一声散开了。

戈连营虫也不卖了，收拾行头回家去。

巷里的人为他担起心来，谁敢打红卫兵啊，这祸闯大了。

果然，到黄昏时，派出所的警察、街道办事处的负责人、红卫兵组织的头头脑脑，一齐拥进了戈家小院，在口号声中，肆无忌惮地抄家。两个小时后，这群人又慌忙退了出来，静悄悄地走了。

第二天一早，戈连营照旧去捉虫捕鸟，午后照旧到巷口边去设摊。怪！

后来才断断续续知道，戈连营当年外出读书，然后去了延安，练就一身好本领，枪法好，大刀也使得精，当过侦察连连长。多次立功也多次负伤，如腰部、右脚，还有右手背上的红疤，是与敌人肉搏时留下的刀伤。当时的《解放日报》曾多次报道过他，称他为“孤胆英雄红疤手”。开国大典时，他上过天安门的观礼台，还留下了照片。他转业回家本可持有关部门开具的证明，由当地政府安排工作或领取伤残补助，他一样也不要，靠双手养活自己……

小巷中居然住着这样的人物，不显山不显水的，红卫兵去招惹他，那是自讨苦吃。

“戈爷，早！上雨湖去？”

“是啊，早晨露水大。”

“戈爷，出摊啦，祝生意好。”

“谢谢吉言。”

后　记

后记有各种各样的写法，我却想写写疫情中的一些感受。

原因是这套书是野莽兄与中国文史出版社的秋生先生共同策划的，而我接到野莽兄的组稿通知，并将此书编好，是在去年冬到今年初夏的疫情期间。野莽兄要给十位作家一一打电话、发微信，要说明这套书的出版事由、编选规则，还要介绍责编秋生先生有好品格好眼光，让大家尽可放心。这些事琐碎而具体，热心的野莽兄却做得一丝不苟。平心而论，我是十分钦佩的。

当时的野莽兄，并不在北京的家中，而是在湖北的老家竹溪县。他是去年小年前，自京回竹溪陪年过九旬的父亲过春节的。没想到武汉疫情突发而紧急封城，湖北其他地方也“风声鹤唳，草木皆兵”了，出入湖北的火车、轮船、飞机、汽车，一律停开。野莽兄朝夕侍奉高堂，料理厨事，搀扶父亲散步，替父亲理发，陪父亲聊天，孝心可嘉。有了空闲，就写长篇小说，与武汉大学的师友们策划“学人丛书”的人选和书目，在微信上为防疫、抗疫鼓与呼。当然，也包括这套丛书的操持。而这段长长的日子，他的夫人留守北京，他的儿子求学于域外，几处牵挂同到心头。

疫情期间，我栖居之株洲，也是家家户户关门禁足，我就有六十余日未曾下楼的记录。社区每家发一实名通行证，由内人持此出门去购必需的生活物资。野莽兄下达指令后，我开始翻阅近年小说发表的剪样，慢慢地调集篇目，再由内人查找电子文本，很从容。儿子一家住在离此不远的另一个社区，没有那里的专用通行证，是不能出入的。想看孙子了，我们打开手机的视频，听听孙子叫爷爷、奶奶的声音，心则满足。

相比之下，野莽兄就比我忙碌多了。我除了打电话、发微信表示慰问外，两地遥遥，什么忙也帮不上。入春后，我磨墨抻纸，画一幅梅花图，再拍照用微信发给野莽兄，以慰他的辛苦。石头一尊，老梅、少梅各一树，如同父子，题识为："老梅遒劲少梅雄。去冬今春，野莽兄自京回湖北竹溪陪年过九旬的父亲共度春节，正逢疫事骤发，禁足闭户与父亲相守百余日，操持厨艺，侍奉汤食，令人感佩。诗云：老梅铁骨硬，少梅有壮心。冷眼看冰雪，春在一室中。庚子春聂鑫森于株洲无暇居，博彭老伯、野莽兄一笑。"

野莽兄是在武汉等地疫情基本平复后，传统的端午节即将到来，才依依不舍拜别父亲回到北京家中。接着，我收到他的微信，是一首词《青玉案》，述说他在竹溪陪父一百八十余天的难忘经历及心境，读来十分感人："晚来猛士也扶杖。梦游子、依窗望。泪眼却装迎风样，欲接行囊，先掩惆怅，摇头说无恙。应谢恶疫锁阡上，再续当年父儿状。暗夜看星等天亮。饮茶声响，纵鼾声畅，愿将归途忘。"读词后，我不禁感慨万千，乃步他原词原韵唱和一阙："竹溪侍父儿如杖。老莱子、情钦向。厨事亲操百锦样。闭门坚垒，点兵虎帐，文字声威壮。几重思念叠心上，冬月春花断肠状。不问归期天可谅。端阳香近，返京路畅，回首频相望。"回京后的他，又会殷念老家的父亲，正如《岳阳楼记》中的几句话："进亦忧，退亦忧，然则何时而乐焉。"

当秋生先生将出版合同寄来，我问野莽兄书稿发何处？他说："你直接发给秋生吧，他是个有才情又认真负责的人，你看看他的微信便知。"

这便是野莽兄做人做事的一贯做派。

我写下疫情期间的这些小事，权当后记，也让我们记住这一段难忘的时光。记得古贤人有对联写道："风声雨声读书声，声声入耳；家事国事天下事，事事关心。"

就此打住吧。

聂鑫森

2020 年 6 月于株洲无暇居